静山社ペガサス文庫

JN108194

ハリー・ポッターとアズカバンの囚人〈3-1〉

J.K.ローリング 作　松岡佑子 訳

ハリー・ポッターとアズカバンの囚人3-1 もくじ

第1章 ふくろう便……7
第2章 マージおばさんの大失敗……28
第3章 夜の騎士バス……53
第4章 もれ鍋……80
第5章 吸魂鬼……113

第6章 鉤爪と茶の葉……156
第7章 洋だんすのまね妖怪……198
第8章 「太った婦人」の逃走……227
第9章 恐怖の敗北……260
第10章 忍びの地図……293
第11章 炎の雷……338

ハリー・ポッターとアズカバンの囚人3-1 人物紹介

ハリー・ポッター
主人公。ホグワーツ魔法魔術学校の三年生。緑の目に黒い髪、額には稲妻形の傷がある。幼いころに両親を亡くし、人間(マグル)界で育ったので、自分が魔法使いであることを知らなかった

ロン・ウィーズリー
ハリーのクラスメート。大家族の末息子で、一緒にホグワーツに通う兄妹に、優等生のパーシーと、双子でいたずら好きのフレッドとジョージ、妹のジニーがいる

ハーマイオニー・グレンジャー
ハリーのクラスメート。マグル(人間)の子なのに、魔法学校の優等生

ドラコ・マルフォイ
スリザリン寮の生徒。魔法界の名家の出身であることを鼻にかけるいやみな少年

アルバス・ダンブルドア
ホグワーツの校長先生。魔法使いとしても教育者としても偉大だが、ちゃめっけたっぷり

ミネルバ・マクゴナガル
ホグワーツの副校長先生。黒髪の背の高い魔女。変身術の先生。厳格で理知的

セブルス・スネイプ
魔法薬学の先生。ハリーを憎んでいる

ルビウス・ハグリッド
ホグワーツの森の番人。やさしく不器用な大男。猫以外のあらゆる動物をこよなく愛する

アーサーとモリー・ウィーズリー
ロンの父親と母親。アーサーはマグルの製品に興味津々。モリーは時に厳しくも優しい母親

ジェームズとリリー・ポッター
ハリーが幼いころに亡くなった父親と母親。二人ともホグワーツに通った魔女と魔法使いだった

ダーズリー一家（バーノンおじさん、ペチュニアおばさん、ダドリー）
ハリーの親せきで育ての親とその息子。まともじゃないことを毛嫌いする

ヴォルデモート（例のあの人）
最強の闇の魔法使い。多くの魔法使いや魔女を殺したが、なぜかハリーには呪いが効かなかった

To Jill Prewett and Aine Kiely,
the Godmothers of Swing

スイング・クラブの後見人(ゴッドマザーズ)たち
ジル・プルウェットとエイン・キーリーに

Original Title: HARRY POTTER AND THE PRISONER OF AZKABAN

First published in Great Britain in 1999
by Bloomsburry Publishing Plc, 50 Bedford Square, London WC1B 3DP

Text © J.K. Rowling 1999

Wizarding World is a trade mark of Warner Bros. Entertainment Inc.
Wizarding World Publishing and Theatrical Rights © J.K. Rowling

Wizarding World characters, names and related indicia are TM and © Warner Bros.
Entertainment Inc. All rights reserved

All characters and events in this publication, other than those
clearly in the public domain, are fictitious and any resemblance
to real persons, living or dead, is purely coincidental.

No part of this publication may be reproduced, stored
in a retrieval system, or transmitted, in any form, or by any means, without
the prior permission in writing of the publisher, nor be otherwise circulated
in any form of binding or cover other than that in which it is published
and without a similar condition including this condition being
imposed on the subsequent purchaser.

Japanese edition first published in 2001
Copyright © Say-zan-sha Publications, Ltd. Tokyo

This book is published in Japan by arrangement with
the author through The Blair Partnership

第1章 ふくろう便

ハリー・ポッターはいろいろな意味で、きわめて普通ではない男の子だった。

まず、一年中で一番嫌いなのが夏休み。第二に、宿題をしたくてしかたがないのに、真夜中にこっそりやらざるをえなかった。その上、ハリー・ポッターは、たまたま魔法使いだった。

真夜中近く、ハリーはベッドに腹ばいになって、頭から毛布をテントのようにすっぽりかぶり、片手に懐中電灯を持ち、大きな革表紙の本（バチルダ・バグショット著『魔法史』）を枕に立てかけていた。ちょうど今、鷲羽根ペンのペン先でページを上から下へとたどり、宿題のレポートを書くのに役立ちそうなところを、眉根を寄せて探しているところだった。「十四世紀における魔女の火あぶりの刑は無意味だった――意見を述べよ」という宿題だ。

それらしい文章が見つかり、羽根ペンの動きが止まった。ハリーは鼻にのっている丸いめがねを押し上げ、懐中電灯を本に近づけてその段落を読んだ。

非魔法界の人々（通常マグルと呼ばれる）は中世において特に魔法を恐れていたが、本物を見分けることが得手ではなかった。ごく稀に本物の魔女や魔法使いを捕まえることはあっても、火刑は何の効果もなかった。魔女または魔法使いは、初歩的な「炎凍結術」をほどこし、そのあと、やわらかくくすぐるような炎の感触を楽しみつつ、苦痛で叫んでいるふりをした。特に、「変わり者のウェンデリン」は焼かれるのが楽しくて、いろいろ姿を変え、みずからすすんで四十七回も捕まった。

ハリーは羽根ペンを口にくわえ、枕の下からインク瓶と羊皮紙を一巻取り出した。ゆっくりと、充分に注意しながらハリーはインク瓶のふたを開け、羽根ペンを浸して書きはじめたが、ときどきペンを休めては耳をそばだてた。もし、ダーズリー家の誰かがトイレに立ったときに羽根ペンでカリカリ書く音を聞きつけたら、おそらく、夏休みの残りの期間を、階段下の物置に閉じ込められっぱなしで過ごすことになるだろう。

プリベット通り四番地のダーズリー一家こそ、ハリーがこれまで一度も楽しい夏休みを過ごせなかった原因だ。バーノンおじさん、ペチュニアおばさんと息子のダドリーは、ハリーの唯一の親せきだった。一家はマグルで、魔法に対してまさに中世そのものの態度をとった。ハリーの亡くなった両親は魔女と魔法使いだったが、ダーズリー家の屋根の下ではけっして二人の名前を口にすることはなかった。何年もの間、ペチュニアおばさんもバーノンおじさんも、ハリーを極力しいたげておけば、ハリーから魔法を押し出すことができるかもしれないと望み続けてきた。それが思いどおりにはならなかったのが、二人のしゃくの種だった。ハリーがこの二年間をほとんどホグワーツ魔法魔術学校で過ごしたなどと、誰かにかぎつけられたらどうしようと、二人は今や戦々恐々だった。しかし最近では、ダーズリー一家は、せいぜいハリーの呪文集や杖、鍋、箒を、夏休みの初日に鍵をかけてしまい込むとか、ハリーが近所の人と話をするのを禁ずるくらいしか手がなかった。

ホグワーツの先生たちが休暇中の宿題をどっさり出していたので、呪文集を取り上げられてしまったのはハリーにとって大問題だった。レポートの宿題の中でも特に意地悪なのが、「縮み薬」に関するもので、ハリーの一番の苦手、スネイプ先生の宿題だった。レポートを書かなかったら、ハリーを一か月処罰する口実ができたと大喜びすることだろう。しかしハリーは、休みに入ってから最初の週にやってきたチャンスを逃さなかった。バーノンおじさんもペチュニアおばさんもダドリーもみんな庭に出て、おじさんの新しい社用車を（同じ通りの住人がみな気づくよう、大声で）誉めそやしていたそのすきに、ハリーはこっそり一階に下り、階段下の物置の鍵をこじ開け、教科書を数冊ひっつかみ、自分の寝室に隠したのだ。シーツにインクのしみさえ残さなければ、ダーズリー一家にハリーが夜な夜な魔法を勉強しているとは知られずにすむ。

ハリーはおじ、おばとのいざこざを、今はぜひともさけたかった。二人とはすでに険悪なムードになっていたからだ。休暇が始まってから一週間目に、魔法使いからの電話がハリーにかかってきたという、たったそれだけの理由で。

ロン・ウィーズリーはホグワーツでのハリーの親友の一人で、家族は全員魔法使いという家柄だった。つまり、ロンはハリーの知らないことをたくさん知っていたが、電話というものは使ったことがない。その電話をバーノンおじさんが受けたのがなんとも不運だった。

「もしもし、バーノン・ダーズリーだが」

ハリーはその時たまたま同じ部屋にいたが、ロンの答える声が聞こえてきたとき、身も凍る思いがした。

「もし、もし？　聞こえますか？　僕――ハリー――ポッター――と――話したい――の――ですけど！」

ロンがあまりの大声で叫ぶので、バーノンおじさんは跳び上がり、受話器を耳から三十センチも離して持ち、怒りと驚きの入りまじった表情で受話器を見つめた。

「**誰だ！**」

おじさんは受話器の方向に向かってどなった。

「**君は誰かね？**」

「**ロン――ウィーズリーです！**」

ロンも大声を返した。まるで二人はサッカーの競技場の端と端に立って話し合っているようだった。

「**僕――ハリー――の――学校――の――友達――です**」

バーノンおじさんの小さな目がハリーのほうにぐるりと回った。ハリーはその場に根が生えたように突っ立っていた。

「**ここにはハリー・ポッターなどおらん！**」

どなりながら、受話器が爆発するのを恐れるかのように、おじさんは今や腕を伸ばしきって受話器を持っていた。

「**何の学校のことやら、わしにはわからん！　二度と連絡せんでくれ！　わしの家族のそばに寄るな！**」

おじさんは毒グモを放り投げるかのように、受話器を電話に投げ戻した。

そのあとのやりとりは最悪中の最悪だった。

「**よくもこの番号をあんな輩に――おまえと同類の輩に教えたな！**」

バーノンおじさんはハリーにつばをまき散らしながらどなった。

ロンはハリーをトラブルに巻き込んだと悟ったらしい。それから一度も電話をかけてこなかった。

ホグワーツ校でのもう一人の親友、ハーマイオニー・グレンジャーもまったく連絡してこなかった。たぶんロンがハーマイオニーに、電話をかけるなと警告したのだろう。だとしたら残念だ。ハーマイオニーはハリーの学年で一番の秀才だったが、両親はマグルで、電話の使い方はよく知っていたし、おそらくホグワーツ校の生徒だなんて電話で言ったりしないだけの分別は持っているはずだ。

そんなわけで、ハリーはもう五週間も魔法界の友達からは何の連絡もなく、今年の夏も去年と同じくらいみじめなものになりつつあった。一つだけ去年よりましなのは、ペットのふくろうのヘドウィグのことだ。友達に手紙を出すのにふくろうを使わないと誓い、夜だけヘドウィグを自由にしてやれた。バーノンおじさんが折れたのは、かごに閉じ込めっぱなしにするとヘドウィグが大騒ぎをしたからだ。

「変わり者のウェンデリン」について書き終えたハリーは、また耳をすました。暗い家の静寂を破るのは、遠くに聞こえる、巨大ないとこダドリーの、ブーブーといういびきだけだった。もうだいぶ遅い時間にちがいない。ハリーはつかれて目がむずがゆくなった。宿題は明日の夜仕上げよう……。

インク瓶のふたを閉め、ベッドの下から古い枕カバーを引っ張り出して、懐中電灯や『魔法史』、それに宿題、羽根ペン、インクをその中に入れ、ベッドから出て、ベッド下の床板のゆるんだ場所にその袋を隠した。それから立ち上がり、伸びをして、ベッドの脇机に置いてある夜光時計で時間をたしかめた。

午前一時だった。ハリーの胃袋が奇妙にざわついた。気がつかないうちに、十三歳になってからもう一時間もたっていたのだ。

ハリーが普通でない理由がもう一つある。誕生日が待ち遠しくないのだ。ハリーは一度も誕生祝いのカードをもらったことがなかった。ダーズリー一家はこの二年間、完全にハリーの誕生日を無視したし、三年目の今年も覚えているはずがない。

暗い部屋を横切り、ヘドウィグのいない大きな鳥かごの脇を通り、ハリーは開け放した窓辺へと歩いた。窓辺に寄りかかると、長いこと毛布の下に隠れていた顔に、夜風がさわやかだった。ヘドウィグは二晩も帰っていない。ハリーは心配してはいなかった――以前にもこのくらい帰らなかったことがある――でも、ヘドウィグに早く帰ってきてほしかった。この家で、ハリーの姿を見てもヒクヒクけいれんしない生き物はヘドウィグだけだった。

ハリーはいまだに年齢の割に小柄でやせてはいたが、この一年で五、六センチ背が伸びていた。真っ黒な髪だけは、相も変わらず、どうやっても頑固にくしゃくしゃしていた。めがねの奥には明るい緑の目があり、額には細い稲妻形の傷が、髪を透かしてはっきり見えた。

ハリーはいろいろと普通ではなかったが、この傷は特に尋常ではなかった。十年間、ダーズリー夫妻は、この傷はハリーの両親が自動車事故で死んだときの置きみやげだと偽り続けてきた。実は母のリリーも父のジェームズ・ポッターも、車の衝突事故で死んだのではなかった。殺されたのだ。過去百年間でもっとも恐れられた闇の魔法使い、ヴォルデモート卿の手にかかったのだ。ハリーもその時襲われたが、額に傷を受けただけでその手を逃れた。ヴォルデモートの呪いは、ハリーを殺すどころか、呪った本人に跳ね返り、瀕死のヴォルデモートは逃げ去った……。

しかし、ハリーはホグワーツに入学したことで、再びヴォルデモートと真正面から対決することになった。暗い窓辺にたたずんで、ヴォルデモートと最後に対決したときのことを思い出すと、ハリーは、よくぞ十三歳の誕生日を迎えられたものだ、それだけで幸運だった、と思わざるをえなかった。

ハリーはヘドウィグを探して星空に目を走らせた。くちばしに死んだネズミをくわえ、誉めてもらいたくてハリーのところにスイーッと舞い降りてきはしないか。家々の屋根をなにげなしに見つめていたハリーは、しばらくしてから何か変なものが見えるのに気づいた。

金色の月を背に、シルエットが浮かび、それが刻々と大きくなる。大きな、奇妙にかたむいた生き物だった。羽ばたきながらハリーのほうへやってくる。ハリーはじっとたたずんだまま、その生き物が一段、また一段と沈むように降りてくるのを見つめていた。窓の掛け金に手をかけ、ピシャリと閉めるべきかどうか、一瞬、ためらった。その時、そのあやしげな生き物がプリベット通りの街灯の上をスイーッと飛び、その正体がわかったハリーは、脇に飛びのいた。

窓からふくろうが三羽舞い降りてきた。そのうち一羽はあとの二羽に両脇から支えられ、気を失っているようだった。三羽のふくろうはハリーのベッドにパサリと軟着陸し、真ん中の大きな灰色のふくろうは、こてんとひっくり返って動かなくなった。大きな包みがその両足にくくりつけられている。

ハリーはすぐに気づいた——気絶しているふくろうの名前はエロール。ウィーズリー家のふくろうだ。ハリーは急いでベッドにかけ寄り、エロールの足に結びつけてあるひもを解いて包みを取りはずし、それからエロールをヘドウィグのかごに運び込んだ。エロールは片目だけをぱんやり開けて、感謝するように弱々しくホーと鳴き、水をゴクリ、ゴクリと飲みはじめた。

ハリーはほかのふくろうのところに戻った。一羽は大きな雪のように白い雌で、ハリーのふくろう、ヘドウィグだ。これも何か包みを運んできていて、とても得意そうだった。ハリーが荷を解いてやると、ヘドウィグはくちばしで愛情込めてハリーを甘がみし、部屋のむこうに飛んでいってエロールのそばに収まった。

もう一羽は、きりっとした森ふくろうだ。ハリーの知らないふくろうだったが、どこから来たかはすぐにわかった。三つ目の包みと一緒に、ホグワーツの校章のついた手紙を運んできたからだ。郵便物をはずしてやると、そのふくろうはもったいぶって羽毛を逆立て、羽をぐっと伸ばして、窓から夜空へと飛び去った。

ハリーはベッドに座ってエロールの包みをつかみ、茶色の包み紙を破り取った。中から金色の紙に包まれたプレゼントと、生まれて初めての誕生祝いカードが出てきた。かすかに震える指で、ハリーは封筒を開けた。紙片が二枚、はらりと落ちた――手紙と、新聞の切り抜きだった。

まぎれもなく、魔法界の「日刊予言者新聞」の切り抜きだった。なにしろ、モノクロ写真の人物がみな動いている。ハリーは切り抜きを拾い上げ、しわを伸ばして読みはじめた。

魔法省官僚、グランプリ大当たり

魔法省マグル製品不正使用取締局長、アーサー・ウィーズリー氏が、今年の「日刊予言者新聞・ガリオンくじグランプリ」を当てた。

喜びのウィーズリー氏は記者に対し、「この金貨は夏休みにエジプトに行くのに使うつもりです。長男のビルがグリンゴッツ魔法銀行の『呪い破り』としてそこで仕事をしていますので」と語った。

ウィーズリー一家はエジプトで一か月を過ごし、ホグワーツの新学期に合わせて帰国する。ウィーズリー家の七人の子供のうち五人が現在そこに在学中である。

ハリーは動く写真をざっと眺め、ウィーズリー家全員の写真を見て顔中に笑いを広げた。九人全員が大きなピラミッドの前に立ち、ハリーに向かって思いっきり手を振っている。小柄で丸っこいウィーズリー夫人、長身ではげているウィーズリー氏、六人の息子と娘が一人、みんながモノクロ写真ではわからないが）燃えるような赤毛だ。真ん中に、ノッポで手足をもてあまし気味のロンがいた。肩にペットのネズミ、スキャバーズをのせ、腕を妹のジニーに回している。

ハリーは、金貨一山を当てるのに、ウィーズリー一家ほどふさわしい人たちはいないと思った。ウィーズリー一家はとても親切で、ひどく貧しかった。ハリーはロンの手紙を拾い上げて広げた。

ハリー、お誕生日おめでとう！

ねえ、あの電話のことはほんとうにごめん。マグルが君にひどいことをしないといいんだけど。パパに聞いたんだ。そしたら、叫んじゃいけなかったんじゃないかって言われた。

エジプトってすばらしいよ。ビルが墓地という墓地を全部案内してくれたんだけど、古代エジプトの魔法使いがかけた呪いって信じられないぐらいすごい。ママなんか、最後の墓地にはジニーを入らせなかったくらい。墓荒らししたマグルたちがミュータントになって、頭がたくさん生えてきてるのやら何やら、そんながいこつがたくさんあったよ。

パパが日刊予言者新聞のくじで七百ガリオンも当てるなんて、僕、信じられなかった！　今度の休暇でほとんどなくなっちゃったけど、僕に新学期用の新しい杖を買ってくれるって。

ハリーはロンの古い杖がポキリと折れたあの時のことを、忘れようにも忘れられなかった。二人でホグワーツまで車を飛ばしたとき、校庭の木に衝突して折れたのだった。

新学期の始まる一週間くらい前にみんな家に戻ります。それからロンドンに行って、杖とか新しい教科書とかを買ってもらいます。その時、君に会うチャンスがあるかい？

マグルに負けずにがんばれ！

ロンドンに出てこいよな。

ロンより

追伸　パーシーは首席だよ。先週パーシーに手紙が来たんだ。

ハリーはもう一度写真に目をやった。パーシーは七年生、ホグワーツでの最終学年だったが、ことさら得意満面に写っていた。きちんととかした髪にトルコ帽を小粋にかぶり、そこに「首席」バッジをとめつけ、角縁のめがねがエジプトの太陽に輝いている。

ハリーはプレゼントの包みのほうに取りかかった。ガラスのミニチュアごまのようなものが入っていた。その下に、ロンのメモがもう一枚あった。

ハリー――これは携帯用の「かくれん防止器」でスニーコスコープっていうんだ。うさんくさいやつが近くにいると光ってくるくる回りだすはずだ。ビルは、こんなもの魔法使いのおのぼりさん用のちゃちなみやげ物で、信用できないって言うんだ。だってきのうの夕食のときもずっと光りっぱなしだったからね。だけど、フレッドとジョージがビルのスープにカブトムシを入れたのに、ビルは気づいてなかったんだ。

じゃあね――――――ロン

スニーコスコープをベッド脇の小机に置くと、こまのように尖端でバランスをとってしっかりと立った。夜光時計の針の光が反射している。ハリーはうれしそうに、しばらくそれを眺めていたが、やがてヘドウィグの持ってきた包みを取り上げた。

中身はまたプレゼントだった。今度はハーマイオニーからの誕生祝いカードと手紙が入っていた。

ハリー、お元気？

ロンからの手紙で、あなたのおじさんへの電話のことを知りました。あなたが無事だといいんだけど。

私は今、フランスで休暇を過ごしています。それで、これをどうやってあなたに送ったらよいかわからなかったの――税関で開けられたら困るでしょう？――そしたら、ヘドウィグがやってきたの！　きっと、あなたの誕生日に、今までとちがって、何かプレゼントが届くようにしたかったんだわ。あなたへのプレゼントは「ふくろう通信販売」で買いました。「日刊予言者新聞」に広告がのっていたの（私、新聞を定期購読しています。魔法界での出来事をいつも知っておくって、とてもいいことよ）。一週間前のロンとご家族の写真を見た？　ロンったらいろんなことが勉強できて、私、ほんとにうらやましい――古代エジプトの魔法使いたちってすばらしかったのよ。
フランスにも、いくつか興味深い魔法の地方史があります。私、こちらで発見したことをつけ加えるのに、魔法史のレポートを全部書きかえてしまったの。長過ぎないといいんだけど。ビンズ先生がおっしゃった長さより、羊皮紙二巻分長くなっちゃって。
ロンが休暇の最後の週にロンドンに行くんですって。あなたは来られる？　おじさんやおばさんが許してくださる？　あなたが来られるよう願っているわ。もし、ダメだったら、ホグワーツ特急で九月一日に会いましょうね！

ハーマイオニーより　友情を込めて

追伸　ロンから聞いたけどパーシーが首席ですって。パーシー、きっと大喜びでしょうね。ロンはあんまりうれしくないみたいだけど。

ハリーはまた笑い、ハーマイオニーの手紙を脇に置いてプレゼントを取り上げた。とても重い物だった。ハーマイオニーのことだから、きっと難しい呪文がぎっしり詰まった大きな本にちがいない――しかし、そうではなかった。包み紙を破ると、ハリーの心臓は飛び上がった。黒いなめらかな革のケースに銀文字で「箒磨きセット」と刻印されている。
「ハーマイオニー、ワーオ！」ジッパーを開けながらハリーは小声で叫んだ。
「フリートウッズ社製　高級仕上げ箒柄磨き」の大瓶一本、銀製のピカピカした「箒の尾ばさみ」一丁、長距離飛行用に箒にクリップでとめられるようになっている、小さな真鍮のコンパスが一個、それと、『自分でできる箒の手入れガイドブック』が入っていた。
ホグワーツの友達に会えないのもさびしかったが、加えて一番恋しかったのはクィディッチだった。魔法界で一番人気のスポーツ――箒に乗って競技する、非常に危険で、わくわくするスポーツだ。ハリーは、クィディッチの選手として非常に優秀で、今世紀最年少の選手としてホグワーツの寮代表選手に選ばれた。ハリーの宝物の一つが競技用箒、ニンバス２０００だった。
ハリーは革のケースを脇に置き、最後の包みを取り上げた。茶色の包み紙に書かれたミミズののたくったような字は誰の物かすぐわかった――これはホグワーツの森番、ハグリッドからだ。一番上の包み紙を破り取ると、何やら緑色の革のような物がちらっと見えた。ところが、ちゃんと荷を解く前に、包みが奇妙な震え方をし、得体の知れない中身が大きな音を立ててパクンとかんだ――まるであごがあるようだ。
ハリーは身がすくんだ。ハグリッドがわざと危険な物をハリーに送ってくるはずがない。だけど、ハグリッドには前歴がある。巨大蜘蛛と友達だったり、凶暴な三頭犬をパブで誰かから買ったり、違法なのにこっそりドラゴンの卵を小屋に持ち込んだり……。

ハリーはこわごわ包みをつついてみた。何やらがまたパクンとかんだ。ハリーはベッド脇のスタンドに手を伸ばし、それを片手にしっかり握りしめ、高々と振り上げて、いつでも攻撃できるようにした。それからもう一つの手で残りの包み紙をつかみ、引っぺがした。

ころりと落ちたのは――本だった。スマートな緑の表紙に鮮やかな金の飾り文字で「怪物的な怪物の本」と書いてある、と思う間もなく、その本は背表紙を上にしてヒョイと立ち上がり、奇妙なカニよろしく、ベッドの上をガサガサ横ばいした。

「う、ワ」ハリーは声を殺して叫んだ。

本はベッドから転がり落ちてガツンと大きな音を立て、部屋のむこうにシャカシャカシャカと猛スピードで移動していった。ハリーはそのあとを音も立てずに追いかけた。本はハリーの机の下の暗いところに隠れている。ダーズリー一家が熟睡していることを祈りながら、ハリーは四つんばいになり、本のほうに手を伸ばした。

「あいたっ！」

本がハリーの手をかみ、パタパタ羽ばたいてハリーを飛び越し、また背表紙を上にしてシャカシャカ走った。ハリーはあちこち引っ張り回された末、飛びかかってようやく本を押さえつけた。隣の部屋でバーノンおじさんがグーッと眠たそうな大きな寝息を立てた。

ハリーが暴れる本を両腕でがっちり締めつけ、急いでたんすの中からベルトを引っ張り出し、それを本にしっかり巻きつけてバックルをしめるまでの間ずっと、ヘドウィグとエロールがしげしげとその様子を見ていた。「怪物の本」は怒ったように身を震わせたが、もうパタパタもパックンもできなかった。ハリーは本をベッドに投げ出し、やっとハグリッドからのカードに手を伸ばした。

よう、ハリー。誕生日おめでとう！
こいつは来学期役に立つぞ。今はこれ以上は言わねえ。あとは会ったときにな。
マグルの連中、おまえさんをちゃんと待遇してくれてるんだろうな。
元気でな。

ハグリッド

かみつく本が役に立つなんてハグリッドが言うのは、何だかろくなことにはならないような予感がしたが、ハグリッドのカードをロンやハーマイオニーのと並べて立てながら、ハリーの顔にますます笑いが広がった。残るはホグワーツからの手紙だけとなった。

いつもより封筒が分厚いと思いながら封を切り、中から羊皮紙の一枚目を取り出して読んだ。

拝啓　ポッター殿

新学期は九月一日に始まることをお知らせいたします。ホグワーツ特急はキングズ・クロス駅、九と四分の三番線から十一時に出発します。

三年生は週末に何回かホグズミード村に行くことが許されます。同封の許可証にご両親もしくは保護者の同意署名をもらってください。

来学期の教科書リストを同封いたします。

敬具

副校長　ミネルバ・マクゴナガル

ハリーはホグズミード許可証を引っ張り出して眺めた。もう笑えなかった。週末にホグズミードに行けたらどんなに楽しいだろう。そこが端から端まで魔法の村だということを聞いてはいたが、ハリーは一度もそこに足を踏み入れたことはなかった。しかし、バーノンおじさんやペチュニアおばさんに、いったいどう言ったら署名してもらえるって言うんだ？

夜光時計を見ると、もう午前二時だった。

ホグズミードの許可証のことは目が覚めてから考えようと、ハリーはベッドに戻り、自分で作った日付表の今日のところに×印をつけた。ホグワーツに戻るまでの日数が、また一日少なくなった。それからめがねをはずし、三枚の誕生祝いカードのほうに顔を向けて横になったが、目は開けたままだった。

きわめて普通ではないハリー・ポッターだったが、その時のハリーは、みんなと同じような気持ちだった。生まれて初めて、誕生日がうれしいと思ったのだ。

第2章 マージおばさんの大失敗

翌朝、朝食に下りていくと、ダーズリー家の三人はもうキッチンのテーブルに着いて、新品のテレビを見ていた。居間にあるテレビとキッチンの冷蔵庫との間が遠くて歩くのが大変だと、文句たらたらのダドリーのために、夏休みの「お帰りなさい」プレゼントに買ってあったものだ。ダドリーは夏休みの大半をキッチンで過ごし、豚のような小さな目はテレビにくぎづけのまま、五重あごをだぶつかせてひっきりなしに何かを食べていた。

ハリーはダドリーとバーノンおじさんの間に座った。おじさんはがっちり、でっぷりした大きな人で、首がほとんどなく、巨大な口ひげをたくわえていた。ハリーに誕生日の祝いの一つも言うどころか、ハリーがキッチンに入ってきたことさえ誰も気づいた様子がなかった。ハリーはもう慣れっこになっていて、気にもしなかった。トーストを一枚食べ、テレビをふと見ると、アナウンサーが脱獄囚のニュースを読んでいる最中だった。

「……ブラックは武器を所持しており、きわめて危険ですので、どうぞご注意ください。通報用ホットラインが特設されていますので、ブラックを見かけた方はすぐにお知らせください」
「ヤツが悪人だとは聞くまでもない」
バーノンおじさんは新聞を読みながら上目づかいに脱獄囚の顔を見てフンと鼻を鳴らした。
「一目見ればわかる。汚らしいなまけ者め！　あの髪の毛を見てみろ！」
おじさんはじろりと横目でハリーを見た。ハリーのくしゃくしゃ頭はいつもバーノンおじさんのいらいらの種だった。テレビの男は、やつれた顔にまといつくようにもつれた髪が、ぼうぼうとひじのあたりまで伸びている。それに比べれば、自分はずいぶん身だしなみがよいじゃないかとハリーは思った。
画面がアナウンサーの顔に戻った。
「農林水産省が今日報告したところによれば――」
「ちょっと待った！」
バーノンおじさんはアナウンサーをはったとにらみつけて、かみつくように言った。
「その極悪人がどこから脱獄したか聞いてないぞ！　何のためのニュースだ？　彼奴は今にもその辺に現れるかもしれんじゃないか！」
馬面でガリガリにやせているペチュニアおばさんが、あわててキッチンの窓のほうを向き、しっかりと外をうかがった。ペチュニアおばさんはホットラインに電話したくてたまらないのだとハリーにはわかっていた。何しろおばさんは世界一おせっかいで、規則に従うだけの退屈なご近所さんのあら探しをすることに、人生の大半を費やしているのだ。

「いったい連中はいつになったらわかるんだ！」

バーノンおじさんは赤ら顔と同じ色の巨大な拳でテーブルをたたいた。

「あいつらを始末するには絞首刑しかないんだ！」

「ほんとにそうだわ」

ペチュニアおばさんは、お隣のインゲン豆の蔓を透かすように目を凝らしながら言った。

バーノンおじさんは残りの紅茶を飲み干し、腕時計をちらっと見た。

「ペチュニア、わしはそろそろ出かけるぞ。マージの汽車は十時着だ」

二階にある「箒磨きセット」のことを考えていたハリーは、ガツンといやな衝撃とともに現実世界に引き戻された。

「マージおばさん？」

ハリーの口から言葉が勝手に飛び出した。

「マ、マージおばさんがここに来る？」

マージおばさんはバーノンおじさんの妹だ。ハリーと血のつながりはなかったが（ハリーの母親はペチュニアの妹だった）、ずっと「おばさん」と呼ぶように言いつけられてきた。マージおばさんは、田舎にある大きな庭つきの家に住み、ブルドッグのブリーダーをしていた。大切な犬を放っておくわけにはいかないと、プリベット通りにもそれほどひんぱんに滞在するわけではなかったが、その一回一回の恐ろしさは、ありありとハリーの記憶に焼きついていた。

ダドリーの五回目の誕生日に、「動いたら負け」というゲームでダドリーを勝たせるため、マージおばさんは杖でハリーのむこうずねをバシリとたたいてハリーを動かした。それから数年後のクリスマスに現れたときは、コンピュータ仕掛けのロボットをダドリーに、犬用ビスケットを一箱ハリーに持ってきた。前回の訪問はハリーがホグワーツに入学する一年前だったが、マージおばさんのお気に入りのブルドッグ、リッパーの前足をうっかり踏んでしまったハリーは、犬に追いかけられて庭の木の上に追い上げられてしまった。マージおばさんは真夜中すぎまで犬を呼び戻そうとしなかった。ダドリーはその事件を思い出すたびに、今でも涙が出るほど笑う。

「マージは一週間ここに泊まる」バーノンおじさんが歯をむき出した。

「ついでだから言っておこう」おじさんはずんぐりした指を脅すようにハリーに突きつけた。

「マージを迎えに行く前に、はっきりさせておきたいことがいくつかある」

ダドリーがニンマリしてテレビから視線を離した。ハリーが父親に痛めつけられるのを見物するのが、ダドリーお気に入りの娯楽だった。

「第一に」

おじさんはうなるように言った。

「マージに話すときは、いいか、礼儀をわきまえた言葉を使うんだぞ」

「いいよ」ハリーは気に入らなかった。「おばさんが僕に話すときにそうするならね」

「第二に」

ハリーの答えを聞かなかったかのように、おじさんは続けた。

「マージはおまえの異常さについては何も知らん。何か――何かキテレツなことはマージがいる間いっさい起こすな。行儀よくしろ。わかったか？」

「そうするよ。おばさんもそうするなら」ハリーは歯を食いしばったまま答えた。

「そして、第三に」

おじさんのいやしげな小さい目が、でかい赤ら顔に切れ目を入れたように細くなった。

「マージにはおまえが『セント・ブルータス更生不能非行少年院』に収容されていると言ってある」

「何だって？」ハリーは叫んだ。
「おまえは口裏を合わせるんだ。いいか、小僧。さもないとひどい目にあうぞ」
おじさんは吐き捨てるように言った。
ハリーはあまりのことに血の気が引き、煮えくり返るような気持ちでおじさんを見つめ、座ったまま動けなかった。マージおばさんが一週間も泊まる――ダーズリー一家からの誕生日プレゼントの中でも最悪だ。バーノンおじさんの使い古しの靴下もひどかったけど。
「さて、ペチュニアや」
おじさんはよっこらしょと腰を上げた。
「では、わしは駅に行ってくる。ダッダー、一緒に来るか？」
「行かない」
父親のハリー脅しが終わったので、ダドリーの興味はまたテレビに戻っていた。
「ダディちゃんは、おばちゃんが来るからカッコよくしなくちゃ」
ダドリーの分厚いブロンドの髪をなでながらペチュニアおばさんが言った。
「ママがすてきな蝶ネクタイを買っておいたのよ」
おじさんはダドリーのでっぷりした肩をたたき、「それじゃ、あとでな」と言うと、キッチンを出ていった。
ハリーは恐怖でぼうぜんと座り込んでいたが、急にあることを思いついた。食べかけのトーストを放り出し、急いで立ち上がり、ハリーはおじさんのあとを追って玄関に走った。
バーノンおじさんは運転用の上着を引っかけているところだった。
「おまえを連れていく気はない」
おじさんは振り返ってハリーが見つめているのに気づき、うなるように言った。
「僕も行きたいわけじゃない」ハリーが冷たく言った。「お願いがあるんです」
おじさんはうさんくさそうにハリーを見た。
「ホグ――学校で、三年生は、ときどき町に出かけてもいいことになっているんです」
「それで？」ドアの脇の掛け金から車のキーをはずしながら、おじさんがぶっきらぼうに言った。
「許可証におじさんの署名がいるんです」ハリーは一気に言った。
「なんでわしがそんなことせにゃならん？」おじさんがせせら笑った。
「それは――」ハリーは慎重に言葉を選んだ。「マージおばさんに、僕があそこに行っているってふりをするのは、大変なことだと思うんだ。ほら、セント何とかっていう……」
「セント・ブルータス更生不能非行少年院！」

おじさんが大声を出したが、その声に紛れもなく恐怖の色が感じ取れたので、ハリーはしめたと思った。

「それ、それなんだ」

ハリーは落ち着いておじさんのでかい赤ら顔を見上げながら言った。

「覚えるのが大変で。それらしく聞こえるようにしないといけないでしょう？　うっかり口がすべりでもしたら？」

「グウの音も出ないほどたたきのめされたいか？」

おじさんは拳を振り上げ、じりっとハリーに詰め寄った。しかしハリーはがんとしてその場を動かなかった。

「たたきのめしたって、僕が言っちゃったことを、マージおばさんは忘れてくれるかな」

ハリーが厳しく言った。

おじさんの顔が醜悪な土気色になり、拳を振り上げたまま立ちすくんだ。

「でも、許可証にサインしてくれるなら」ハリーは急いで言葉を続けた。「どこの学校に行ってることになっているか、絶対忘れないって約束するよ。それに、マグ――普通の人みたいにしてるよ、ちゃんと」

バーノンおじさんは歯をむき出し、こめかみに青筋を立てたままだったが、ハリーにはおじさんが思案しているのがわかった。

「よかろう」やっと、おじさんがぶっきらぼうに言った。

「マージがいる間、お前の行動を監視することにしよう。最後までお前が守るべきことを守り、話のつじつまを合わせたなら、そのクソ許可証とやらにサインしようじゃないか」

おじさんはくるりと背を向け、玄関の戸を開け、思いっきりバシャーンと閉めたので、一番上の小さなガラスが一枚はずれ、落ちてきた。

ハリーはキッチンには戻らず、二階の自分の部屋に上がった。ほんとうのマグルらしくふるまうなら、すぐに準備を始めなければ。ハリーはしょんぼりして、プレゼントと誕生祝いカードをいやいやながら片づけ、床板のゆるんだところに宿題と一緒に隠した。それからヘドウィグのかごのところに行った。エロールは何とか回復したようだった。二羽とも翼に頭をうずめて眠っていた。ハリーはため息をつき、チョンとつっついて二羽とも起こした。

「ヘドウィグ」

ハリーは悲しげに言った。

「一週間だけ、どこかに行っててくれないか。エロールと一緒に行けよ。ロンが面倒を見てくれる。ロンにメモを書いて事情を説明するから。そんな目つきで僕を見ないでくれよ」
ヘドウィグの大きな琥珀色の目が、恨みがましくハリーを見ていた。
「僕のせいじゃない。ロンやハーマイオニーと一緒にホグズミードに行けるようにするには、これしかないんだ」
十分後、（脚にロンへの手紙をくくりつけられた）ヘドウィグとエロールが窓から舞い上がり、かなたへと消えた。心底みじめな気持ちで、ハリーはからっぽのかごをたんすにしまい込んだ。
しかし、くよくよしている間はなかった。次の瞬間、ペチュニアおばさんのかん高い声が、下りてきてお客を迎える準備をしなさいと、二階に向かって叫んでいた。
「その髪を何とかおし！」
ハリーが玄関ホールに下りたとたん、おばさんがピシャッと言った。
髪をなでつけるなんて、努力する意味がないとハリーは思った。マージおばさんはハリーにいちゃもんをつけるのが大好きなのだから、だらしなくしているほうがうれしいにちがいない。
そうこうするうちに、外の砂利道がきしむ音がした。バーノンおじさんの車が私道に入ってきたらしい。車のドアがバタンと鳴り、庭の小道を歩く足音がした。
「玄関の戸をお開け！」ペチュニアおばさんが押し殺した声でハリーに言った。

胸の奥が真っ暗になりながら、ハリーは戸を開けた。
戸口にマージおばさんが立っていた。
バーノンおじさんとそっくりで、巨大ながっちりした体に赤ら顔、それにおじさんほどたっぷりしてはいないが、口ひげまである。片手にとてつもなく大きなスーツケースをさげ、もう片方の腕に根性悪の老いたブルドッグを抱えている。
「わたしのダッダーはどこかね？」
マージおばさんのだみ声が響いた。
「わたしの甥っ子ちゃんはどこだい？」
ダドリーが玄関ホールのむこうからよたよたとやってきた。ブロンドの髪をでかい頭にペタリとなでつけ、何重にも重なったあごの下からわずかに蝶ネクタイをのぞかせている。マージおばさんは、ウッと息が止まるほどの勢いでスーツケースをハリーのみずおちあたりに押しつけ、ダドリーを片腕で抱きしめ、そのほおいっぱいに深々とキスした。
ダドリーががまんしてマージおばさんに抱きしめられているのは、充分な見返りがあるからだと、ハリーにはよくわかっていた。二人が離れたときには、まぎれもなく、ダドリーのブクッとした手に二十ポンドのピン札が握られていた。

「ペチュニア！」と叫ぶなり、ハリーをまるでコートかけのスタンドのように無視してその脇を大股に通り過ぎ、マージおばさんはペチュニアおばさんにキスした。というより、マージおばさんが、大きなあごをペチュニアおばさんのとがったほお骨にぶっつけた。

今度はバーノンおじさんが入ってきて、機嫌よく笑いながら玄関のドアを閉めた。

「マージ、お茶は？　リッパーは何がいいかね？」おじさんが聞いた。

「リッパーはわたしのお茶受け皿からお茶を飲むよ」

マージおばさんはそう言いながら、みんなと一緒に一団となってキッチンに入っていった。玄関ホールにはハリーとスーツケースだけが残された。かといってハリーが不満だったわけではない。マージおばさんと離れていられる口実なら、何だって大歓迎だ。そこでハリーはできるだけ時間をかけて、スーツケースを二階の客用の寝室へ引っ張り上げはじめた。

ハリーがキッチンに戻ったときには、マージおばさんは紅茶とフルーツケーキをふるまわれ、リッパーは隅のほうでやかましい音を立てて皿をなめていた。紅茶とよだれが飛び散り、磨いた床にしみがつくので、ペチュニアおばさんが少し顔をしかめたのをハリーは見逃さなかった。ペチュニアおばさんは動物が大嫌いなのだ。

「マージ、ほかの犬は誰が面倒を見てるのかね？」おじさんが聞いた。

「ああ、ファブスター大佐が世話してくれてるよ」
マージおばさんの太い声が答えた。
「退役したんでね。何かやることがあるのは大佐にとって結構なことさ。だがね、年寄りのリッパーを置いてくるのはかわいそうで。わたしがそばにいないと、この子はやせおとろえるんだ」
ハリーが席に着くと、リッパーがまたうなりだした。そこで初めて、マージおばさんはハリーに気づいた。
「おんや！」おばさんが一言ほえた。「おまえ、まだここにいたのかい？」
「はい」ハリーが答えた。
「何だい、その『はい』の言い方は。そんな恩知らずな調子で言うもんじゃない」
マージおばさんがうなるように言った。
「バーノンとペチュニアがおまえを置いとくのは、たいそうなお情けってもんだ。わたしならお断りだね。うちの戸口に捨てられてたなら、おまえはまっすぐ孤児院行きだったよ」
ダーズリー一家と暮らすより孤児院に行ったほうがましだと、ハリーはよっぽど言ってやりたかったが、ホグズミード許可証のことを思い浮かべて踏みとどまった。ハリーは無理やり作り笑いをした。

「わたしに向かって、小ばかにした笑い方をするんじゃないよ！」
マージおばさんのだみ声が響いた。
「この前会ったときからさっぱり進歩がないじゃないか。学校でおまえに礼儀の一つもたたき込んでくれりゃいいものを」
おばさんは紅茶をガブリと飲み、口ひげをぬぐった。
「バーノン、この子をどこの学校にやってると言ったかね？」
「セント・ブルータス」おじさんがすばやく答えた。「更生不能のケースでは一流の施設だよ」
「そうかい。セント・ブルータスでは鞭を使うかね、え？」
テーブル越しにおばさんがほえた。
「えーと――」とハリー。
おじさんがマージおばさんの背後からこくんとうなずいてみせた。
「はい」ハリーはそう答えた。それから、いっそのことそれらしく言ったほうがいいと思い、「しょっちゅうです」とつけ加えた。
「そうこなくちゃ」マージおばさんが言った。「ひっぱたかれて当然の子をたたかないなんて、腰ぬけ、ふぬけ、まぬけもいいとこだ。十中八九は鞭で打ちのめしゃあいい。おまえはしょっちゅう打たれるのかい？」
「そりゃあ」ハリーが受けた。「なーんども」
マージおばさんは顔をしかめた。
「やっぱりおまえの言いようが気に入らないね。そんなに気楽にぶたれたなんて言えるようじゃ、鞭の入れ方が足りないに決まってる。ペチュニア、わたしなら手紙を書くね。この子の場合には万力込めてたたくことを認めるって、はっきり言ってやるんだ」
バーノンおじさんは、ハリーが自分との取引を忘れては困ると思ったのかどうか、突然話題を変えた。
「マージ、今朝のニュースを聞いたかね？　あの脱獄犯をどう思うね、え？」

マージおばさんがどっかりと居座るようになると、ハリーは、マージおばさんがいなかったときのプリベット通り四番地の生活がなつかしいとさえ思うようになった。バーノンおじさんとペチュニアおばさんはたいていハリーを遠ざけようとしたし、ハリーにとってそれは願ってもないことだった。ところがマージおばさんは、ハリーのしつけをああだこうだと口やかましく指図するために、ハリーを四六時中自分の目の届くところに置きたがった。ハリーとダドリーを比較するのもお楽しみの一つで、ダドリーに高価なプレゼントを買い与えては、どうして僕にはプレゼントがないの？　とハリーが言うのを待っているかのように、じろりとにらむのが至上の喜びのようだった。さらに、ハリーがこんなろくでなしになったのはこれこれのせいだと、陰湿ないやみを投げつけるのだった。

「バーノン、この子ができそこないになったからといって、自分を責めちゃいけないよ」

三日目の昼食の話題だった。

「芯からくさってりゃ、誰が何をやったってダメさね」

ハリーは食べることに集中しようとした。それでも手は震え、顔は怒りでほてりはじめた。

許可証を忘れるな、ハリーは自分に言い聞かせた。ホグズミードのことを考えるんだ。何にも言うな。挑発に乗っちゃダメだ——。

おばさんはワイングラスに手を伸ばした。

「ブリーダーにとっちゃ基本原則の一つだがね、犬なら例外なしに原則どおりだ。雌犬に欠陥があれば、その仔犬もどこかおかしくなるのさ——」

とたんにマージおばさんの手にしたワイングラスが爆発した。ガラスの破片が四方八方に飛び散り、マージおばさんは赤ら顔からワインを滴らせ、目をパチパチさせながらあわあわ言っていた。
「マージ！　大丈夫？」ペチュニアおばさんが金切り声を上げた。
「心配いらないよ」
ナプキンで顔をぬぐいながらおばさんがだみ声で答えた。
「強く握りすぎたんだろう。ファブスター大佐のとこでも、こないだおんなじことがあった。大騒ぎすることはないよ、ペチュニア。わたしゃ握力が強いんだ……」
それでも、ペチュニアおばさんとバーノンおじさんは、そろってハリーに疑わしげな目を向けた。ハリーは、デザートを抜かして、できるだけ急いでテーブルを離れることにした。
玄関ホールに出て、壁に寄りかかり、ハリーは深呼吸した。自制心を失って何かを爆発させたのは久しぶりだった。もう二度とこんなことを引き起こすわけにはいかない。ホグズミードの許可証がかかっているばかりではない――これ以上事を起こせば、魔法省とまずいことになってしまう。
ハリーはまだ半人前の魔法使いで、魔法界の法律により、学校の外で魔法を使うことは禁じられていた。実は、ハリーには前科もある。つい一年前の夏、ハリーは正式な警告状を受け取っている。プリベット通りで再び魔法が使われる気配を魔法省が察知した場合、ハリーはホグワーツから退校処分になるであろう、とはっきり書いてあった。
ダーズリー一家がテーブルを離れる音が聞こえたので、ハリーは出会わないよう、急いで二階へ上がった。

それから三日間、マージおばさんがハリーに難くせをつけはじめたときには、ハリーは『自分でできる箒磨きガイドブック』のことを必死で考えてやり過ごした。これはなかなかうまくいったが、そうするとハリーの目がうつろになるらしく、マージおばさんはハリーは脳みそが足りないと、はっきり口に出して言いはじめた。

やっと、ほんとうにやっとのことで、マージおばさんの滞在最終日の夜がきた。ペチュニアおばさんは豪華なディナーを料理し、バーノンおじさんはワインを数本開けた。スープにはじまり、サーモン料理にいたるまで、ただの一度もハリーの欠陥が引き合いに出されることなく進んだ。レモン・メレンゲ・パイが出たとき、バーノンおじさんが、穴あけドリルを製造している自分の会社、グラニングズ社のことを、みんながうんざりするほど長々と話した。それからペチュニアおばさんがコーヒーをいれ、バーノンおじさんはブランデーを一本持ってきた。
「マージ、一杯どうだね？」

マージおばさんはワインでもうかなりでき上がっていた。巨大な顔が真っ赤だった。
「それじゃ、ほんの一口もらおうか」
マージおばさんがクスクスッと笑った。
「もう少し……、もうちょい……、よーしよし」
ダドリーは四切れ目のパイを食べていた。ペチュニアおばさんは小指をピンと伸ばしてコーヒーをすっていた。ハリーは自分の部屋へと消え去りたくてたまらなかったが、バーノンおじさんの小さい目が怒っているのを見て、最後までつき合わなければならないのだと思い知らされた。
「フーッ」マージおばさんは舌つづみを打ち、空になったブランデーグラスをテーブルに戻した。
「すばらしいごちそうだったよ、ペチュニア。普段のわたしの夕食は、たいていあり合わせをいためるだけさ。十二匹も犬を飼ってると、世話が大変でね……」
マージおばさんは思いっきりゲップをして、ツイードの服の上から盛り上がった腹をポンポンとたたいた。
「失礼。それにしても、あたしゃ、健康な体格の男の子を見るのが好きさね」
ダドリーにウィンクしながら、おばさんはしゃべり続けた。

「ダッダー、あんたはお父さんとおんなじに、ちゃんとした体格の男になるよ。ああ、バーノン、もうちょいとブランデーをもらおうかね」

「ところが、こっちはどうだい――」

マージおばさんはぐいとハリーのほうをあごで指した。ハリーは胃が縮んだ。――**ガイドブックだ**――ハリーは急いで思い浮かべた。

「こっちの子は何だかみすぼらしい生まれそこないの顔だ。犬にもこういうのがいる。去年はファブスター大佐に一匹処分させたよ。水に沈めてね。できそこないの小さなやつだった。弱々しくて、発育不良さ」

ハリーは必死に十二ページを思い浮かべていた――**後退を拒む箒を治す呪文**――。

「こないだも言ったが、要するに血統だよ。悪い血が出てしまうのさ。いやいや、ペチュニア、あんたの家族のことを悪く言ってるわけじゃない」

ペチュニアおばさんの骨ばった手をシャベルのような手でポンポンたたきながら、マージおばさんはしゃべり続けた。

「ただあんたの妹はできそこないだったのさ。どんな立派な家系にだってそういうのがヒョッコリ出てくるもんさ。それでもって、ろくでなしとかけ落ちして、結果はどうだい。目の前にいるよ」
ハリーは自分の皿を見つめていた。奇妙な耳鳴りがした。――柄ではなく箒の尾をしっかりつかむこと――たしかそうだった。しかし、ハリーにはその続きが思い出せなかった。マージおばさんの声が、バーノンおじさんの会社の穴あけドリルのように、グリグリとハリーにねじ込んできた。
「そのポッターとやらは」
マージおばさんは大声で言った。ブランデーの瓶を引っつかみ、手酌でドバドバとグラスに注いだ上、テーブルクロスにも注いだ。
「そいつが何をやってたのか聞いてなかったね」
おじさんとおばさんの顔が極端に緊張していた。ダドリーでさえ、パイから目を離し、ポカンと口を開けて親の顔を見つめた。
「ポッターは――働いていなかった」
ハリーのほうを中途半端に見やりながら、おじさんが答えた。
「失業者だった」
「そんなこったろうと思った！」

マージおばさんはブランデーをぐいっと飲み、そでであごをぬぐった。
「文無しの、役立たずの、ゴクつぶしのかっぱらいが――」
「ちがう」突然ハリーが言った。周りがしんとなった。ハリーは全身を震わせていた。こんなに腹が立ったのは生まれて初めてだった。
「ブランデー、もっとどうだね！」
おじさんが蒼白な顔で叫び、瓶に残ったブランデーを全部マージおばさんのグラスに空けた。
「おまえは」おじさんがハリーに向かってうなるように言った。「自分の部屋に行け。行くんだ――」
「いーや、待っとくれ」
マージおばさんが、しゃっくりをしながら手を上げて制止した。小さな血走った目がハリーを見すえた。
「言うじゃないか。続けてごらんよ。親が自慢ってわけかい、え？　勝手に車をぶっつけて死んじまったんだ――どうせ酔っ払い運転だったろうさ――」
「自動車事故で死んだんじゃない！」ハリーは思わず立ち上がっていた。
「自動車事故で死んだんだ。性悪のうそつき小僧め。きちんとした働き者の親せきに、おまえのようなやっかい者を押しつけていったんだ！」

マージおばさんは怒りでふくれ上がりながら叫んだ。

「おまえは礼儀知らず、恩知らず――」

マージおばさんが突然だまった。一瞬、言葉に詰まったように見えた。言葉も出ないほどの怒りでふくれ上がっているように見えた――しかし、ふくれが止まらない。巨大な赤ら顔が膨張しはじめ、小さな目は飛び出し、口は左右にぎゅうと引っ張られてしゃべるどころではない。次の瞬間、ツイードの上着のボタンがはじけ飛び、ビシッと壁を打って落ちた――マージおばさんは恐ろしくでかい風船のようにふくれ上がっていた。ツイードの上着のベルトを乗り越えて腹が突き出し、指もふくれてサラミ・ソーセージのよう……。

「マージ！」

おじさんとおばさんが同時に叫んだ。マージおばさんの体が椅子を離れ、天井に向かって浮き上がりはじめたのだ。今やマージおばさんは完全な球体だった。豚のような目がついた巨大な救命ブイさながらに、両手両足を球体から不気味に突き出し、息も絶え絶えにパクパク言いながら、ふわふわ空中に舞い上がりはじめた。リッパーが転がるように部屋に入ってきて、狂ったようにほえた。

「**やめろおおおおお！**」

おじさんはマージの片足をつかまえ、引っ張り下ろそうとしたが、自分のほうが床から持ち上げられそうになった。その瞬間、リッパーが飛びかかり、おじさんの脚にガブリとかみついた。

止める間もなく、ハリーはダイニングルームを飛び出し、階段下の物置に向かった。ハリーがそばまで行くと、物置の戸が魔法のようにパッと開いた。数秒後、ハリーは重いトランクを玄関まで引っ張り出していた。それから飛ぶように二階にかけ上がり、ベッドの下にすべり込み、ゆるんだ床をこじ開け、教科書や誕生日プレゼントの詰まった枕カバーをむんずとつかんだ。ベッドの下からはいずり出し、からっぽのヘドウィグの鳥かごを引っつかみ、脱兎のごとく階段をかけ下り、トランクのところに戻った。ちょうどその時、バーノンおじさんがダイニングルームから飛び出してきた。ズボンの脚のところがずたずたで血まみれだった。

「**ここに戻るんだ！**」おじさんががなりたてた。「**戻ってマージを元どおりにしろ！**」

しかし、ハリーは怒りで前後の見境がなくなっていた。トランクをけって開け、杖を引っ張り出し、バーノンおじさんに突きつけた。

「当然の報いだ」ハリーは息を荒らげて言った。「身から出たさびだ。僕に近寄るな」

ハリーは後ろ手でドアの取っ手をまさぐった。

「僕は出て行く。もうたくさんだ」

次の瞬間ハリーは、しんと静まり返った真っ暗な通りに立っていた。重いトランクを引っ張り、わきの下にヘドウィグのかごを抱えて。

第3章　夜の騎士バス

トランクを引きずり、息をはずませながら、ハリーはいくつかの通りを歩き、マグノリア・クレセント通りまで来ると、低い石垣にがっくりと腰を下ろした。じっと座っていると、まだ収まらない怒りが体中をかけめぐり、心臓が狂ったように鼓動するのが聞こえた。

しかし、暗い通りに十分ほどひとりぼっちで座っていると、別な感情がハリーを襲った。パニックだ。最悪の八方ふさがりだ。真っ暗闇のマグルの世界で、まったくどこに行く当てもなく、たった一人で取り残されている。もっと悪いことに、たった今、ほんとうに魔法を使ってしまった。つまり、ほとんどまちがいなく、ホグワーツ校から追放される。「未成年魔法使いの制限事項令」をこれだけ真正面から破れば、今この場に魔法省の役人が空から現れて、大捕り物になってもおかしくない。

ハリーは身震いし、マグノリア・クレセント通りを端から端まで見回した。いったいどうなるんだろう？　逮捕されるのか、それとも魔法界のつまはじき者になるのだろうか？　ハリーはロンとハーマイオニーのことを思った。そしてますます落ち込んだ。罪人であろうとなかろうと、二人ならきっと今のハリーを助けたいと思うにちがいない。でも、今は二人とも外国にいる。ヘドウィグもどこかへ行ってしまって、二人とは連絡の術もない。

それに、ハリーはマグルのお金をまったく持っていなかった。トランクの奥に入れたさいふに、わずかばかり魔法界の金貨があるが、両親がのこしてくれた遺産はロンドンのグリンゴッツ魔法銀行の金庫に預けられている。このトランクを引きずって、えんえんロンドンまで行くのはとても無理だ。ただし……。

ハリーはしっかり手に握ったままになっている杖を見た。どうせもう追放されたのなら（胸の鼓動が痛いほどに速くなっていた）、もう少し魔法を使ったって同じことじゃないか。ハリーには父親がのこしてくれた「透明マント」がある――トランクに魔法をかけて羽根のように軽くし、箒にくくりつけ、透明マントをすっぽりかぶってロンドンまで飛んで行ったら？　そうすれば金庫に預けてある残りの遺産を取り出せる、そして……無法者としての人生を歩みだす。考えるだけでぞっとした。

しかし、いつまでも石垣に腰かけているわけにはいかない。このままではマグルの警察に見とがめられ、トランクいっぱいの呪文の教科書やら箒やらを持ってこの真夜中に何をしているのか、説明に苦労するはめになる。

ハリーはまたトランクを開け、透明マントを探すのに中身を脇にどけはじめた——が、まだ見つからないうちに、ハリーは急に身を起こし、また周りをきょろきょろと見回した。

首筋が妙にチクチクする。誰かに見つめられているような気がする。しかし、通りには人っ子一人いない。大きな四角い家々のどこからも、一条の明かりさえもれていない。

ハリーは再びトランクの上にかがみ込んだ。が、とたんにまた立ち上がった。手には杖がしっかり握られている。物音がしたわけでもない。むしろ気配を感じた。ハリーの背後の垣根とガレージの間の狭いすきまに、誰かが、何かが立っている。真っ黒な路地を、ハリーは目を凝らして見つめた。動いてくれさえすればわかるのに。野良猫なのか、それとも——何か別のものなのか。

「ルーモス！　光よ！」

呪文を唱えると、杖の先に灯りがともり、ハリーは目がくらみそうになった。灯りを頭上に高々と掲げると、「2番地」と書かれた小石まじりの壁が照らし出され、ガレージの戸がかすかに光った。その間にハリーがくっきりと見たものは、大きな目をぎらつかせた、得体の知れない、何か図体の大きなものの輪郭だった。

ハリーはあとずさりした。トランクにぶつかり、足をとられた。倒れる体を支えようと片腕を伸ばしたはずみに、杖が手を離れて飛び、ハリーは道路脇の排水溝にドサッと落ち込んだ。耳をつんざくようなバーンという音がしたかと思うと、急に目のくらむような明かりに照らされ、ハリーは目を覆ったが……。

危機一髪、ハリーは叫び声を上げて溝から歩道へと転がり戻った。次の瞬間、たった今ハリーが倒れていたちょうどその場所に、巨大なタイヤが一対、ヘッドライトとともにキキーッと停まった。顔を上げると、その上に三階建ての派手な紫色のバスが見えた。どこから現れたものやら、フロントガラスの上に、金文字で「**夜の騎士バス**」と書かれている。

一瞬、ハリーは打ち所が悪くておかしくなったのかと思った。すると紫の制服を着た車掌がバスから飛び降り、闇に向かって大声で呼びかけた。

「『夜の騎士バス』がお迎えにきました。迷子の魔法使い、魔女たちの緊急お助けバスです。杖腕を差し出せば参じます。ご乗車ください。そうすれば、どこなりと、お望みの場所までお連れします。わたしはスタン・シャンパイク、車掌として、今夜――」

車掌が突然だまった。地面に座り込んだままのハリーを見つけたのだ。ハリーは落とした杖を拾い上げ、急いで立ち上がった。近寄ってよく見ると、スタン・シャンパイクはハリーとあまり年のちがわない、せいぜい十八、九歳で、大きな耳が突き出し、顔はにきびだらけだった。
「そんなとこですっころがって、いってぇ何してた？」スタンは職業口調を忘れていた。
「転んじゃって」とハリー。
「なんで転んじまった？」スタンが鼻先で笑った。
「わざと転んだわけじゃないよ」
ハリーはいらいらした。ジーンズの片ひざが破れ、体を支えようと伸ばしたほうの手から血が出ていた。突然ハリーは、なんで転んだのかを思い出した。そしてあわてて振り返り、ガレージと石垣の間の路地を見つめた。夜の騎士バスのヘッドライトがそのあたりをこうこうと照らしていたが、もぬけの殻だった。
「いってえ、何見てる？」スタンが聞いた。
「何か黒い大きなものがいたんだ」ハリーは何となくすきまのあたりを指した。「犬のような……でも、小山のように……」
ハリーはスタンのほうに顔を向けた。スタンは口を半開きにしていた。スタンの目がハリーの額の傷のほうに移っていくのを見て、ハリーは困ったなと思った。
「おでこ、それ何でぇ？」出し抜けにスタンが聞いた。

「何でもない」
ハリーはあわててそう答え、傷を覆う前髪をしっかりなでつけた。魔法省がハリーを探しているかもしれないが、そうたやすく見つかるつもりはなかった。
「名めえは？」スタンがしつこく聞いた。
「ネビル・ロングボトム」ハリーは一番最初に思い浮かんだ名前を言った。
「それで――それでこのバスは」ハリーはスタンの気をそらそうと急いで言葉を続けた。「どこにでも行くって、君、そう言った？」
「あいよ」スタンはじまんげに言った。「お望みしでぇ、土の上ならどこでもござれだ。水ん中じゃ、なーんもできねえが。ところで」
スタンはまた疑わしげにハリーを見た。
「たしかにこのバスを呼んだな、ちげえねぇよな？　杖腕を突き出したな、ちげえねぇよな？」
「ああ」ハリーは短く答えた。「ねえ、ロンドンまでいくらかかるの？」
「十一シックル。十三出しゃあ熱いココアがつくし、十五なら湯たんぽと好きな色の歯ブラシがついてくらぁ」
ハリーはもう一度トランクの中を引っかき回し、巾着を引っ張り出して銀貨をスタンの手に押しつけた。それからヘドウィグのかごをトランクの上にバランスよくのせ、二人でトランクを持ち上げてバスに引っ張り上げた。

中には座席がなく、かわりに、カーテンのかかった窓際に、真鍮製の寝台が六個並んでいた。寝台脇の腕木にろうそくがともり、板張り壁を照らしていた。奥のほうに寝ているナイトキャップをかぶったちっちゃい魔法使いが、寝言を言いながら寝返りを打った――「ムニャ……ありがとう、今はいらない。ムニャ……ナメクジの酢漬けを作っているところだから」

「ここがおめえさんのだ」

トランクをベッド下に押し込みながら、スタンが低い声で言った。運転席のすぐ後ろのベッドだ。運転手はひじかけ椅子に座ってハンドルを握っていた。

「こいつぁ運転手のアーニー・プラングだ。アーン、こっちはネビル・ロングボトムだ」

アーニー・プラングは分厚いめがねをかけた年配の魔法使いで、ハリーに向かってこっくり挨拶した。ハリーは神経質にまた前髪をなでつけ、ベッドに腰かけた。

「アーン、バス出しな」

スタンがアーニーの隣のひじかけ椅子にかけながら言った。

もう一度バーンというものすごい音がしたかと思うと、ハリーは反動でベッドに放り出され、仰向けに倒れていた。起き上がって暗い窓から外を見ると、まったくさっきとちがった通りを転がるように走っていた。ハリーのあっけにとられた顔を、スタンはゆかいそうに眺めていた。

「おめえさんが合図する前には、おれたちゃここにいたんだ。アーン、ここぁどこだい？ウェールズのどっかかい？」

「ああ」アーニーが答えた。

「このバスの音、どうしてマグルには聞こえないの？」ハリーが言った。

「マグル！」スタンは軽蔑したような声を出した。

「ちゃーんと聞いてねえのさ。ちゃーんと見てもいねえ。なーんも、ひとーっつも気づかねえ」

「スタン、マダム・マーシを起こしたほうがいいぞ。まもなくアバーガベニーに着く」

アーニーが言った。

スタンはハリーのベッド脇を通り、狭い木の階段を上って姿が見えなくなった。ハリーはまだ窓の外を見ていた。だんだん心細くなってくる。アーニーのハンドルさばきはどう見てもうまいとは思えない。夜の騎士バスはしょっちゅう歩道に乗り上げた。それなのに絶対衝突しない。街灯、郵便ポスト、ごみ箱、みんなバスが近づくと飛びのいて道をあけ、通り過ぎると元の位置に戻るのだった。

スタンが戻ってきた。その後ろに旅行用マントにくるまった魔女が顔を青くしてついてきた。

「マダム・マーシ、ほれ、着いたぜ」

スタンがうれしそうに言ったとたん、アーンがブレーキを踏みつけ、ベッドというベッドは三十センチほど前につんのめった。マダム・マーシはしっかり握りしめたハンカチを口元に当て、危なっかしげな足取りでバスを降りていった。スタンがそのあとから荷物を投げ降ろし、バシャンとドアを閉めた。もう一度バーンがあって、バスは狭い田舎道をガンガン突き進んだ。行く手の立ち木が次々と飛びのいた。

ハリーは眠れなかった。バスがバーンバーンとしょっちゅう大きな音を立てなくても、一度に百キロも二百キロも跳びはねなくても、眠れなかっただろう。いったいどうなるんだろう、ダーズリー家ではマージおばさんを天井から下ろすことができたんだろうか、という思いが戻ってくると、胃袋がひっくり返るようだった。

スタンは「日刊予言者新聞」を広げ、歯の間から舌先をちょっと突き出して読みはじめた。一面記事に大きな写真があり、もつれた長い髪の、ほおのこけた男が、ハリーを見てゆっくりと瞬きした。何だか妙に見覚えのある人のような気がした。

「この人！」一瞬、ハリーは自分の悩みを忘れた。「マグルのニュースで見たよ！」

スタンリーが一面記事を見て、クスクス笑った。
「シリウス・ブラックだ」スタンがうなずきながら言った。「あたぼうよ。こいつぁマグルのニュースになってらぁ。ネビル、どっか遠いとこでも行ってたか？」
ハリーがあっけにとられているのを見て、スタンは何となく得意げなクスクス笑いをしながら、新聞の一面をハリーに渡した。
「ネビル、もっと新聞を読まねぇといけねぇよ」
ハリーは新聞をろうそくの明かりに掲げて読みはじめた。

ブラックいまだ逃亡中

魔法省が今日発表したところによれば、アズカバンの要塞監獄の囚人中、最も凶悪といわれるシリウス・ブラックは、いまだに追跡の手を逃れ逃亡中である。
コーネリウス・ファッジ魔法大臣は、今朝、「我々はブラックの再逮捕に全力であたっている」と語り、魔法界に対して平静を保つよう呼びかけた。

ファッジ大臣は、この危機をマグルの首相に知らせたことで、国際魔法戦士連盟の一部から批判されている。

大臣は「まあ、はっきり言って、こうするしかなかった。おわかりいただけませんかな」といらつき気味である。さらに「ブラックは狂っているのですぞ。魔法使いだろうとマグルだろうと、ブラックに逆らった者は誰でも危険にさらされる。私は、マグルの首相閣下から、ブラックの正体は一言たりとも誰にも明かさないという確約をいただいております。それに、なんです――たとえ、口外したとしても、誰が信じるというのです？」と語った。

マグルには、ブラックが銃（マグルが殺し合いをするための、金属製の杖のような物）を持っていると伝える一方、魔法界は、ブラックがたった一度の呪いで十三人も殺した、あの十二年前のような大虐殺が起きるのではないかと恐れている。

ハリーはシリウス・ブラックの暗い影のような目をのぞき込んだ。落ちくぼんだ顔の中でただ一か所、目だけが生きているようだった。ハリーは吸血鬼に出会ったことはなかったが、「闇の魔術に対する防衛術」のクラスでその絵を見たことがあった。ろうのように蒼白なブラックの顔はまさに吸血鬼そのものだった。
「オッソロシイ顔じゃねーか？」ハリーが読むのを見ていたスタンが言った。
「この人、十三人も殺したの？」
新聞をスタンに返しながらハリーが聞いた。
「たった一つの呪文で？」
「あいな。目撃者なんてぇのもいるし。真っ昼間だ。てーした騒ぎだったしなぁ、アーン？」
「ああ」アーンが暗い声で答えた。
スタンはくるりと後ろ向きに座り、椅子の背に手を置いた。そのほうがハリーがよく見える。
「ブラックは『例のあのしと』の一の子分だった」スタンが言った。
「え？　ヴォルデモートの？」ハリーはなにげなく言った。
スタンはにきびまで真っ青になった。アーンがいきなりハンドルを切ったので、バスをよけるのに農家が一軒まるまる飛びのいた。
「気はたしかか？」スタンの声が上ずっていた。「なんであのしとの名めえを呼んだりした？」
「ごめん」ハリーがあわてて言った。「ごめん。ぼ、僕――忘れてた――」
「忘れてたって！」スタンが力なく言った。「肝が冷えるぜ。まーだ心臓がドキドキしてやがら……」

「それで――それでブラックは『例のあの人』の支持者だったんだね？」

ハリーは謝りながらも答えをうながした。

「それよ」スタンはまだ胸をなでさすっていた。

「そう、そのとおりよ。『例のあのしと』にどえらく近かったってぇ話だ……とにかく、ちいせえ『アリー・ポッター』が『例のあのしと』にしっぺ返ししたときにゃ」――ハリーはあわてて また前髪をなでつけた――「あのしとの手下は一網打尽だった。アーン、そうだったな？　大方は『例のあのしと』がいなくなりゃおしめぇだと観念しておとなしく捕まっちまった。だーがシリウス・ブラックはちがったな。聞いた話だが、『例のあのしと』が支配するようになりゃ、ブラックは自分がナンバー・ツーになると思ってたってぇこった」

「とにかくだ、ブラックはマグルで混み合ってる道のど真ん中で追い詰められっちまって、そいでブラックが杖を取り出して、そいで道の半分ほどぶっ飛ばしっちまった。巻き添え食ったのは魔法使い一人と、ちょうどそこにいあわせたマグル十二人てぇわけよ。しでえ話じゃねえか？ そんでもってブラックが何したと思う？」スタンはヒソヒソ、芝居がかった声で話を続けた。

「何したの？」

「高笑いしやがった。その場に突っ立って、笑ったのよ。魔法省からの応援隊がかけつけてきたときにゃ、ヤツはやけにおとなしくしょっ引かれてった。大笑いしたまんまよ。――ったく狂ってる。なぁ、アーン？　ヤツは狂ってるなぁ？」

「アズカバンに入れられたときは狂ってなかったとしても、今は狂ってるだろうな」

アーンが持ち前のゆっくりした口調で言った。

「あんなとこに足を踏み入れるぐれぇなら、おれなら自爆するほうがましだ。ただし、ヤツにはいい見せしめというもんだ……あんなことしたんだし……」

「あとの隠蔽工作がてぇへんだったよなぁ、アーン？　何せ通りがふっ飛ばされっちまって、マグルがみんな死んじまってよ。ほれ、アーン、何が起こったってことにしたんだっけ？」

「ガス爆発だ」アーニーがぶすっと言った。

「そんで、こんだぁ、ヤツが逃げた」スタンはほおのそげ落ちたブラックの顔写真をしげしげと見た。

「アズカバンから逃げたなんてぇ話は聞いたことがねぇ。アーン、あるか？　どうやったか見当もつかねぇ。オッソロシイ、なぁ？　だけどよう、ほれ、あの連中、アズカバンの守衛の、あいつらにかかっちゃ、ブラックに勝ち目はねぇ。なぁ、アーン？」

アーニーが突然身震いした。

「スタン、何かちがうこと話せ。頼むからよ。あの連中、アズカバンの看守の話で、俺は腹下しを起こしそうだよ」

スタンはしぶしぶ新聞を置いた。ハリーはバスの窓に寄りかかり、前よりもっと気分が悪くなっていた。スタンが数日後に夜の騎士バスの乗客に何を話しているか、つい想像してしまう。

「『アリー・ポッター』のこと、きーたか？　おばさんをふくらましちまってよ！　この夜の騎士バスに乗せたんだぜ、そうだなぁ、アーン？　逃げよーって算段だったな……」

ハリーもシリウス・ブラックと同じく、魔法界の法律を犯してしまった。マージおばさんをふくらませたのは、アズカバンに引っ張られるほど悪いことだろうか？　魔法界の監獄のことは、ハリーは何も知らなかったが、ほかの人が口にするのを耳にしたかぎりでは、十人が十人、恐ろしそうにその話をした。森番のハグリッドはつい一年前、二か月をアズカバンで過ごした。どこに連行されるか言い渡されたとき、ハグリッドが見せた恐怖の表情を、ハリーはそう簡単に忘れることができなかった。しかも、ハグリッドはハリーが知るかぎり、もっとも勇敢な人の一人なのだ。

夜の騎士バスは暗闇の中を、周りの物をけ散らすように突き進んだ――木のしげみ、道路のくい、電話ボックス、立ち木――そしてハリーは、不安とみじめさでまんじりともせず、羽根布団のベッドに横になっていた。しばらくして、ハリーがココアの代金を払ったことを思い出したスタンがやってきたが、バスがアングルシー島からアバディーンに突然飛んだときに、ココアをハリーの枕いっぱいにぶちまけてしまった。

一人、また一人と、魔法使いや魔女が寝巻きにガウンをはおり、スリッパで上のデッキから下りてきて、バスを降りていった。みんな降りるのがうれしそうだった。

ついにハリーが最後の乗客になった。

「ほいきた、ネビル」スタンがパンと手をたたきながら言った。「ロンドンのどのあたりだい？」

「ダイアゴン横丁」

「合点、承知。しっかりつかまってな……」

バーン！

バスはチャリング・クロス通りをバンバン飛ばしていた。ハリーは起き上がって、行く手のビルやベンチが身をよじってバスに道をゆずるのを眺めた。空が白みかけてきた。数時間はひそんでいよう。そしてグリンゴッツ銀行が開いたらすぐ行こう。それから出発だ――どこへ行くのか、それはわからないが。

アーンがブレーキを思いっきり踏みつけ、夜の騎士バスは急停車した。小さな、みすぼらしいパブ、「もれ鍋」の前だった。その裏にダイアゴン横丁への魔法の入口がある。

「ありがとう」ハリーがアーンに言った。

ハリーはバスを降り、スタンがハリーのトランクとヘドウィグのかごを歩道に降ろすのを手伝った。

「それじゃ、さよなら！」ハリーが言った。

しかし、スタンは聞いてもいなかった。バスの乗り口に立ったまま、「もれ鍋」の薄暗い入口をじろじろ見ている。

「ハリー、やっと見つけた」声がした。

ハリーが振り返る間もなく、肩に手が置かれた。と同時に、スタンが大声を上げた。

「おったまげた。アーン、来いよ。こっち来て、見ろよ！」

ハリーは肩に置かれた手の主を見上げた。バケツ一杯の氷が胃袋にザザーッと流れ込んだかと思った――コーネリウス・ファッジ、まさに魔法大臣その人の手中に飛び込んでしまった。

スタンがバスから二人の脇の歩道に飛び降りた。

「大臣、ネビルのことをなーんて呼びなすった？」スタンは興奮していた。

ファッジは小柄なでっぷりとした体に細じまの長いマントをまとい、寒そうに、つかれた様子で立っていた。
「ネビル？」ファッジが眉をひそめながらくり返した。「ハリー・ポッターだが」
「ちげぇねぇ！」スタンは大喜びだった。
「アーン！　アーン！　ネビルが誰か当ててみな！　アーン！　このしと、アリー・ポッターだ！　したいの傷が見えるぜ！」
「そうだ」ファッジがわずらわしそうに言った。
「まあ、夜の騎士バスがハリーを拾ってくれて大いにうれしい。だが、私はもう、ハリーと二人で『もれ鍋』に入らねば……」
ハリーの肩にかかったファッジの手に力が加わり、ハリーは否応なしにパブに入っていった。カウンターの後ろのドアから、誰かがランプを手に、腰をかがめて現れた。しわくちゃの、歯の抜けたパブの亭主、トムだ。
「大臣、捕まえなすったかね！」トムが声をかけた。「何かお飲み物は？　ビール？　ブランデー？」
「紅茶をポットでもらおうか」

ファッジはまだハリーを放してくれない。
二人の後ろから何か引きずるような大きな音と、ハァハァ、ゼイゼイという声が聞こえ、スタンとアーンがハリーのトランクとヘドウィグのかごを運びながら、興奮してあたりを見回していた。
「なーんで本名を教えてくれねぇんだ。え？　ネビルさんよ」
スタンがハリーに向かって笑いかけた。その肩越しにアーニーのふくろうのようなめがね顔が興味津々でのぞき込んでいる。
「それと、トム、個室を頼む」ファッジがことさらはっきり言った。
トムはカウンターから続く廊下へとファッジをいざなった。
「じゃあね」ハリーはみじめな気持ちでスタンとアーンに挨拶した。
「じゃあな、ネビルさん！」スタンが答えた。
トムのランプを先頭に、ファッジがハリーを追い立てるように狭い通路を進み、やがて小部屋にたどり着いた。トムが指をパチンと鳴らすと、暖炉の火が一気に燃え上がった。トムはうやうやしく頭を下げたまま部屋から出ていった。
「ハリー、かけたまえ」ファッジが暖炉のそばの椅子を示した。

暖炉の温もりがあるのに、ハリーは腕に鳥肌の立つ思いで腰かけた。ファッジは細じまのマントを脱ぎ、脇にポンと放り投げ、深緑色の背広のズボンをずり上げながらハリーのむかい側に腰を下ろした。

「私はコーネリウス・ファッジ、魔法大臣だ」

ハリーはもちろん知っていた。一度見たことがある。ただ、その時は父の形見の透明マントに隠れていたので、ファッジはそのことを知るはずもない。

亭主のトムがシャツえりの寝巻きの上にエプロンをつけ、紅茶とクランペット菓子を盆にのせて再び現れた。トムは、ファッジとハリーの間にあるテーブルに盆を置くと、ドアを閉めて部屋を出ていった。

「さて、ハリー」

ファッジは紅茶を注いだ。

「遠慮なく言うが、君のおかげで大変な騒ぎになった。あんなふうにおじさん、おばさんのところから逃げ出すとは！　私はもしものことがと……だが、君が無事で、いや、何よりだった」

ファッジはクランペットを一つ取り、バターを塗り、残りを皿ごとハリーのほうに押してよこした。

「食べなさい、ハリー。座ったまま死んでるような顔だよ。さーてと……安心したまえ。ミス・マージョリー・ダーズリーの不幸な風船事件は、我々の手で処理ずみだ。数時間前、『魔法事故リセット部隊』から二名をプリベット通りに派遣した。ミス・ダーズリーはパンクして元どおり。記憶は修正された。事故のことはまったく覚えていない。それで一件落着。実害なしだ」

ファッジはティーカップを傾け、その縁越しにハリーに笑いかけた。お気に入りの甥をじっくり眺めるおじさんという雰囲気だ。ハリーはにわかには信じられず、何かしゃべろうと口を開けてみたものの、言葉が見つからず、また口を閉じた。

「あぁ、君はおじさん、おばさんの反応が心配なんだね？　それは、ハリー、非常に怒っていたことは否定しない。しかし、君がクリスマスとイースターの休暇をホグワーツで過ごすなら、来年の夏には君をまた迎える用意があると言っている」

ハリーは詰まったのどをこじ開けた。

「僕、**いつだって**クリスマスとイースターはホグワーツに残っています。それに、プリベット通りには二度と戻りたくはありません」

「まあ、まあ、落ち着けば考えも変わるはずだ」ファッジが困ったような声を出した。

「何といっても、君の家族だ。それに、君たちはお互いに愛しく思っている――アー――心のふかーいところでだがね」
ハリーはまちがいを正す気にもならなかった。いったい自分がどうなるのかをまだ聞いていない。
「そこで、残る問題は――」ファッジは二つ目のクランペットにバターを塗りながら言った。
「夏休みの残りの三週間を君がどこで過ごすか、だ。私はこの『もれ鍋』に部屋を取るとよいと思うが、そして――」
「待ってください」ハリーは思わず尋ねた。「僕の処罰はどうなりますか？」
ファッジは目を瞬いた。
「処罰？」
「僕、規則を破りました！『未成年魔法使いの制限事項令』です！」
「君、君、当省はあんなちっぽけなことで君を罰したりはせん！」
ファッジはせっかちにクランペットを振りながら叫んだ。
「あれは事故だった！　おばさんをふくらましたかどでアズカバン送りにするなんてことはない！」
これでは、ハリーがこれまで経験した魔法省の措置とはつじつまが合わない。

「去年、屋敷しもべ妖精がおじさんの家でデザートを投げつけたというだけで、僕は公式警告を受けました！」ハリーはふに落ちない顔をした。

「その時魔法省は、僕があそこでまた魔法を使ったらホグワーツを退学させられるだろうと言いました」

ハリーの目に狂いがなければ、ファッジは突然うろたえたようだった。

「ハリー、状況は変わるものだ……我々が考慮すべきは……現状において……当然、君は退学になりたいわけではなかろう？」

「もちろん、いやです」

「それなら、何をつべこべ言うのかね？」ファッジはさらりと笑った。

「さあ、ハリー、クランペットを食べて。私はちょっと、トムに部屋の空きがあるかどうか聞いてこよう」

ファッジは大股に部屋を出ていき、ハリーはその後ろ姿をまじまじと見つめた。何かが決定的におかしい。ファッジが、ハリーのしでかしたことを罰するために待ち受けていたのでなければ、いったいなんで「もれ鍋」でハリーを待っていたのか？　それに、よくよく考えてみれば、たかが未成年の魔法使用事件に、魔法大臣じきじきのお出ましは普通ではない。

ファッジが亭主のトムを従えて戻ってきた。
「ハリー、十一号室が空いている。快適に過ごせると思うよ。ただ一つだけ、わかってくれるとは思うが、マグルのロンドンへはふらふら出ていかないでほしい。いいかな？　ダイアゴン横丁だけにしてくれたまえ。それと、毎日、暗くなる前にここに戻ること。君ならわかってくれるね。トムが私にかわって君を監視してるよ」
「わかりました」ハリーは考えながらゆっくり答えた。「でも、なぜ？　――」
「また行方不明になると困るよ。そうだろう？」ファッジはくったくのない笑い方をした。
「いや、いや……君がどこにいるのかわかってるほうがいいのだ……つまり……」
ファッジは大きく咳払いをすると、細じまのマントを取り上げた。
「さて、もう行かんと。やることが山ほどあるんでね」
「ブラックのこと、まだよい報せはないのですか？」ハリーが聞いた。
ファッジの指が、マントの銀のとめ金の上をズルッとすべった。
「何のことかね？　あぁ、耳に入ったのか――いや、ない。まだだ。しかし、時間の問題だ。アズカバンの看守はいまだかつて失敗を知らない……それに、連中がこんなに怒ったのを見たことがない」

ファッジはブルッと身震いした。
「それではお別れしよう」
ファッジが手を差し出し、ハリーがそれを握った。ふとハリーはあることを思いついた。
「あのー、大臣？　お聞きしてもよろしいでしょうか？」
「いいとも」ファッジがほほ笑んだ。
「あの、ホグワーツの三年生はホグズミード訪問が許されるんです。でも僕のおじさんもおばさんも許可証にサインしてくれなかったんです。大臣がサインしてくださいませんか？」
ファッジは困ったような顔をした。
「あー」ファッジが言った。「いや、ハリー、気の毒だが、だめだ。私は君の親でも保護者でもないので――」
「でも、魔法大臣です」ハリーは熱を込めた。「大臣が許可をくだされば――」
「いや、ハリー、気の毒だが、規則は規則なんでね」ファッジはにべもなく言った。
「来年にはホグズミードに行けるかもしれないよ。実際、君は行かないほうがいいと思うが……そう……さて、私は行くとしよう。ハリー、ゆっくりしたまえ」
最後にもう一度ニッコリとハリーと握手して、ファッジは部屋を出ていった。今度はトムがニコニコしながら近寄ってきた。
「ポッター様、どうぞこちらへ。お荷物は、もうお部屋に上げてございます……」
ハリーはトムのあとについてしゃれた木の階段を上り、「11」と書いた真鍮の表示のある部屋の前に来た。トムが鍵を開け、ドアを開いてハリーをうながした。
部屋には寝心地のよさそうなベッドと、磨き上げた樫材の家具が置かれ、暖炉の火が元気よくはぜていた。洋だんすの上にちょこんと――。
「ヘドウィグ！」ハリーは驚いた。
雪のようなふくろうがくちばしをカチカチ鳴らし、ハリーの腕にはたはたと舞い下りた。
「ほんとうに賢いふくろうをお持ちですね」トムがうれしそうに笑った。
「あなた様がお着きになって五分ほどたってから到着しました。ポッター様、何かご用がございましたら、どうぞいつでもご遠慮なく」
トムはまた一礼すると出ていった。
ハリーは、ヘドウィグをなでながら、長いことぼうっとベッドに座っていた。窓の外で、空の色が見る見る変わっていった。深いビロードのような青から、鋼のような灰色、そして、ゆっくりと黄金色の光を帯びた薄紅色へと。ほんの数時間前にプリベット通りを離れたこと、学校を追放されなかったこと、あと三週間、まったくダーズリーなしで過ごせること、何もかも信じがたかった。

「ヘドウィグ、とっても変な夜だったよ」ハリーはあくびをした。

めがねもはずさず、枕にコトンと倒れ込み、ハリーは眠りに落ちた。

第4章 もれ鍋

初めて自由を手にしたものの、ハリーは奇妙な感覚に慣れるまで数日かかった。好きなときに起きて、食べたい物を食べるなんて、こんなことは今までになかった。しかも、ダイアゴン横丁から出なければ、どこへでも好きな所に行ける。長い石畳の横丁は世界一魅力的な魔法グッズの店がぎっしり並んでいるし、ファッジとの約束を破ってマグルの世界へさまよい出るなど、ハリーは露ほども願いはしなかった。

毎朝「もれ鍋」で朝食を食べながら、ほかの泊まり客を眺めるのがハリーは好きだった。一日がかりの買い物をするのに田舎から出てきた、小柄でどこか滑稽な魔女とか、『変身現代』の最近の記事について議論を戦わせている、いかにも威厳のある魔法使いとか、猛々しい魔法戦士、やかましい小人、それに、ある時は、どうやら鬼婆だと思われる人が、分厚いウールのバラクラバ頭巾にすっぽり隠れて、生の肝臓を注文していた。

朝食が終わると、ハリーは裏庭に出て、杖を取り出し、ごみ箱の上の左から三番目のれんがを軽くたたき、少し後ろに下がって待つ。すると、壁にダイアゴン横丁へのアーチ形の入口が広がる。

長い夏の一日を、ハリーはぶらぶら店をのぞいて回ったり、カフェ・テラスに並んだ鮮やかなパラソルの下で食事をしたりした。カフェで食事をしている客たちは、互いに買い物を見せ合ったり（「ご同輩、これは望月鏡だ――もうややこしい月のチャートで悩まずにすむぞ、なぁ？」）、シリウス・ブラック事件を議論したり（「私個人としては、あいつがアズカバンに連れ戻されるまでは、子供たちを一人では外に出さないね」）していた。毛布にもぐって、懐中電灯で宿題をする必要はもうない。ハリーは「フローリアン・フォーテスキュー・アイスクリーム・パーラー」のテラスに座り、明るい陽の光を浴び、店主のフローリアン・フォーテスキュー氏にときどき手伝ってもらいながら、宿題を仕上げていた。店主は中世の魔女火あぶりにずいぶんくわしいばかりか、三十分ごとにサンデーをふるまってくれるのだった。

グリンゴッツの金庫からガリオン金貨、シックル銀貨、クヌート銅貨を引き出し、巾着をいっぱいにしたあとは、一度に全部使ってしまわないようにするのに、相当の自制心が必要だった。あと五年間ホグワーツに通うのだ、呪文の教科書を買うお金をダーズリーにせがむのがどんなにつらいことか考えろと、しょっちゅう自分自身に言い聞かせ、やっとのことで、純金の見事なゴブストーン・セットの誘惑を振り切った（ゴブストーンはビー玉に似た魔法のゲームで、失点するたびに、石がいっせいに、負けたプレイヤーの顔めがけていやな臭いのする液体を吹きかける）。それに、大きなガラスの球に入った完璧な銀河系の動く模型も、たまらない魅力だった。これがあれば、もう天文学の授業をとる必要がなくなるかもしれない。しかし、「もれ鍋」に来てから一週間後のこと、ハリーの決意をもっとも厳しい試練にかけるものが、お気に入りの「高級クィディッチ用具店」に現れた。

店の中で、何やらのぞき込んでいる人だかりが気になって、ハリーもその中に割り込んでいった。興奮した魔法使いや魔女の中でぎゅうぎゅうもまれながらちらっと見えたのは、新しく作られた陳列台で、そこにはハリーが今まで見たどの箒よりすばらしい箒が飾られていた。

「まだ出たばかり……試作品だ……」四角いあごの魔法使いが仲間に説明していた。

「世界一速い箒なんだよね、父さん？」ハリーより年下の男の子が、父親の腕にぶら下がりながらかわいい声で言った。

「アイルランド代表チームから、先日、この美人箒を七本もご注文いただきました！」店のオーナーが見物客に向かって言った。「このチームは、ワールド・カップの本命ですぞ！」

ハリーの前にいた大柄な魔女がどいたので、箒の脇にある説明書きを読むことができた。

炎の雷・ファイアボルト

この最先端技術を駆使したレース用箒は、ダイヤモンド級硬度の研磨仕上げによる、すっきりと流れるような形状の最高級トネリコ材の柄に、固有の登録番号が手作業で刻印されています。尾の部分はシラカンバの小枝を一本一本厳選し、研ぎあげて空気力学的に完璧な形状に仕上げています。このため、ファイアボルトは他の追随を許さぬバランスと、針の先ほども狂わぬ精密さを備えています。わずか十秒で時速二百四十キロメートルまで加速できる上、止めるときはブレーキ力が大ブレークします。

お値段はお問い合わせください。

お値段はお問い合わせください……金貨何枚になるのか、ハリーは考えたくなかった。こんなに欲しいと思いつめたことは、一度もない――しかし、ニンバス２０００で今まで試合に負けたことはなかった。充分によい箒をすでに持っているのに、ファイアボルトのためにグリンゴッツの金庫をからっぽにして何の意味がある？　ハリーは値段を聞かなかった。しかし、それからというもの、ファイアボルトを一目見たくて、ほとんど毎日通いづめだった。

買わなければならない物もあった。薬問屋に行って「魔法薬学」の材料を補充したし、制服のローブのそでやすそが十センチほど短くなってしまったので、「マダム・マルキンの洋装店――普段着から式服まで」に行って新しいのを買った。一番大切なのは新しい教科書を買うことだ。新しく加わった二科目の教科書も必要だった。「魔法生物飼育学」と「占い学」だ。

本屋のショーウィンドウをのぞいて驚いた。いつもなら飾ってあるはずの、歩道用のコンクリートほど大きい金箔押しの呪文集が消え、ショーウィンドウには、大きな鉄のおりがあった。その中に、百冊ほどの本が入っている。『怪物的な怪物の本』だった。すさまじいレスリングの試合のように本同士が取っ組み合い、ロックをかけ合い、戦闘的にかぶりつくというありさまで、本のページがちぎれ、そこいら中に飛び交っていた。

ハリーは教科書のリストをポケットから取り出して、初めて中身を読んだ。『怪物的な怪物の本』は「魔法生物飼育学」の必修本としてのっている。ハグリッドが役に立つだろうと言った意味が初めてわかった。ハリーはホッとした。もしかしたら、ハグリッドがまた何か恐ろしいペットを新しく飼って、ハリーに手伝ってほしいのかもしれないと心配していたからだ。

「フローリシュ・アンド・ブロッツ書店」に入っていくと、店長が急いで寄ってきた。
「ホグワーツかね？」店長が出し抜けに言った。「新しい教科書を？」
「ええ。欲しいのは――」
「どいて」
性急にそう言うと、店長はハリーを押しのけた。分厚い手袋をはめ、太いゴツゴツしたステッキを取り上げ、店長は怪物本のおりの入口へと進み出た。
「待ってください」ハリーがあわてて言った。「僕、それはもう持ってます」
「持ってる？」
店長の顔にたちまちホーッと安堵の色が広がった。
「やれ、助かった。今朝はもう五回もかみつかれてしまって――」
ビリビリという、あたりをつんざく音がした。二冊の怪物本が、ほかの一冊を捕まえてバラバラにしていた。
「やめろ！　やめてくれ！」
店長は叫びながらステッキを鉄格子の間から差し込み、からんだ本をたたいて引き離した。
「もう二度と仕入れるものか！　二度と！　お手上げだ！『透明術の透明本』を二百冊仕入れた

ときが最悪だと思ったのに――あんなに高い金を出して、結局どこにあるのか見つからずじまいだった……えーと、何かほかにご用は？」

「ええ」ハリーは本のリストを見ながら答えた。

「カッサンドラ・バブラツキーの『未来の霧を晴らす』をください」

「ああ、『占い学』を始めるんだね？」

店長は手袋をはずしながらそう言うと、ハリーを店の奥へと案内した。そこには、占いに関する本だけを集めたコーナーがあった。小さな机にうずたかく本が積み上げられている。『予知不能を予知する――ショックから身を護る』『玉が割れる――ツキが落ちはじめたとき』などがある。

「これですね」

店長がはしごを上り、黒い背表紙の厚い本を取り出した。

「『未来の霧を晴らす』。これは基礎的な占い術のガイドブックとしていい本です――手相術、水晶玉、鳥の腸……」

ハリーは聞いていなかった。別な本に目が吸い寄せられたのだ。小さな机に陳列されている物の中に、その本があった。『死の前兆――最悪の事態が来ると知ったとき、あなたはどうするか』。
「あぁ、それは読まないほうがいいですよ」
ハリーが何を見つめているのかに目をとめた店員がこともなげに言った。
「死の前兆があらゆるところに見えはじめて、それだけで死ぬほど怖いですよ」
それでもハリーは、その本の表紙から目が離せなかった。目をぎらつかせた、熊ほどもある大きな黒い犬の絵だ。気味が悪いほど見覚えがある……。
店員は『未来の霧を晴らす』をハリーの手に押しつけた。
「ほかには何か？」
「はい」
ハリーは犬の目から無理に目をそらし、ぼうっとしたままで教科書リストを調べた。
「えーと――『中級変身術』と三年生用の『基本呪文集』をください」
十分後、新しい教科書を小脇に抱え、ハリーはフローリシュ・アンド・ブロッツ書店を出た。自分がどこに向かっているかの意識もなく、「もれ鍋」へ戻る道すがら、ハリーは何度か人にぶつかった。
重い足取りで部屋への階段を上り、中に入ってベッドに教科書をバサバサと落とした。誰かが部屋の掃除をすませたらしい。窓が開けられ、陽光が部屋にそそぎ込んでいた。ハリーの背後で、部屋からは見えないマグルの通りをバスが走る音が聞こえ、階下からはダイアゴン横丁の、これもまた姿の見えない雑踏のざわめきが聞こえた。洗面台の上の鏡に自分の姿が映っていた。

「あれが、死の前兆のはずがない」

鏡の自分に向かって、ハリーは挑むように語りかけた。

「マグノリア・クレセント通りであれを見たときは気が動転してたんだ。たぶん、あれは野良犬だったんだ……」

ハリーはいつものくせで、なんとか髪をなでつけようとした。

「勝ち目はないよ、坊や」

鏡がしわがれた声で言った。

矢のように日がたった。ハリーはロンやハーマイオニーの姿はないかと、行く先々で探すようになった。新学期が近づいたので、ホグワーツの生徒たちが大勢、ダイアゴン横丁にやってきた。ハリーは「高級クィディッチ用具店」で、シェーマス・フィネガンやディーン・トーマスなど、同じグリフィンドール生に出会った。二人とも、やはり、ファイアボルトを穴のあくほど見つめていた。本物のネビル・ロングボトムにも「フローリシュ・アンド・ブロッツ書店」の前で出くわしたが、特に話はしなかった。丸顔の忘れん坊のネビルは教科書のリストをしまい忘れたらしく、いかにも厳しそうなネビルの「ばあちゃん」に叱られているところだった。魔法省から逃げる途中、ネビルの名をかたったことが、このおばあさんにばれませんように、とハリーは願った。

夏休み最後の日、あしたになれば必ず、ホグワーツ特急でロンとハーマイオニーに会えるだろう——そんな思いでハリーは目覚めた。着替えをすませ、最後にもう一度ファイアボルトを見ようと外に出た。どこで昼食をとろうかと考えていると、誰かが大声でハリーの名前を呼んだ。

「ハリー！　**ハリー！**」

振り返るとそこに、二人がいた。「フローリアン・フォーテスキュー・アイスクリーム・パーラー」のテラスに、二人とも座っていた。ロンはとてつもなくそばかすだらけに見えたし、ハーマイオニーはこんがり日焼けしていた。二人ともハリーに向かってちぎれんばかりに手を振っている。

「やっと会えた！」

ハリーが座ると、ロンがニコニコしながら言った。

「僕たち『もれ鍋』に行ったんだけど、もう出かけちゃったって言われたんだ。フローリシュ・

アンド・ブロッツにも行ってみたし、マダム・マルキンのとこにも、それで――」
「僕、学校に必要な物は先週買ってしまったんだ」ハリーが説明した。
「『もれ鍋』に泊まってるって、どうして知ってたの？」
「パパさ」ロンはくったくがない。
ウィーズリー氏は魔法省に勤めているし、当然マージおばさんの身に起こったことは全部聞いたはずだ。
「ハリー、ほんとにおばさんをふくらましちゃったの？」
ハーマイオニーが大まじめに聞いた。ロンが爆笑した。
「そんなつもりはなかったんだ。ただ、僕、ちょっと――キレちゃって」
「ロン、笑うようなことじゃないわ」ハーマイオニーが気色ばんだ。「むしろハリーが退学にならなかったのが驚きだわ。ほんとに」
「僕もそう思ってる」ハリーも認めた。「退学処分どころじゃない。僕、逮捕されるかと思った」
ハリーはロンのほうを見た。
「ファッジがどうして僕のことを見逃したのか、君のパパ、ご存じないかな？」
「たぶん、君が君だからだ。ちがうか？」

まだ笑いが止まらないロンが、たいていそんなもんだとばかりに肩をすぼめた。
「有名なハリー・ポッター。いつものことさ。おばさんをふくらませたのが僕だったら、魔法省が僕に何をするか、見たくないなぁ。もっとも、まず僕を土の下から掘り起こさないといけないだろうな。だって、きっと僕、ママに殺されちゃってるよ。でも、今晩パパに直接聞いてみろよ。僕たちも『もれ鍋』に泊まるんだ！　だから、あしたは僕たちと一緒にキングズ・クロス駅に行ける！　ハーマイオニーも一緒だ！」
ハーマイオニーもニッコリとうなずいた。
「パパとママが、今朝ここまで送ってくれたの。ホグワーツ校用のいろんな物も全部一緒にね」
「最高！」ハリーがうれしそうに言った。「それじゃ、新しい教科書とか、もう全部買ったの？」
「これ見てくれよ」
ロンが袋から細長い箱を引っ張り出し、開けて見せた。
「ピカピカの新品の杖。三十三センチ、柳の木、一角獣のしっぽの毛が一本入ってる。それに、僕たち二人とも教科書は全部そろえた」
ロンは椅子の下の大きな袋を指した。
「怪物本、ありゃ、何だい、エ？　僕たち、二冊欲しいって言ったら、店員が半べそだったぜ」

「ハーマイオニー、そんなにたくさんどうしたの？」
ハリーはハーマイオニーの隣の椅子を指差した。はちきれそうな袋が、一つどころか三つもある。
「ほら、私、あなたたちよりもたくさん新しい科目を取るでしょ？　これ、その教科書よ。数占い、魔法生物飼育学、占い学、古代ルーン文字学、マグル学――」
「なんでマグル学なんか取るんだい？」
ロンがハリーにきょろっと目配せしながら言った。
「君はマグル出身じゃないか！　パパやママはマグルじゃないか！　マグルのことはとっくに知ってるだろう！」
「だって、マグルのことを魔法的視点から勉強するのってとってもおもしろいと思うわ」
ハーマイオニーが真顔で言った。
「ハーマイオニー、これから一年、食べたり眠ったりする予定はあるの？」
ハリーが尋ねた。ロンはからかうようにクスクス笑った。ハーマイオニーは両方とも無視した。
「私、まだ十ガリオン持ってるわ」
ハーマイオニーがさいふをのぞきながら言った。

「私のお誕生日、九月なんだけど、自分で一足早くプレゼントを買いなさいって、パパとママがおこづかいをくださったの」
「すてきなご本はいかが？」ロンがむじゃきに言った。
「お気の毒さま」ハーマイオニーが落ち着き払って言った。
「私、とってもふくろうが欲しいの。だって、ハリーにはヘドウィグがいるし、ロンにはエロールが――」
「僕のじゃない」ロンが言った。「エロールは家族全員のふくろうなんだ。僕にはスキャバーズしかいない」
ロンはポケットからペットのネズミを引っ張り出した。
「こいつをよく診てもらわなきゃ。どうも、エジプトの水が合わなかったらしくて」
ロンがスキャバーズをテーブルに置いた。
スキャバーズはいつもよりやせて見えたし、ひげは見るからにダラリとしていた。
「すぐそこに『魔法動物ペットショップ』があるよ」
ハリーはダイアゴン横丁のことなら、もう何でも知っていた。
「ロンはスキャバーズ用に何かあるかどうか探せるし、ハーマイオニーはふくろうが買える」

そこで三人はアイスクリームの代金を払い、道路を渡って「魔法動物ペットショップ」に向かった。

中は狭苦しかった。壁は一分のすきもなくびっしりとケージで覆われていた。臭いがプンプンする上に、ケージの中でガアガア、キャッキャッ、シューシューと騒ぐのでやかましかった。カウンターのむこうの魔女が、二叉のイモリの世話を先客の魔法使いに教えているところだったので、三人はケージを眺めながら待った。

巨大な紫色のヒキガエルが一つがい、ペロリペロリと死んだクロバエのごちそうを飲み込んでいた。大亀が一頭、窓際で宝石をちりばめた甲羅を輝かせている。オレンジ色の毒カタツムリは、水槽の壁面をぬめぬめとゆっくりはい登っていたし、太った白ウサギはポンと大きな音を立てながら、シルクハットに変身したり、元のウサギに戻ったりをくり返していた。ありとあらゆる色の猫、ワタリガラスを集めたけたたましいケージ、大声でハミングしているプリン色の変な毛玉のバスケット。カウンターには大きなケージが置かれ、毛並みもつややかなクロネズミが、つるつるしたしっぽを使って縄跳びのようなものに興じていた。

二叉イモリの先客がいなくなり、ロンがカウンターに行った。

「僕のネズミのことなんですが、エジプトから帰ってきてから、ちょっと元気がないんです」

ロンが魔女に説明した。
「カウンターにバンと出してごらん」
魔女はポケットからがっしりした黒縁めがねを取り出した。
ロンは内ポケットからスキャバーズを取り出し、同類のネズミのケージの隣に置いた。跳びはねていたネズミたちは遊びをやめ、よく見えるように押し合いへし合いして金網の前に集まった。
ロンの持ち物はたいていそうだったが、スキャバーズもやはりお下がりで（以前はロンの兄、パーシーの物だった）、ちょっとよれよれだった。ケージ内の毛づやのよいネズミと並べるといっそうしょぼくれて見えた。
「フム」スキャバーズをつまみ上げ、魔女が言った。「このネズミは何歳なの？」
「知らない」ロンが言った。「かなりの年。前は兄のものだったんです」
「どんな力を持ってるの？」スキャバーズを念入りに調べながら、魔女が聞いた。
「エー――」
ロンがつっかえた。実はスキャバーズはこれはと思う魔力のかけらさえ示したことがない。魔女の目がスキャバーズのぼろぼろの左耳から、指が一本欠けた前足へと移った。それからチッチッチッと大きく舌打ちした。

「ひどい目にあってきたようだね。このネズミは」
「パーシーからもらったときからこんなふうだったよ」ロンは弁解するように言った。
「こういう普通の家ネズミは、せいぜい三年の寿命なんですよ」魔女が言った。
「お客さん、もしもっと長持ちするのがよければ、たとえばこんなのが……」
魔女はクロネズミを指し示した。とたんにクロネズミはまた縄跳びを始めた。
「目立ちたがり屋」ロンがつぶやいた。
「別なのをお望みじゃないなら、この『ネズミ栄養ドリンク』を使ってみてください」
魔女はカウンターの下から小さな赤い瓶を取り出した。
「オーケー。いくらですか？ ——**あいたっ！**」
ロンは身をかがめた。何やらでかいオレンジ色のものが一番上にあったケージの上から飛び降り、ロンの頭に着地したのだ。シャーッシャーッと激しくわめきながら、それはスキャバーズめがけて突進した。
「**こらっ！ クルックシャンクス、だめっ！**」
魔女が叫んだが、スキャバーズは石けんのようにツルリと魔女の手をすり抜けたと思うと、ぶざまにベタッと床に落ち、出口めがけて遁走した。

「スキャバーズ！」
ロンが叫びながらあとを追って脱兎のごとく店を飛び出し、ハリーもあとに続いた。
十分近く探して、やっとスキャバーズが見つかった。「高級クィディッチ用具店」の外にあるごみ箱の下に隠れていた。震えているスキャバーズをポケットに戻し、ロンは自分の頭をさすりながら立ち上がった。
「あれはいったい何だったんだ？」
「巨大な猫か、小さな虎か、どっちかだ」ハリーが答えた。
「ハーマイオニーはどこ？」
「たぶん、ふくろうを買ってるんだろ」
雑踏の中を引き返し、二人は「魔法動物ペットショップ」に戻った。ちょうど着いたときに、中からハーマイオニーが出てきた。しかし、ふくろうを持ってはいなかった。両腕にしっかり抱きしめていたのは巨大な赤猫だった。
「君、あの怪物を買ったのか？」ロンは口をあんぐり開けていた。
「この子、すてきでしょう、ね？」ハーマイオニーは得意満面だった。
見解の相違だな、とハリーは思った。赤味がかったオレンジ色の毛がたっぷりとしてふわふわだったが、どう見てもちょっとガニマタだったし、気難しそうな顔がおかしな具合につぶれている。まるで、れんがの壁に正面衝突したみたいだ。スキャバーズが隠れて見えないので、猫はハーマイオニーの腕の中で、満足げにゴロゴロ甘え声を出していた。

「ハーマイオニー、そいつ、危うく僕の頭の皮をはぐところだったんだぞ！」

「そんなつもりはなかったのよ、ねえ、クルックシャンクス？」

「それに、スキャバーズのことはどうしてくれるんだい？」

ロンは胸ポケットの出っ張りを指差した。

「こいつは安静にしてなきゃいけないんだ。そんなのに周りをうろうろされたら安心できないだろ？」

「それで思い出したわ。ロン、あなた『ネズミ栄養ドリンク』を忘れてたわよ」

ハーマイオニーは小さな赤い瓶をロンの手にピシャリと渡した。

「それに、**取り越し苦労**はおやめなさい。クルックシャンクスは私の女子寮で寝るんだし、スキャバーズはあなたの男子寮でしょ。何が問題なの？　かわいそうなクルックシャンクス。あの魔女が言ってたわ。この子、もうずいぶん長いことあの店にいたって。誰も欲しがる人がいなかったんだって」

「そりゃ不思議だね」
ロンが皮肉っぽく言った。そして、三人は「もれ鍋」に向かって歩きはじめた。
ウィーズリー氏が「日刊予言者新聞」を読みながら、バーに座っていた。
「ハリー！」ウィーズリー氏が目を上げてハリーに笑いかけた。「元気かね？」
「はい。元気です」ハリーが答えた。
三人は買い物をどっさり抱えてウィーズリー氏のそばに座った。
ウィーズリー氏が下に置いた新聞から、もうおなじみになったシリウス・ブラックの顔がハリーをじっと見上げていた。
「それじゃ、ブラックはまだ捕まってないんですね？」とハリーが聞いた。
「ウム」ウィーズリー氏は極めて深刻な表情を見せた。
「魔法省全員が、通常の任務を返上して、ブラック探しに努力してきたんだが、まだ吉報がない」
「僕たちが捕まえたら賞金がもらえるのかな？」ロンが聞いた。
「また少しお金がもらえたらいいだろうなあ――」
「ロン、ばかなことを言うんじゃない」

よく見るとウィーズリー氏は相当緊張していた。

「十三歳の魔法使いにブラックが捕まえられるわけがない。ヤツを連れ戻すのは、アズカバンの看守なんだよ。肝に銘じておきなさい」

その時、ウィーズリー夫人がバーに入ってきた。山のような買い物を抱えている。後ろに引き連れているのは、ホグワーツの五年生に進級する双子のフレッドとジョージ、全校首席に選ばれたパーシー、ウィーズリー家の末っ子で一人娘のジニーだった。

ジニーは前からずっとハリーに夢中だったが、ハリーを見たとたん、いつもよりなおいっそうどぎまぎしたようだった。去年ホグワーツで、ハリーに命を助けられたせいかもしれない。真っ赤になって、ハリーの顔を見ることもできずに「こんにちは」と消え入るように言った。一方パーシーは、まるでハリーとは初対面でもあるかのようにまじめくさって挨拶した。

「ハリー、お目にかかれてまことにまことにうれしい」

「やあ、パーシー」ハリーは必死で笑いをこらえた。

「お変わりないでしょうね？」

握手しながらパーシーがもったいぶって聞いた。何だか市長にでも紹介されるような感じだった。

「おかげさまで、元気です――」
「ハリー！」フレッドがパーシーをひじで押しのけ、前に出て深々とおじぎをした。
「おなつかしきご尊顔を拝し、何たる光栄――」
「ご機嫌うるわしく」
フレッドを押しのけて、今度はジョージがハリーの手を取った。
「恭悦至極に存じたてまつり」
パーシーが顔をしかめた。
「いいかげんにおやめなさい」ウィーズリー夫人が言った。
「お母上！」フレッドが、たった今母親に気づいたかのようにその手を取った。
「お目もじ叶い、何たる幸せ――」
「おやめって、言ってるでしょう」
ウィーズリー夫人は空いている椅子に買い物の荷物を置いた。
「こんにちは、ハリー。わが家のすばらしいニュースを聞いたでしょう？」
パーシーの胸に光る真新しい銀バッジを指差し、ウィーズリー夫人が晴れがましさに胸を張って言った。

「わが家の二人目の首席なのよ！」
「そして最後のね」フレッドが声をひそめて言った。
「そのとおりでしょうよ」ウィーズリー夫人が急にキッとなった。「二人とも、監督生になれなかったようですものね」
「なんで僕たちが監督生なんかにならなきゃいけないんだい？」
ジョージが考えるだけで反吐が出るという顔をした。
「人生真っ暗じゃござんせんか」
ジニーがクックッと笑った。
「妹のもっといいお手本になりなさい！」ウィーズリー夫人はきっぱり言った。
「お母さん。ジニーのお手本なら、ほかの兄たちがいますよ」パーシーが鼻高々で言った。
「僕は夕食のために着替えてきます」
パーシーがいなくなると、ジョージがため息をついてハリーに話しかけた。
「俺たち、あいつをピラミッドに閉じ込めてやろうとしたんだけど、ママに見つかっちゃってさ」

その夜の夕食は楽しかった。宿の亭主のトムが食堂のテーブルを三つつなげてくれて、ウィーズリー家の七人、ハリー、ハーマイオニーの全員がフルコースのおいしい食事を次々と平らげた。

「パパ、あした、どうやってキングズ・クロス駅に行くの？」

豪華なチョコレート・ケーキのデザートにかぶりつきながら、フレッドが聞いた。

「魔法省が車を二台用意してくれる」ウィーズリー氏が答えた。

みんないっせいにウィーズリー氏の顔を見た。

「どうして？」パーシーがいぶかしげに聞いた。

「パース、そりゃ、君のためだ」ジョージがまじめくさって言った。「それに、小さな旗が車の前につくぜ。HBって書いてな――」

「――HBって『首席』――じゃなかった、『石頭』の頭文字さ」

フレッドがあとを受けて言った。

パーシーとウィーズリー夫人以外は、思わずデザートの上にブーッと噴き出した。

「お父さん、どうしてお役所から車が来るんですか？」

パーシーがまったく気にしていないふうを装いながら聞いた。

「そりゃ、私たちにはもう車がないし、それに、私が勤めているので、ご厚意で……」

なにげない言い方だったが、ウィーズリー氏の耳が真っ赤になったのをハリーは見逃さなかった。何かプレッシャーがかかったときのロンと同じだ。

「大助かりだわ」ウィーズリー夫人がきびきびと言った。

「みんな、どんなに大荷物なのかわかってるの？　マグルの地下鉄なんかに乗ったら、さぞかし見物でしょうよ……。みんな、荷造りはすんだんでしょうね？」

「ロンは新しく買った物をまだトランクに入れていないんです」

パーシーがいかにも苦難に耐えているような声を出した。

「僕のベッドの上に置きっぱなしなんです」

「ロン、早く行ってちゃんとしまいなさい。あしたの朝はあんまり時間がないのよ」

ウィーズリー夫人がテーブルのむこう端から呼びかけた。ロンはしかめっ面でパーシーを見た。

夕食も終わり、みんな満腹で眠くなった。明日持っていく物をたしかめるため、一人、また一人と階段を上ってそれぞれの部屋に戻った。ロンとパーシーはハリーの隣部屋だった。自分のトランクを閉め、鍵をかけたその時、誰かのどなり声が壁越しに聞こえてきたので、ハリーは何事かと部屋を出た。

十二号室のドアが半開きになっていて、パーシーがどなっていた。

「ここに、ベッド脇の机にあったんだぞ。磨くのにはずしておいたんだから――」
「いいか、僕はさわってないぞ」ロンもどなり返した。
「どうしたんだい？」ハリーが聞いた。
「僕の首席バッジがなくなった」ハリーのほうを振り向きざま、パーシーが言った。
「スキャバーズのネズミ栄養ドリンクもないんだ」ロンはトランクの中身をポイポイ放り出して探していた。「もしかしたらバーに忘れたかな――」
「僕のバッジを見つけるまでは、どこにも行かせないぞ！」パーシーが叫んだ。
「僕、スキャバーズの薬を探してくる。もう荷造りが終わったから」
ロンにそう言って、ハリーは階段を下りた。
もうすっかり明かりの消えたバーに行く途中、廊下の中ほどまで来たとき、またしても別の二人が食堂の奥のほうで言い争っている声が聞こえてきた。それがウィーズリー夫妻の声だとはすぐにわかった。口げんかをハリーが聞いてしまったと、二人には知られたくない。どうしようとためらっていると、ふと自分の名前が聞こえてきた。ハリーは思わず立ち止まり、食堂のドアに近寄った。
「……ハリーに教えないなんてばかな話があるか」

ウィーズリー氏が熱くなっている。
「ハリーには知る権利がある。ファッジに何度もそう言ったんだが、ファッジはゆずらないんだ。ハリーを子供扱いしている。ハリーはもう十三歳なんだ。それに――」
「アーサー、ほんとのことを言ったら、あの子は怖がるだけです！」
ウィーズリー夫人が激しく言い返した。
「ハリーがあんなことを引きずったまま学校に戻るほうがいいって、あなた、本気でそうおっしゃるの？　とんでもないわ！　知らないほうがハリーは幸せなのよ」
「あの子にみじめな思いをさせたいわけじゃない。私はあの子に自分自身で警戒させたいだけなんだ」
ウィーズリー氏がやり返した。
「ハリーやロンがどんな子か、母さんも知ってるだろう。二人でふらふら出歩いて――もう『禁じられた森』にまで入り込んでいるんだよ！　今学期はハリーはそんなことをしちゃいかんのだ！　ハリーが家から逃げ出したあの夜、あの子の身に何か起こっていたかもわからんと思うと！　もし夜の騎士バスがあの子を拾っていなかったら、賭けてもいい、魔法省に発見される前にあの子は死んでいたよ」

「でも、あの子は死んでいませんわ。無事なのよ。だからわざわざ何も――」
「モリー母さん。シリウス・ブラックは狂人だとみんなが言う。たぶんそうだろう。しかし、アズカバンから脱獄する才覚があった。しかも不可能といわれていた脱獄だ。もう一月もたつのに、誰一人、ブラックの足跡さえ見ていない。ファッジが『日刊予言者新聞』に何と言おうと、事実、我々がブラックを捕まえる可能性は薄いのだよ。勝手に魔法をかける杖を発明すると同じぐらい難しいことだ。一つだけはっきり我々がつかんでいるのは、ヤツのねらいが――」
「でも、ハリーはホグワーツにいれば絶対安全ですわ」
「我々はアズカバンも絶対まちがいないと思っていたんだよ。ブラックがアズカバンを破って出られるなら、ホグワーツにだって破って入れる」
「でも、誰もはっきりとはわからないじゃありませんか。ブラックがハリーをねらってるなんて――」
ドスンと木をたたく音が聞こえた。ウィーズリー氏が拳でテーブルをたたいた音にちがいないとハリーは思った。
「モリー、何度言えばわかるんだね？　新聞にのっていないのは、ファッジがそれを秘密にしておきたいからなんだ。しかし、ブラックが脱走したあの夜、ファッジはアズカバンに視察に行っていたんだ。看守たちがファッジに報告したそうだ。ブラックがこのところ寝言を言うって。いつもおんなじ寝言だ。『あいつはホグワーツにいる……あいつはホグワーツにいる』。ブラックはね、モリー、狂っている。そしてハリーの死を望んでいるんだ。私の考えでは、ヤツは、ハリーを殺せば『例のあの人』の権力が戻ると思っているんだ。ハリーが『例のあの人』に引導を渡したあの夜、ブラックはすべてを失った。そして十二年間、ヤツはアズカバンの独房でそのことだけを思いつめていた……」

沈黙が流れた。ハリーは続きを聞きもらすまいと必死で、ドアにいっそうぴったりと張りついた。

「そうね、アーサー、あなたはご自分が正しいと思うことをなさらなければ。でも、アルバス・ダンブルドアのことをお忘れよ。ダンブルドアが校長をなさっているかぎり、ホグワーツではけっしてハリーを傷つけることはできないと思います。ダンブルドアはこのことをすべてご存じなんでしょう？」

「もちろん知っていらっしゃる。アズカバンの看守たちを学校の入口付近に配備してもよいかどうか、我々役所としても、校長におうかがいを立てなければならなかった。ダンブルドアはご不満ではあったが、同意した」

「ご不満？　ブラックを捕まえるために配備されるのに、どこがご不満なんですか？」
「ダンブルドアはアズカバンの看守たちがお嫌いなんだ」
ウィーズリー氏の口調は重苦しかった。
「それを言うなら、私も嫌いだ……。しかしブラックのような魔法使いが相手では、いやな連中とも手を組まなければならんこともある」
「看守たちがハリーを救ってくれたなら――」
「そうしたら、私はもう一言もあの連中の悪口は言わんよ」
ウィーズリー氏がつかれた口調で言った。
「母さん、もう遅い。そろそろ休もうか……」
ハリーは椅子の動く音を聞いた。できるだけ音を立てずに、ハリーは急いでバーに続く廊下を進み、その場から姿を隠した。食堂のドアが開き、数秒後に足音がして、ウィーズリー夫妻が階段を上るのがわかった。
ネズミ栄養ドリンクの瓶は、午後にみんなが座ったテーブルの下に落ちていた。ハリーはウィーズリー夫妻の部屋のドアが閉まる音が聞こえるまで待った。それから瓶を持って引き返し、二階に戻った。

フレッドとジョージが踊り場の暗がりにうずくまり、声を殺して、息が苦しくなるほど笑っていた。パーシーがバッジを探して、ロンとの二人部屋をあちこちひっくり返す大騒ぎを聞いているようだ。

「俺たちが持ってるのさ」フレッドがハリーにささやいた。「バッジを改善してやったよ」

バッジには「首席」ではなく「石頭」と書いてあった。

ハリーは無理に笑ってみせ、ロンにネズミ栄養ドリンクを渡すと、自分の部屋に戻って鍵をかけ、ベッドに横たわった。

シリウス・ブラックは、僕をねらっていたのか。それで謎が解けた。ファッジは僕が無事だったのを見てホッとしたから甘かったんだ。僕にダイアゴン横丁にとどまるように約束させたのは、ここなら僕を見守る魔法使いがたくさんいるからだ。あした魔法省の車二台で全員を駅まで運ぶのは、汽車に乗るまでウィーズリー一家が僕の面倒を見ることができるようにするためなんだ。

隣の部屋から壁越しにどなり声が低く聞こえてきた。なぜか、ハリーはそれほど恐ろしいと感じていなかった。シリウス・ブラックはたった一つの呪いで十三人を殺したという。ウィーズリー氏も夫人も、ほんとうのことを知ったらハリーが恐怖でうろたえるだろうと思ったにちがいない。でも、ウィーズリー夫人の言うことにハリーも同感だった。この地上で一番安全な場所は、ダンブルドアのいるところだ。ダンブルドアはヴォルデモート卿が恐れた唯一の人物だと、みんないつもそう言っているではないか？　シリウス・ブラックがヴォルデモートの右腕なら、当然同じようにダンブルドアを恐れているのではないか？

それに、みんなが取りざたしているアズカバンの看守がいる。みんなその看守たちを死ぬほど怖がっている。学校の周りにぐるりとこの看守たちが配備されるなら、ブラックが学校内に入り込む可能性はほとんどないだろう。

いや、ハリーを一番悩ませたのは、そんなことではない。ホグズミードに行ける見込みが今やゼロになってしまったことだ。ブラックが捕まるまでは、ハリーが城という安全地帯から出ないでほしいと、みんながそう思っている。それだけじゃない。危険が去るまで、みんながハリーのことを監視するだろう。

ハリーは真っ暗な天井に向かって顔をしかめた。僕が自分で自分の面倒を見られないとでも思っているの？　ヴォルデモート卿の手を三度も逃れた僕だ。そんなにやわじゃないよ……。

マグノリア・クレセント通りの、あの獣の影が、なぜかふっとハリーの心をよぎった。

『最悪の事態が来ると知ったとき、あなたはどうするか』……。

「僕は殺されたりしないぞ」

ハリーは声に出して言った。
「その意気だよ、坊や」
部屋の鏡が眠そうな声を出した。

第5章 吸魂鬼

翌朝、亭主のトムが、いつものように歯の抜けた口でニッコリ笑いながら、紅茶を持ってハリーを起こしにきた。ハリーは着替えをすませ、むずかるヘドウィグをなだめすかしてかごに入れた。ちょうどその時、ドアがバーンと開いて、トレーナーを頭からかぶりながら、ロンがいらいら顔で入ってきた。

「一刻も早く汽車に乗ろう。ホグワーツに行ったら、せめて、パーシーと離れられるしな。パーシーのやつ、今度は、ペネロピー・クリアウォーターの写真に僕が紅茶をこぼしたって責めるんだ」

ロンがしかめっ面をした。

「ほら、パーシーのガールフレンド。鼻の頭が赤くしみになったからって、写真の額に顔を隠しちまってさ……」

「話があるんだ」

ハリーはそう切り出したが、ちょうどフレッドとジョージがのぞき込んだので話がとぎれた。二人はロンがパーシーをカンカンに怒らせたことを誉めるために顔をのぞかせたのだ。

朝食をとりにみんなで下りていくと、ウィーズリー氏が眉根を寄せながら「日刊予言者新聞」の一面記事を読んでいた。ウィーズリー夫人はハーマイオニーとジニーに、自分が娘のころ作った「愛の妙薬」のことを話していた。三人ともクスクス笑ってばかりいた。

「何を言いかけたんだい？」テーブルに着きながらロンが尋ねた。

「あとで」ちょうどパーシーが鼻息も荒く入ってきたので、ハリーは小声で答えた。

旅立ちのごたごた騒ぎで、ハリーはロンやハーマイオニーに話す機会を失った。「もれ鍋」の狭い階段を、全員のトランクを汗だくで運び出して出口近くに積み上げたり、ヘドウィグやら、パーシーのコノハズクのヘルメスが入ったかごをそのまた上にのせたりと、何やかやでそれどころではなかったのだ。山と積まれたトランクの脇に、小さな柳編みのかごが置かれ、シャーッシャーッと激しい音を出していた。

「大丈夫よ、クルックシャンクス」

ハーマイオニーがかごの外から猫なで声で呼びかけた。

「汽車に乗ったら出してあげるからね」

「出してあげない」ロンがピシャリと言った。
「かわいそうなスキャバーズはどうなる？　エ？」
ロンは自分の胸ポケットを指差した。ぽっこりと盛り上がっている。スキャバーズが中で丸くなって縮こまっているらしい。
外で魔法省からの車を待っていたウィーズリー氏が、食堂に首を突き出した。
「車が来たよ。ハリー、おいで」
旧型の深緑色の車が二台停車していた。その先頭の車までのわずかな距離を、ウィーズリー氏はハリーに付き添って歩いた。二台とも、エメラルド色のビロードのスーツを着込んだ、どこか秘密のにおいのする魔法使いが運転していた。
「ハリー、さあ、中へ」
ウィーズリー氏が雑踏の右から左まですばやく目を走らせながらうながした。
ハリーは後ろの座席に座った。まもなくハーマイオニーとロンが乗り込み、そして、ロンにとってはむかつくパーシーも乗り込んだ。
キングズ・クロス駅までの移動は、ハリーの夜の騎士バスの旅に比べれば、あっけないものだった。魔法省の車はほとんどあたりまえの車と言ってもよかった。ただ、バーノンおじさんの新しい社用車なら絶対に通り抜けられないような狭いすきまをすり抜けられることにハリーは気づいた。キングズ・クロス駅に着いたときは、まだ二十分の余裕があった。魔法省の運転手が、カートを探してきて、トランクを車から降ろし、帽子にちょっと手をやってウィーズリー氏に向かって挨拶した。走り去った車は、なぜか信号待ちをしている車の列を飛び越して、一番前につけていた。

ウィーズリー氏は駅に入るまでずっと、ハリーのひじのあたりにぴったり張りついていた。

「よし、それじゃ」

ウィーズリー氏が周りをちらちら見ながら言った。

「我々は大所帯だから、二人ずつ行こう。私が最初にハリーと一緒に通り抜けるよ」

ウィーズリー氏は、ハリーのカートを押しながら、九番線と十番線の間にある柵のほうへぶらぶらと歩きながら、ちょうど九番線に到着した長距離列車のインターシティ一二五号に、興味津々のようだった。おじさんはハリーに意味ありげに目配せをし、なにげなく柵に寄りかかった。ハリーもまねをした。

次の瞬間、ハリーたちは硬い金属の障壁を通り抜け、九と四分の三番線ホームに横ざまに倒れ込んだ。目を上げると、紅色の機関車、ホグワーツ特急が煙を吐いていた。その煙の下で、ホームいっぱいにあふれた魔女や魔法使いが、子供たちを見送り、汽車に乗せていた。
ハリーの背後に突然パーシーとジニーが現れた。息を切らしている。走って柵を通り抜けたらしい。
「あ、ペネロピーがいる！」
パーシーは髪をなでつけ、一段とほおを紅潮させた。
胸に輝くバッジをガールフレンドが絶対見逃さないようにと、ふんぞり返って歩くパーシーを見て、ジニーとハリーは顔を見合わせ、パーシーに見られないよう横を向いて噴き出した。
ウィーズリー家の残りのメンバーとハーマイオニーが到着したところで、ハリーとウィーズリー氏が先頭に立って後尾車両のほうに歩いていった。満員のコンパートメントを通り過ぎ、ほとんど誰もいない車両を見つけ、そこにトランクを積み込み、ヘドウィグとクルックシャンクスを荷物棚にのせた。それからウィーズリー夫妻に別れを告げるために、もう一度列車の外に出た。
ウィーズリー夫人は子供たち全員にキスをし、それからハーマイオニー、最後にハリーにキスをした。ハリーはどぎまぎしながらも、おばさんにことさらギュッと抱きしめられてとてもうれしかった。
「ハリー、むちゃしないでね。いいこと？」

おばさんはハリーを離したが、なぜか目がうるんでいた。それから巨大な手さげかばんを取り出した。「みんなにサンドイッチを作ってきたわ。はい、ロン……いいえ、ちがいますよ。コンビーフじゃありません。……フレッド？　フレッドはどこ？　はい、あなたのですよ……」

「ハリー」

ウィーズリー氏がそっと呼んだ。

「ちょっとこっちへおいで」

おじさんはあごで柱のほうを示した。ウィーズリー夫人を囲む群れを抜け出し、ハリーはウィーズリー氏について柱の陰に入った。

「君が出発する前に、どうしても言っておかなければならないことがある――」

ウィーズリー氏の声は緊張していた。

「おじさん、いいんです。僕、もう知っています」

「知っている？　どうしてまた？」

「僕――あの――おじさんとおばさんがきのうの夜、話しているのを聞いてしまったんです。僕、聞こえてしまったんです」

それからハリーはあわててつけ加えた。

「ごめんなさい――」
「できることなら君にそんな知らせ方をしたくはなかった」
ウィーズリー氏は気づかわしげに言った。
「いいえ――これでよかったんです。ほんとうに。これで、おじさんはファッジ大臣との約束を破らずにすむし、僕は何が起こっているのかがわかったんですから」
「ハリー、きっと怖いだろうね――」
「怖くありません」
ハリーは心からそう答えた。ウィーズリー氏が信じられないという顔をしたので、「**ほんとうです**」とつけ加えた。
「僕、強がってるんじゃありません。でも、まじめに考えて、シリウス・ブラックがヴォルデモートより手ごわいなんてこと、ありえないでしょう？」
ウィーズリー氏はその名を聞いただけでひるんだが、聞かなかったふりをした。
「ハリー、君は、ファッジが考えているより、何と言うか、ずっと肝がすわっている。そのことは私も知っていた。君が怖がっていないのは、私としてももちろんうれしい。しかしだ――」
「アーサー！」

ウィーズリー夫人が呼んだ。おばさんは羊飼いが群れを追うように、みんなを汽車に追い込んでいた。

「アーサー、何してらっしゃるの？　もう出てしまいますよ！」

「モリー母さん、ハリーは今行くよ！」

そう言いながら、ウィーズリー氏はもう一度ハリーのほうに向きなおり、声をいっそう低くして、急き込んでこう言った。

「いいかね、約束してくれ――」

「――僕がおとなしくして城の外に出ないってことですか？」ハリーは憂うつだった。

「それだけじゃない」

おじさんはこれまでハリーが見たことがないような真剣な顔をしていた。

「ハリー、私に誓ってくれ。ブラックを探したりしないって」

「えっ？」ハリーはウィーズリー氏を見つめた。

汽笛がポーッと大きく鳴り響いた。駅員たちが汽車のドアを次々と閉めはじめた。

「ハリー、約束してくれ」ウィーズリー氏はますます急き込んだ。「どんなことがあっても――」

「僕を殺そうとしている人を、なんで僕のほうから探したりするんです？」

ハリーはキョトンとして言った。
「誓ってくれ。君が何を聞こうと――」
「アーサー、早く！」ウィーズリー夫人が叫んだ。
汽車はシューッと煙を吐き、動きだした。ハリーはドアまで走った。ロンがドアをパッと開け、一歩下がってハリーを乗せた。みんなが窓から身を乗り出し、汽車がカーブして二人の姿が見えなくなるまでウィーズリー夫妻に手を振り続けた。
「君たちだけに話したいことがあるんだ」
汽車がスピードを上げはじめたとき、ハリーはロンとハーマイオニーに向かってささやいた。
「ジニー、どっかに行ってて」ロンが言った。
「あら、ご挨拶ね」ジニーは機嫌をそこね、プリプリしながら離れていった。
ハリー、ロン、ハーマイオニーは誰もいないコンパートメントを探して通路を歩いた。どこもいっぱいだったが、最後尾にただ一つ空いたところがあった。
客が一人いるだけだった。男が一人、窓側の席でぐっすり眠っている。三人はコンパートメントの入口で中をたしかめた。ホグワーツ特急はいつも生徒のために貸し切りになっていて、食べ物をワゴンで売りにくる魔女以外は、車中で大人を見たことがなかった。

見知らぬ客は、あちこち継ぎの当たった、かなりみすぼらしいローブを着ていた。つかれはてて、病んでいるようにも見えた。まだかなり若いのに、鳶色の髪は白髪まじりだ。

「この人、誰だと思う？」

窓から一番遠い席を取り、引き戸を閉め、三人が腰を落ち着けたとき、ロンが声をひそめて聞いた。

「ルーピン先生」ハーマイオニーがすぐに答えた。

「どうして知ってるんだ？」

「かばんに書いてあるわ」

ハーマイオニーは男の頭の上にある荷物棚を指差した。くたびれた小ぶりのかばんは、きちんとつなぎ合わせたひもでぐるぐる巻きになっていた。かばんの片隅に、R・J・ルーピン教授と、はがれかけた文字が押してある。

「いったい何を教えるんだろ？」

ルーピン先生の青白い横顔を見て、顔をしかめながらロンが言った。

「決まってるじゃない」ハーマイオニーが小声で言った。

「空いているのは一つしかないでしょ？『闇の魔術に対する防衛術』よ」

ハリーも、ロンも、ハーマイオニーも、「闇の魔術に対する防衛術」の授業を二人の先生から受けたが、二人とも一年しかもたなかった。この学科は呪われているというわさがたっていた。

「ま、この人がちゃんと教えられるならいいけどね」

ロンはダメだろうという口調だ。

「強力な呪いをかけられたら一発で参っちまうように見えないか？　ところで……」

ロンはハリーのほうを向いた。

「何の話なんだい？」

ハリーはウィーズリー夫妻の言い合いのことや、今しがたウィーズリー氏が警告したことを全部二人に話した。聞き終わると、ロンは愕然としていたし、ハーマイオニーは両手で口を押さえていた。やがてハーマイオニーは手を離し、こう言った。

「シリウス・ブラックが脱獄したのは、あなたをねらうためですって？　あぁ、ハリー……ほんとに、ほんとに気をつけなきゃ。自分からわざわざトラブルに飛び込んでいったりしないでね。ね、ハリー……」

「僕、自分から飛び込んでいったりするもんか」ハリーはじれったそうに言った。

「いつもトラブルのほうが飛び込んでくるんだ」

「ハリーを殺そうとしてる狂人だぜ。自分からのこのこ会いにいくバカがいるかい？」
ロンは震えていた。
二人とも、ハリーが考えた以上に強い反応を示した。ロンもハーマイオニーも、ブラックのことをハリーよりずっと恐れているようだった。
「ブラックがどうやってアズカバンから逃げたのか、誰にもわからない。これまで脱獄した者は一人もいない。しかもブラックは一番厳しい監視を受けていたんだ」
ロンは落ち着かない様子で話した。
「だけど、また捕まるでしょう？」ハーマイオニーが力を込めて言った。
「だって、マグルまで総動員してブラックを追跡してるじゃない……」
「何の音だろう？」突然ロンが言った。
小さく口笛を吹くような音が、かすかにどこからか聞こえてくる。三人はコンパートメントを見回した。
「ハリー、君のトランクからだ」
ロンは立ち上がって荷物棚に手を伸ばし、やがてハリーのローブの間から携帯用「かくれん防止器」を引っ張り出した。ロンの手の平の上でそれは激しく回転し、まぶしいほどに輝いていた。
「それ、スニーコスコープ？」ハーマイオニーが興味津々で、もっとよく見ようと立ち上がった。
「ウン……だけど、安モンだよ」ロンが言った。「エロールの脚にハリーへの手紙をくくりつけようとしたら、メッチャ回ったもの」
「その時何か怪しげなことをしてなかった？」ハーマイオニーが突っ込んだ。
「してない！　でも……エロールを使っちゃいけなかったんだ。じいさん、長旅には向かないしね……だけど、ハリーにプレゼントを届けるのに、ほかにどうすりゃよかったんだい？」
「早くトランクに戻して」
スニーコスコープが耳をつんざくような音を出したので、ハリーがルーピン先生のほうをあごで指しながら注意した。
「じゃないと、この人が目を覚ますよ」
ロンはスニーコスコープをバーノンおじさんのとびきりオンボロ靴下の中に押し込んで音を殺し、その上からトランクのふたを閉めた。
「ホグズミードで調べてもらえるかもしれない」
ロンが席に座りなおしながら言った。

「『ダービシュ・アンド・バングズ』の店で、魔法の機械とかいろいろ売ってるって、フレッドとジョージが教えてくれた」
「ホグズミードのこと、よく知ってるの？」ハーマイオニーが意気込んだ。
「イギリスで唯一の、完全にマグルなしの村だって本で読んだけど――」
「ああ、そうだと思うよ」ロンはそんなことには関心がなさそうだ。
「僕、だからそこに行きたいってわけじゃないよ。『ハニーデュークス』の店に行ってみたいだけさ！」
「それって、何？」ハーマイオニーが聞いた。
「お菓子屋さ」ロンはうっとり夢見る顔になった。
「なーんでもあるんだ……激辛ペッパー――食べると、口から煙が出るんだ――それにイチゴムースやクリームがいっぱい詰まってる大粒のふっくらチョコボール――それから砂糖羽根ペン――授業中にこれをなめていたって、次に何を書こうか考えているみたいに見えるんだ――」
「でも、ホグズミードってとってもおもしろいところなんでしょう？」
ハーマイオニーがしつこく聞いた。
「『魔法の史跡』を読むと、そこの旅籠は一六一二年の小鬼の反乱で本部になったところだし、

『叫びの屋敷』はイギリスで一番恐ろしい呪われた幽霊屋敷だって書いてあるし――」
「――それにおっきな炭酸入りキャンディ。なめてる間、地上から数センチ浮き上がるんだ」
ロンはハーマイオニーの言ったことを全然聞いてはいなかった。
ハーマイオニーはハリーのほうに向きなおった。
「ちょっと学校を離れて、ホグズミードを探検するのもすてきじゃない？」
「だろうね」ハリーは沈んだ声で言った。「見てきたら、僕に教えてくれなきゃ」
「どういうこと？」ロンが聞いた。
「僕、行けないんだ。ダーズリーおじさんが許可証にサインしなかったし、ファッジ大臣もサインしてくれないんだ」
ロンがとんでもないという顔をした。
「**許可してもらえないって？**　そんな――そりゃないぜ――マクゴナガルか誰かが許可してくれるよ――」
ハリーは力なく笑った。グリフィンドールの寮監、マクゴナガル先生はとても厳しい先生だ。
「――じゃなきゃ、フレッドとジョージに聞けばいい。あの二人なら、城から抜け出す秘密の道を全部知ってる――」

「ロン！」ハーマイオニーの厳しい声が飛んだ。
「ブラックが捕まってないのに、ハリーは学校からこっそり抜け出すべきじゃないわ――」
「ああ、僕が許可してくださいってお願いしたら、マクゴナガル先生はきっとそうおっしゃるだろうな」
ハリーが残念そうに言った。
「だけど、**僕たちが**ハリーと一緒にいれば、ブラックはまさか――」
ロンがハーマイオニーに向かって威勢よく言った。
「まあ、ロン、ばかなこと言わないで」ハーマイオニーは手厳しい。
「ブラックは雑踏のど真ん中であんなに大勢を殺したのよ。**私たちが**ハリーのそばにいれば、ブラックが尻込みすると、本気でそう思ってるの？」
ハーマイオニーはクルックシャンクスの入ったかごのひもを解こうとしていた。
「そいつを出したらダメ！」
ロンが叫んだが、遅かった。クルックシャンクスがひらりとかごから飛び出し、伸びに続いてあくびをしたと思うと、ロンのひざに跳び乗った。ロンのポケットのふくらみがブルブル震えた。ロンは怒ってクルックシャンクスを払いのけた。

「どけよ！」
「ロン、やめて！」
ハーマイオニーが怒った。
ロンが言い返そうとしたその時、ルーピン先生がもぞもぞ動いた。三人ともぎくりとして先生を見たが、先生は頭を反対側に向けただけで、わずかに口を開けて眠り続けた。
ホグワーツ特急は順調に北へと走り、外には雲がだんだん厚く垂れ込め、車窓には一段と暗く荒々しい風景が広がっていった。コンパートメントの外側の通路では生徒が追いかけっこをして往ったり来たりしていた。クルックシャンクスは空いている席に落ち着き、ペチャンコの顔をロンに向け、黄色い目をロンのシャツのポケットに向けていた。
一時になると、丸っこい魔女が食べ物を積んだカートを押して、コンパートメントのドアの前にやってきた。
「この人を起こすべきかなぁ？」
ルーピン先生のほうをあごで指し、ロンが戸惑いながら言った。
「何か食べたほうがいいみたいに見えるけど」
ハーマイオニーがそっとルーピン先生のそばに行った。

「あの――先生？　もしもし――先生？」
先生は身じろぎもしない。
「大丈夫よ、嬢ちゃん」
大きな魔女鍋スポンジケーキを一山ハリーに渡しながら、魔女が言った。
「目を覚ましたときにお腹がすいてるようなら、わたしは一番前の運転士のところにいますからね」
「この人、眠ってるんだよね？」
魔女のおばさんがコンパートメントの引き戸を閉めたとき、ロンがこっそり言った。
「つまり……死んでないよね。ね？」
「ない、ない。息をしてるわ」
ハリーがよこしたケーキを取りながら、ハーマイオニーがささやいた。
ルーピン先生はつき合いのよい道連れではなかったかもしれないが、コンパートメントにいてくれたことで役に立った。昼下がりになって、車窓から見える丘陵風景がかすむほどの雨が降り出したとき、通路でまた足音がした。ドアを開けたのは、三人が一番毛嫌いしている連中だった。ドラコ・マルフォイと、その両脇を固める腰巾着のビンセント・クラッブ、グレゴリー・ゴイルだ。
ドラコ・マルフォイとハリーは、ホグワーツ行き特急での最初の旅で出会ったときからの敵同士だ。あごのとがった青白い顔にいつもせせら笑いを浮かべているマルフォイは、スリザリン寮生だった。スリザリン寮代表のクィディッチ・チームではシーカーで、ハリーのグリフィンドール寮チームでのポジションと同じだ。クラッブとゴイルは、マルフォイの命令に従うために存在するかのような二人だった。両方とも筋骨隆々の肩幅がっちり体型で、クラッブのほうが背が高く、茶碗カットのヘアスタイルで太い首。ゴイルはたわしのような短く刈り込んだ髪で、ゴリラのような長い腕をぶら下げていた。
「へえ、誰かと思えば」
コンパートメントのドアを開けながら、マルフォイはいつもの気取った口調で言った。
「ポッター、ポッティーのいかれポンチと、ウィーズリー、ウィーゼルのコソコソ君じゃあないか！」
クラッブとゴイルはトロール並みのアホ笑いをした。
「ウィーズリー、君の父親がこの夏やっと小金を手にしたって聞いたよ。母親がショックで死ななかったかい？」

ロンが出し抜けに立ち上がった拍子に、クルックシャンクスのかごを床にたたき落としてしまった。ルーピン先生がいびきをかいた。

「そいつは誰だ？」

ルーピンを見つけたとたん、マルフォイが無意識に一歩引いた。

「新しい先生だ」

ハリーは、そう答えながら、もしかしたらロンを引き止めなければならないかもしれないと、自分も立ち上がっていた。

「マルフォイ、今、何て言ったんだ？」

マルフォイは薄青い目を細めた。先生の鼻先でけんかを吹っかけるほどばかではない。

「いくぞ」マルフォイは苦々しげにクラッブとゴイルに声をかけ、姿を消した。

ハリーとロンはまた座った。ロンは拳をさすっていた。

「今年はマルフォイにごちゃごちゃ言わせないぞ」ロンは熱くなっていた。「本気だ。僕の家族の悪口を一言でも言ってみろ。首根っこをつかまえて、こうやって――」

ロンは空を切るように乱暴な動作をした。

「ロン」ハーマイオニーがルーピン先生を指差して「シッ」と言った。

「気をつけてよ……」
ルーピン先生はそれでもぐっすり眠り続けていた。
汽車がさらに北へ進むと、雨も激しさを増した。窓の外は雨足がかすかに光るだけの灰色一色で、その色も墨色に変わり、やがて通路と荷物棚にポツとランプがともった。汽車はガタゴト揺れ、雨は激しく窓を打ち、風はうなりを上げた。それでもルーピン先生は眠っている。
「もう着くころだ」
ロンが身を乗り出し、ルーピン先生の体越しに、もう真っ暗になっている窓の外を見た。
ロンの言葉が終わるか終わらないうちに、汽車が速度を落としはじめた。
「調子いいぞ」
ロンは立ち上がり、そっとルーピン先生の脇をすり抜けて窓から外を見ようとした。
「腹ペコだ。宴会が待ち遠しい……」
「まだ着かないはずよ」ハーマイオニーが時計を見ながら言った。
「じゃ、なんで止まるんだ？」
汽車はますます速度を落とした。ピストンの音が弱くなり、窓を打つ雨風の音がいっそう激しく聞こえた。

一番ドアに近いところにいたハリーが立ち上がって、通路の様子をうかがった。同じ車両のどのコンパートメントからも、不思議そうな顔が突き出ていた。

汽車がガクンと停まった。どこか遠くのほうから、ドサリ、ドシンと、荷物棚からトランクが落ちる音が聞こえてきた。そして、何の前触れもなく、明かりがいっせいに消え、あたりが急に真っ暗闇になった。

「いったい何が起こったんだ？」

ハリーの後ろでロンの声がした。

「イタッ！」ハーマイオニーがうめいた。「ロン、今の、私の足だったのよ！」

ハリーは手探りで自分の席に戻った。

「故障しちゃったのかな？」

「さぁ……」

引っかくような音がして、ハリーの目にロンのりんかくがぼんやりと見えた。ロンは窓ガラスの曇りを丸くふき、外をのぞいていた。

「何だかあっちで動いてる。誰か乗り込んでくるみたいだ」ロンが言った。

コンパートメントのドアが急に開き、誰かがハリーの脚の上に倒れ込んできて、ハリーは痛い思いをした。
「ごめんね！　何がどうなったかわかる？　アイタッ！　ごめんね――」
「やあ、ネビル」ハリーは闇の中を手探りでネビルのマントをつかみ、助け起こした。
「ハリー？　君なの？　どうなってるの？」
「わからない。座って――」
シャーッと大きな鳴き声、続いて痛そうなネビルの叫び声が聞こえた。ネビルがクルックシャンクスの上に座ろうとしたのだ。
「私、運転士のところに行って、何事なのか聞いてくるわ」ハーマイオニーの声だ。
ハリーはハーマイオニーが前を通り過ぎる気配を感じた。それからドアを開ける音、続いてドシンという音と、痛そうな叫び声が二人分聞こえた。
「だあれ？」
「**そっちこそ**だあれ？」
「ジニーなの？」
「ハーマイオニー？」
「何してるの？」

「ロンを探してるの――」
「入って、ここに座れよ――」
「ここじゃないよ！」ハリーがあわてて言った。「ここには僕がいるんだ！」
「アイタッ！」ネビルだ。
「静かに！」突然しわがれ声がした。
ルーピン先生がついに目を覚ましたらしい。先生のいる奥のほうで、何か動く音をハリーは聞いた。みんながだまった。
やわらかなカチリという音のあとに、灯りが揺らめき、コンパートメントを照らした。ルーピン先生は手の平いっぱいに炎を持っているようだった。炎が先生のつかれたような灰色の顔を照らした。目だけが油断なく、鋭く警戒していた。
「動かないで」
さっきと同じしわがれ声でそう言うと、先生は手の平の灯りを前に突き出してゆっくりと立ち上がった。
先生がドアにたどり着く前に、ドアがゆっくりと開いた。
ルーピン先生が手にした揺らめく炎に照らし出され、入口に立っていたのは、マントを着た、天井までも届きそうな黒い影だった。顔はすっぽりと頭巾で覆われている。ハリーは上から下へとその影に目を走らせた。そして、胃が縮むようなものを見てしまった。マントから突き出ている手。灰白色に冷たく光り、穢らわしいかさぶたに覆われ、水中で腐敗した死がいのような手……。

ほんの一瞬しか見えなかった。まるでその生き物がハリーの視線に気づいたかのように、その手は黒い覆いのひだの中へ突如引っ込められた。

それから頭巾に覆われた得体の知れない何者かは、ガラガラと音を立てながらゆっくりと長く息を吸い込んだ。まるでその周囲から、空気以外の何かを吸い込もうとしているかのようだった。

ぞっとするような冷気が全員を襲った。ハリーは自分の息が胸の途中でつっかえたような気がした。寒気がハリーの皮膚の下深くもぐり込んでいった。ハリーの胸の中へ、そしてハリーの心臓そのものへと……。

ハリーの目玉がひっくり返った。何も見えない。ハリーは冷気におぼれていった。耳の中に、まるで水が流れ込むような音がした。下へ下へと引き込まれていく。うなりがだんだん大きくなる……。

すると、どこか遠くから叫び声が聞こえた。ぞっとするようなおびえた叫び、哀願の叫びだ。

誰か知らないその人を、ハリーは助けたかった。腕を動かそうとしたが、どうにもならない……。濃い霧がハリーの周りに、ハリーの体の中に渦巻いている――。

「ハリー！　ハリー！　しっかりして」

誰かがハリーのほおをたたいている。

「ウ、うーん？」

ハリーは目を開けた。体の上にランプがあった。床が揺れている――ホグワーツ特急が再び動きだし、車内はまた明るくなっていた。ハリーは座席から床にすべり落ちたらしい。ロンとハーマイオニーが脇にかがみ込んでいた。その上からネビルとルーピン先生がのぞき込んでいるのが見える。とても気分が悪かった。鼻のめがねを押し上げようと手を当てると、顔に冷や汗が流れていた。

ロンとハーマイオニーがハリーを抱えて席に戻した。

「大丈夫かい？」ロンがこわごわ聞いた。

「ああ」

ハリーはドアのほうをちらっと見た。頭巾の生き物は消えていた。

「何が起こったの？　どこに行ったんだ――あいつは？　誰が叫んだの？」

「誰も叫びやしないよ」ますます心配そうにロンが答えた。
ハリーは明るくなったコンパートメントをぐるりと見た。ジニーとネビルが、二人とも真っ青な顔でハリーを見返していた。
「でも、僕、叫び声を聞いたんだ――」
パキッという大きな音で、みんな飛び上がった。ルーピン先生が巨大な板チョコを割っていた。
「さあ」
先生がハリーに特別大きい一切れを渡しながら言った。
「食べるといい。気分がよくなるから」
ハリーは受け取ったが食べなかった。
「あれは何だったのですか？」ハリーがルーピン先生に聞いた。
「ディメンター、吸魂鬼だ」
ほかのみんなにもチョコレートを配りながら、ルーピン先生が答えた。
「アズカバンの吸魂鬼の一人だ」
みないっせいに先生を見つめた。ルーピン先生は空になったチョコレートの包み紙をくしゃくしゃ丸めてポケットに入れた。

「食べなさい」先生がくり返した。「元気になる。私は運転士と話してこなければ。失礼……」

先生はハリーの脇をゆらりと通り過ぎ、通路へと消えた。

「ハリー、ほんとに大丈夫？」ハーマイオニーが心配そうにハリーをじっと見た。

「僕、わけがわからない……何があったの？」ハリーはまだ流れている額の汗をぬぐった。

「ええ――あれが――あの吸魂鬼が――あそこに立って、ぐるりっと見回したの……っていうか、そう思っただけ。だって顔が見えなかったんだもの……そしたら――あなたが――あなたが――」

「僕、君が引き付けか何か起こしたのかと思った」

ロンが言った。まだ恐ろしさが消えない顔だった。

「君、何だか硬直して、座席から落ちて、ヒクヒクしはじめたんだ――」

「そしたら、ルーピン先生があなたをまたいで吸魂鬼のほうに歩いていって、杖を取り出したの」

ハーマイオニーが続けた。

「そしてこう言ったわ。『シリウス・ブラックをマントの下にかくまっている者は誰もいない。去れ』って。でも、あいつは動かなかった。そしたら先生が何かブツブツ唱えて、吸魂鬼に向かって何か銀色のものが杖から飛び出して。そしたら、あいつは背を向けてスーッといなくなったの……」

「怖かったよぉ」ネビルの声がいつもより上ずっていた。

「あいつが入ってきたときどんなに寒かったか、みんな感じたよね？」

「僕、妙な気持ちになった」ロンが落ち着かない様子で肩を揺すった。「もう一生楽しい気分になれないんじゃないかって……」

ジニーはハリーと同じくらい気分が悪そうで、隅のほうでひざを抱え、小声ですすりあげた。ハーマイオニーがそばに行って、なぐさめるようにジニーを抱いた。

「だけど、誰か――座席から落ちた？」ハリーが気まずそうに聞いた。

「ううん」ロンがまた心配そうにハリーを見た。「ジニーがめちゃくちゃ震えてたけど……」

ハリーには何だかわからなかった。ひどい流感の病み上がりのように、弱り、震えていた。しかも恥ずかしくなってきた。ほかのみんなは大丈夫だったのに、なぜ自分だけがこんなにひどいことになったのだろう？

ルーピン先生が戻ってきた。入ってくるなり、先生はちょっと立ち止まり、みんなを見回して、ふっと笑った。

「おやおや、チョコレートに毒なんか入れてないよ……」
ハリーは一口かじった。驚いたことに、たちまち手足の先まで一気に暖かさが広がった。
「あと十分でホグワーツに着く。ハリー、大丈夫かい？」ルーピン先生が言った。
なぜ自分の名前を知っているのか、ハリーは聞かなかった。
「はい」バツが悪くて、ハリーはつぶやくように答えた。
到着まで、みんな口数が少なかった。汽車はホグズミード駅で停車し、みんなが下車するのが一騒動だった。ふくろうがホーホー、猫はニャーニャー、ネビルのペットのヒキガエルは帽子の下でゲロゲロ鳴いた。狭いプラットホームは凍るような冷たさで、氷のような雨がたたきつけていた。
「イッチ（一）年生はこっちだ！」
なつかしい声が聞こえた。ハリー、ロン、ハーマイオニーが振り向くと、プラットホームのむこう端に、ハグリッドの巨大な姿のりんかくが見えた。びくびくの新入生を、例年のように湖を渡る旅に連れていくために、ハグリッドが手招きしている。
「三人とも元気かー？」
ハグリッドが群れの頭越しに大声で呼びかけた。三人ともハグリッドに手を振ったが、話しかける機会がなかった。周りの人波が、三人をホームからそれる方向へと押し流していた。三人ともその流れについていき、デコボコのぬかるんだ馬車道に出た。そこに、ざっと百台の馬車が生徒たちを待ち受けていた。馬車は透明の馬に引かれている、と、ハリーはそう思うしかなかった。何しろ、馬車に乗り込んで扉を閉めると、ひとりでに馬車が走り出し、ガタゴトと揺れながら隊列を組んで進んでいくのだ。

馬車はかすかにかびと藁の匂いがした。チョコレートを食べてから、気分がよくなってはいたが、ハリーはまだ体に力が入らなかった。ロンとハーマイオニーは、ハリーがまた気絶することを恐れているかのように、横目でしょっちゅうハリーを見ていた。

馬車は壮大な錬鉄の門をゆるゆると走り抜けた。門の両脇に石柱があり、そのてっぺんに羽を生やしたイノシシの像が立っている。頭巾をかぶった、そびえ立つような吸魂鬼がここにも二人、門の両脇を警護しているのをハリーは見た。またしても冷たい吐き気に襲われそうになり、ハリーはボコボコした座席のクッションに深々と寄りかかり、門を通過し終わるまで目を閉じていた。城に向かう長い上り坂で、馬車はさらに速度を上げていった。ハーマイオニーは小窓から身を乗り出し、城の尖塔や大小の塔がだんだん近づいてくるのを眺めていた。ついに、一揺れして馬車が止まった。ハーマイオニーとロンが降りた。

ハリーが降りるとき、気取った、いかにもうれしそうな声が聞こえてきた。
「ポッター、気絶したんだって？　ロングボトムはほんとうのことを言ってるのかな？　ほんとうに気絶なんかしたのかい？」
マルフォイはひじでハーマイオニーを押しのけ、ハリーと城への石段との間に立ちはだかった。喜びに顔を輝かせ、薄青い目が意地悪に光っている。
「失せろ、マルフォイ」
ロンは歯を食いしばっていた。
「ウィーズリー、君も気絶したのか？」マルフォイは大声で言った。「あのこわーい吸魂鬼で、ウィーズリー、君も縮み上がったのかい？」
「どうしたんだい？」
おだやかな声がした。ルーピン先生が次の馬車から降りてきたところだった。
マルフォイは横柄な目つきでルーピン先生をじろじろ見た。その目でローブの継ぎはぎや、ぼろぼろのかばんを眺め回した。
「いいえ、何も――えーと――せ・ん・せ・い」
マルフォイの声にかすかに皮肉が込められていた。クラッブとゴイルに向かってニンマリ笑い、マルフォイは二人を引き連れて城への石段を上った。
ハーマイオニーがロンの背中をつついて急がせた。生徒の群がる石段を、三人は群れにまじって上がり、正面玄関の巨大な樫の扉を通り、広々とした玄関ホールに入った。そこは松明で明々と照らされ、上階に通ずる壮大な大理石の階段があった。
右のほうに大広間への扉が開いていた。ハリーは群れの流れについて中に入った。大広間の天井は魔法で今日の夜空と同じ雲の多い真っ暗な空に変えられていたが、それを一目見る間もなく、誰かに名前を呼ばれた。
「ポッター！　グレンジャー！　二人とも私のところにおいでなさい！」
二人が驚いて振り向くと、変身術の先生でグリフィンドールの寮監、マクゴナガル先生が、生徒たちの頭越しにむこうのほうから呼んでいた。厳格な顔をした先生で、髪をきっちりと髷に結い、四角い縁のめがねの奥に鋭い目があった。人混みをかき分けて先生のほうに歩きながら、ハリーは不吉な予感がした。マクゴナガル先生はなぜか、自分が悪いことをしたにちがいないという気持ちにさせる。
「そんな心配そうな顔をしなくてよろしい――ちょっと私の事務室で話があるだけです」
先生は二人にそう言った。

「ウィーズリー、あなたはみんなと行きなさい」
マクゴナガル先生がハリーとハーマイオニーを引き連れてにぎやかな生徒の群れから離れていくのを、ロンはじっと見つめていた。二人は先生について、玄関ホールを横切り、大理石の階段を上がって廊下を歩いた。
事務室に着くと、先生は二人に座るよう合図した。小さな部屋には、心地よい暖炉の火が勢いよく燃えていた。先生は事務机のむこう側に座り、唐突に切り出した。
「ルーピン先生が前もってふくろう便をくださいました。ポッター、汽車の中で気分が悪くなったそうですね」
ハリーが答える前に、ドアを軽くノックする音がした。校医のマダム・ポンフリーが気ぜわしく入ってきた。
ハリーは顔が熱くなるのを感じた。気絶したのか何だったのかは別にして、それだけで充分恥ずかしいのに、みんなが大騒ぎするなんて。
「僕、大丈夫です。何にもする必要がありません」ハリーが言った。
「おや、またあなたなの？」
マダム・ポンフリーはハリーの言葉を無視し、かがみ込んでハリーの顔を近々と見つめた。

「さしずめ、また何か危険なことをしたのでしょう？」
「ポピー、吸魂鬼なのよ」マクゴナガル先生が言った。
二人は暗い表情で目を見交わした。マダム・ポンフリーは不満そうな声を出した。
「吸魂鬼を学校の周りに放つなんて」
マダム・ポンフリーはハリーの前髪をかき上げて額の熱をはかりながらつぶやいた。
「倒れるのはこの子だけではないでしょうよ。そう、この子はすっかり冷えきってます。恐ろしい連中ですよ、あいつらは。もともと繊細な者に連中がどんな影響をおよぼすことか――」
「僕、繊細じゃありません！」ハリーは反発した。
「ええ、そうじゃありませんとも」
マダム・ポンフリーは、今度はハリーの脈を取りながら、上の空で答えた。
「この子にはどんな処置が必要ですか？」マクゴナガル先生がきびきびと聞いた。「絶対安静ですか？　今夜は医務室に泊めたほうがよいのでは？」
「僕、大丈夫です！」
ハリーははじけるように立ち上がった。医務室に入院させられたとなればドラコ・マルフォイに何を言われるか、考えただけで苦痛だった。

「そうね、少なくともチョコレートは食べさせないと」
今度はハリーの目をのぞき込もうとしながら、マダム・ポンフリーが言った。
「もう食べました。ルーピン先生がくださいました。みんなにくださったんです」
ハリーが言った。
「そう。ほんとうに？」
マダム・ポンフリーは満足げだった。
「それじゃ、『闇の魔術に対する防衛術』の先生がやっと見つかったということね。治療法を知っている先生が」
「ポッター、ほんとうに大丈夫なのですね？」マクゴナガル先生が念を押した。
「はい」ハリーが答えた。
「いいでしょう。ミス・グレンジャーとちょっと時間割の話をする間、外で待っていらっしゃい。それから一緒に宴会に参りましょう」
ハリーはマダム・ポンフリーと一緒に廊下に出た。マダム・ポンフリーはまだブツブツひとり言を言いながら医務室に戻っていった。ほんの数分待っただけで、ハーマイオニーが何だかひどくうれしそうな顔をして現れた。そのあとからマクゴナガル先生が出てきた。三人でさっき上ってきた大理石の階段を下り、大広間に戻った。

とんがり三角帽子がずらりと並んでいた。寮の長テーブルにはそれぞれの寮生が座り、テーブルの上に浮いている何千本というろうそくの灯りに照らされて、みんなの顔がチラチラ輝いていた。くしゃくしゃな白髪の小さな魔法使い、フリットウィック先生が、古めかしい帽子と三本脚の丸椅子を大広間から運び出していた。

「あー」ハーマイオニーが小声で言った。「組分けを見逃しちゃった！」

ホグワーツの新入生は「組分け帽子」をかぶって、入る寮を決めてもらう。帽子が、一番ふさわしい寮の名前（グリフィンドール、レイブンクロー、ハッフルパフ、スリザリン）を大声で発表するのだ。マクゴナガル先生は教職員テーブルの自分の席へと闊歩し、ハリーとハーマイオニーは反対方向のグリフィンドールのテーブルに、できるだけ目立たないように歩いた。大広間の後ろのほうを二人が通ると、周りの生徒が振り返り、ハリーを指差す生徒も何人かいた。吸魂鬼の前で倒れたという話が、そんなに早く伝わったのだろうか？

ロンが席を取っていてくれた。ハリーとハーマイオニーはロンの両脇に座った。

「いったい何だったの？」

ロンが小声でハリーに聞いた。

ハリーが耳打ちで説明しはじめたとき、校長先生が挨拶のために立ち上がったので、ハリーは話を中断した。

ダンブルドア校長は、相当の年齢だが、いつも偉大なエネルギーを感じさせた。長い銀髪とあごひげは一メートルあまり。半月形のめがねをかけ、鉤鼻が極端に折れ曲がっていた。しばしば、今の時代のもっとも偉大な魔法使いと称されていたが、しかし、ハリーはそれだからダンブルドアを尊敬していたのではなかった。アルバス・ダンブルドアは、誰もが自然に信用せずにはいられなくなる。ハリーはダンブルドアがニッコリと生徒たちに笑いかけるのを見ながら、吸魂鬼がコンパートメントに入ってきたとき以来初めて、心から安らいだ気持ちになっていた。

「おめでとう！」

ダンブルドアのあごひげがろうそくの光でキラキラ輝いた。

「新学期おめでとう！　みなにいくつかお知らせがある。一つはとても深刻な問題じゃから、みながごちそうでボーッとなる前に片づけてしまうほうがよかろうのう……」

ダンブルドアは咳払いしてから言葉を続けた。

「ホグワーツ特急での捜査があったから、みなも知ってのとおり、わが校は、ただいまアズカバンの吸魂鬼、つまりディメンターたちを受け入れておる。魔法省の用でここに来ておるのじゃ」

ダンブルドアは言葉を切った。ハリーはウィーズリー氏が言ったことを思い出した……吸魂鬼が学校を警備することを、ダンブルドアは快く思っていない。

「吸魂鬼たちは学校への入口という入口を固めておる。あの者たちがここにいるかぎり、はっきり言うておくが、誰も許可なしで学校を離れてはならんぞ。吸魂鬼はごまかしや変装に引っかかるような代物ではない――透明マントでさえあざむくことはできんのじゃ」

ダンブルドアがさらりとつけ加えた言葉に、ハリーとロンはちらりと目を見交わした。

「言い訳やお願いを聞き入れるなぞ、吸魂鬼には生来できない相談じゃ。それじゃから、一人一人に注意しておく。あの者たちがみなに危害を加えるような口実を与えるではないぞ。監督生よ、男子、女子それぞれの新任の首席よ、頼みましたぞ。誰一人として吸魂鬼といざこざを起こすことのないよう気をつけるのじゃ」

ハリーから数席離れて座っていたパーシーが、またまた胸を張り、もったいぶって周りを見回した。ダンブルドアは再び言葉を切り、深刻そのものの顔つきで大広間をぐるっと見渡した。誰一人身動きもせず、声を出す者もいなかった。

「楽しい話に移ろうかの」

ダンブルドアが言葉を続けた。

「今学期から、うれしいことに、新任の先生を二人、お迎えすることになった」
「まず、ルーピン先生。ありがたいことに、空席になっておる『闇の魔術に対する防衛術』の担当をお引き受けくださった」
パラパラとあまり気のない拍手が起こった。ルーピン先生と同じコンパートメントに居合わせた生徒だけが、ハリーもふくめて、大きな拍手をした。ルーピン先生は、一張羅を着込んだ先生方の間で、いっそうみすぼらしく見えた。
「スネイプを見てみろよ」ロンがハリーの耳もとでささやいた。
魔法薬学のスネイプ先生が、教職員テーブルのむこう側からルーピン先生をにらんでいた。スネイプが「闇の魔術に対する防衛術」の席をねらっているのは周知の事実だった。それでも、ほおのこけた土気色の顔をゆがめているスネイプの今の表情には、スネイプが大嫌いなハリーでさえドキリとするものがあった。怒りを通り越して、憎しみの表情だ。ハリーにはおなじみのあの表情、スネイプがハリーを見るときの目つきそのものだ。
「もう一人の新任の先生は」
ルーピン先生へのパッとしない拍手がやむのを待って、ダンブルドアが続けた。
「ケトルバーン先生は『魔法生物飼育学』の先生じゃったが、残念ながら前年度末をもって退職なさることになった。手足が一本でも残っているうちに余生を楽しまれたいとのことじゃ。そこで後任じゃが、うれしいことに、ほかならぬルビウス・ハグリッドが、現職の森番役に加えて教鞭をとってくださることになった」

ハリー、ロン、ハーマイオニーは驚いて顔を見合わせた。そして三人ともみんなと一緒に拍手した。特にグリフィンドールからの拍手は割れんばかりだった。ハリーが身を乗り出してハグリッドを見ると、夕陽のように真っ赤な顔をして自分の巨大な手を見つめていた。うれしそうにほころんだ顔も、真っ黒なもじゃもじゃひげにうもれていた。

「そうだったのか！」ロンがテーブルをたたきながら叫んだ。

「かみつく本を教科書指定するなんて、ハグリッド以外にいないよな？」

ハリー、ロン、ハーマイオニーは一番最後まで拍手し続けた。ダンブルドア校長がまた話しはじめたとき、ハグリッドがテーブルクロスで目をぬぐったのを、三人はしっかりと見た。

「さて、これで大切な話はみな終わった」ダンブルドアが宣言した。「さあ、宴じゃ！」

目の前の金の皿、金の杯に突然食べ物が、飲み物が現れた。ハリーは急に腹ペコになり、手当たりしだいガツガツ食べた。

すばらしいごちそうだった。大広間には話し声、笑い声、ナイフやフォークの触れ合う音がにぎやかに響き渡った。それでも、ハリー、ロン、ハーマイオニーは、宴会が終わってハグリッドと話をするのが待ち遠しかった。先生になるということがハグリッドにとってどんなにうれしいことなのか、三人にはよくわかっていた。ハグリッドは一人前の魔法使いではなかった。三年生のとき、無実の罪でホグワーツから退校処分を受けたのだ。ハリー、ロン、ハーマイオニーの三人が、先学期、ハグリッドの名誉を回復した。

いよいよ最後に、かぼちゃタルトが金の皿から溶けるようになくなり、ダンブルドアがみんな寝る時間だと宣言し、やっと話すチャンスがやってきた。

「おめでとう、ハグリッド！」

三人で教職員テーブルにかけ寄りながら、ハーマイオニーが黄色い声を上げた。

「みんな、おまえさんたち三人のおかげだ」

てかてかに光った顔をナプキンでぬぐい、ハグリッドは顔を上げて三人を見た。

「信じらんねぇ……偉いお方だ、ダンブルドアは……。ケトルバーン先生がもうたくさんだって言いなすってから、まーっすぐ俺の小屋に来なさった……こいつは俺がやりたくてたまんなかったことなんだ……」

感極まって、ハグリッドはナプキンに顔をうずめた。マクゴナガル先生が三人にあっちに行きなさいと合図した。

三人はグリフィンドール生にまじって大理石の階段を上り、つかれはてた足どりで何本もの廊下を通り、またまた階段を上がり、グリフィンドール塔の秘密の入口にたどり着いた。ピンクのドレスを着た「太った婦人」の大きな肖像画が尋ねた。

「合言葉は？」

「道をあけて！　道をあけて！」後ろのほうからパーシーが叫ぶ声がした。

「新しい合言葉は『フォルチュナ・マジョール。たなぼた！』」

「あーあ」

ネビル・ロングボトムが悲しげな声を出した。合言葉を覚えるのがいつも一苦労なのだ。

肖像画の裏の穴を通り、談話室を横切り、女子寮と男子寮に別れ、それぞれの階段を上がった。ハリーはらせん階段を上りながら、頭の中はただただ帰ってこられてうれしいという思いでいっぱいだった。なつかしい、円形の寝室には四本柱の天蓋つきベッドが五つ置かれていた。ハリーはぐるりと見回して、やっとわが家に帰ってきたような気がした。

第6章 鉤爪と茶の葉

翌朝、ハリー、ロン、ハーマイオニーが朝食をとりに大広間に行くと、最初にドラコ・マルフォイが目に入った。どうやら、とてもおかしな話をして大勢のスリザリン生を沸かしているらしい。三人が通り過ぎるとき、マルフォイはばかばかしいしぐさで気絶するまねをした。どっと笑い声が上がった。

「知らんぷりよ」ハリーのすぐ後ろにいたハーマイオニーが言った。

「無視して。相手にするだけ損……」

「あーら、ポッター！」

パグ犬のような顔をしたスリザリンの女子寮生、パンジー・パーキンソンがかん高い声で呼びかけた。

「ポッター！　吸魂鬼が来るわよ。ほら、ポッター！　うううううううう！」

ハリーはグリフィンドールの席にドサッと座った。隣にジョージ・ウィーズリーがいた。

「三年生の新学期の時間割だ」ジョージが時間割を手渡しながら聞いた。
「ハリー、何かあったのか？」
「マルフォイのやつ」
ジョージのむこう隣に座り、スリザリンのテーブルをにらみつけながら、ロンが言った。
ジョージが目をやると、ちょうどマルフォイが、またしても恐怖で気絶するまねをしているところだった。
「あの、ろくでなし野郎」ジョージは落ち着いたものだ。
「きのうの夜はあんなに気取っちゃいられなかったようだぜ。列車の中で吸魂鬼がこっちに近づいてきたときなんか、俺たちのコンパートメントにかけ込んできたんだ。なぁ、フレッド？」
「ほとんどおもらししかかってたぜ」フレッドが軽蔑の目でマルフォイを見た。
「俺だってうれしくはなかったさ」ジョージが言った。「あいつら、恐ろしいよな。あの吸魂鬼ってやつらは」
「何だか体の内側を凍らせるんだ。そうだろ？」フレッドだ。
「だけど、気を失ったりしなかっただろ？」ハリーが低い声で聞いた。
「忘れろよ、ハリー」ジョージが励ますように言った。

「親父がいつだったかアズカバンに行かなきゃならない用があったのを、フレッド、覚えてるか？　あんなひどいところは行ったことがないって、親父が言ってたよ。帰ってきたときにゃ、すっかり弱って、震えてたな……。やつらは幸福ってものをその場から吸い取ってしまうんだ、吸魂鬼ってやつは。あそこじゃ、囚人はだいたいおかしくなっちまう」

「ま、俺たちとのクィディッチの第一戦のあとでマルフォイがどのくらい幸せでいられるか、拝見しようじゃないか」

フレッドが言った。

「グリフィンドール対スリザリン。シーズン開幕の第一戦だ。覚えてるか？」

ハリーとマルフォイがクィディッチで対戦したのはたった一度で、マルフォイの完全な負けだった。少し気をよくして、ハリーはソーセージと焼きトマトに手を伸ばした。

ハーマイオニーは新しい時間割を調べていた。

「わあ、うれしい。今日から新しい学科がもう始まるわ」幸せそうな声だ。

「ねえ、ハーマイオニー」ロンがハーマイオニーの肩越しにのぞき込んで顔をしかめた。

「君の時間割、めちゃくちゃじゃないか。ほら――一日に十科目もあるぜ。そんなに時間があるわけないよ」

「何とかなるわ。マクゴナガル先生と一緒にちゃんと決めたんだから」
「でも、ほら」ロンが笑いだした。「この日の午前中、わかるか？　九時、『占い学』。そして、その下だ。九時、『マグル学』。それから――」
まさか、とロンは身を乗り出して、よくよく時間割を見た。
「おいおい――その下に、『数占い学』、九時ときたもんだ。そりゃ、君が優秀なのは知ってるよ、ハーマイオニー。だけど、そこまで優秀な人間がいるわけないだろ。三つの授業にいっぺんにどうやって出席するんだ？」
「ばか言わないで。一度に三つのクラスに出るわけないでしょ」ハーマイオニーは口早に答えた。
「じゃ、どうなんだ――」
「ママレード取ってくれない」ハーマイオニーが言った。
「だけど――」
「ねえ、ロン、私の時間割がちょっと詰まってるからって、あなたには関係ないでしょ？」
ハーマイオニーがピシャリと言った。
「言ったでしょ。私、マクゴナガル先生と一緒に決めたの」
その時、ハグリッドが大広間に入ってきた。長いモールスキンのオーバーを着て、片方の巨大な手にイタチの死がいをぶら下げ、無意識にぐるぐる振り回している。
「元気か？」
教職員テーブルのほうに向かいながら、立ち止まってハグリッドが真顔で声をかけた。
「おまえさんたちが俺のイッチ番最初の授業だ！　昼食のすぐあとだぞ！　五時起きして、何だかんだ準備してたんだ……うまくいきゃいいが……俺が、先生……いやはや……」
ハグリッドはいかにもうれしそうにニコーッと笑い、教職員テーブルに向かった。まだイタチをぐるぐる振り回している。
「何の準備をしてたんだろ？」ロンの声はちょっぴり心配そうだった。
生徒がおのおの最初の授業に向かいはじめ、大広間がだんだん空になってきた。ロンが自分の時間割を調べた。
「僕たちも行ったほうがいい。ほら、『占い学』は北塔のてっぺんでやるんだ。着くのに十分はかかる……」
あわてて朝食をすませ、フレッドとジョージにまたあとでと言って、三人は来たときと同じように大広間を横切った。スリザリンのテーブルを通り過ぎるとき、マルフォイがまたもや気絶するまねをした。どっと笑う声が、ハリーが玄関ホールに入るまで追いかけてきた。

城の中を通って北塔へ向かう道のりは遠かった。ホグワーツで二年を過ごしても、城の隅々までを知り尽くしてはいない。しかも、北塔には入ったことがなかった。

「どっか――絶対――近――道が――ある――はず――だ」

七つ目の長い階段を上り、見たこともない踊り場にたどり着いたとき、ロンがあえぎながら言った。あたりには何もなく、石壁にぽつんと、だだっ広い草地の大きな絵が一枚かかっていた。

「こっちだと思うわ」右のほうの人気のない通路をのぞいて、ハーマイオニーが言った。

「そんなはずない」とロン。「そっちは南だ。ほら、窓から湖がちょっぴり見える……」

ハリーは絵を見物していた。太った灰色葦毛の馬がのんびりと草地に現れ、無頓着に草をはみはじめた。ホグワーツの絵は、中身が動いたり、額を抜け出して互いに訪問したりする。ハリーはもう慣れっこになってはいたが、絵を見物するのはやはり楽しかった。まもなくずんぐりした小さい騎士が、鎧兜をガチャつかせ、仔馬を追いかけながら絵の中に現れた。鎧のひざのところに草がついているところからして、今しがた落馬した様子だ。

「やあやあ！」ハリー、ロン、ハーマイオニーを見つけて騎士が叫んだ。

「わが領地に侵入せし、ふとどきな輩は何者ぞ！　もしや、わが落馬を嘲りにきたるか？　抜け、汝が刃を。いざ、犬ども！」

小さな騎士が鞘を払い、剣を抜き、怒りに跳びはねながら荒々しく剣を振り回すのを、三人は驚いて見つめた。何しろ剣が長過ぎて、一段と激しく振った拍子にバランスを失い、騎士は顔から先に草地につんのめった。

「大丈夫ですか？」ハリーは絵に近づいた。

「下がれ、下賤のホラ吹きめ！　下がりおろう、悪党め！」

騎士は再び剣を握り、剣にすがって立ち上がろうとしたが、刃が深々と草地に突き刺さってしまった。騎士が金剛力で引いても、二度と再び抜くことはできなかった。ついに、騎士は草地にドッカリ座り込み、兜の前面を押し上げて汗まみれの顔をぬぐった。

「あの」騎士が疲労こんぱいしているのに乗じて、ハリーが声をかけた。

「僕たち、北塔を探してるんです。道をご存じありませんか？」

「探求であったか！」

騎士の怒りはとたんに消え去ったようだ。鎧をガチャつかせて立ち上がると、騎士は一声叫んだ。

「わが朋輩よ、我に続け。探せよ、さらば見つからん。さもなくば突撃し、勇猛果敢に果てるのみ！」

剣を引っ張り抜こうと、もう一度むだなあがきをしたあと、太った仔馬にまたがろうとしてこれも失敗し、騎士はまた一声叫んだ。

「されば、徒歩あるのみ。紳士、淑女諸君！　進め！　進め！」

騎士はガチャガチャ派手な音をさせて走り、額縁の左側に飛び込み、見えなくなった。

三人は騎士を追って、鎧の音を頼りに廊下を急いだ。ときどき、騎士が前方の絵の中を走り抜けるのが見えた。

「各々方ご油断召さるな。最悪の時はいまだいたらず！」

騎士が叫んだ。フープスカート姿の婦人たちを描いた前方の絵の中で、驚きあきれるご婦人方の真ん前に騎士の姿が現れた。その絵は狭いらせん階段の壁にかかっていた。

ハリー、ロン、ハーマイオニーは息を切らしながら急ならせん階段を上った。高く上るほどめまいがひどくなった。その時、上のほうで人声がした。やっと教室にたどり着いたのだ。

「さらばじゃ！」

何やらあやしげな僧侶たちの絵に首を突っ込みながら、騎士が叫んだ。

「さらば、わが戦友よ！　もしまた汝らが、高貴な魂、鋼鉄の筋肉を必要とすることあらば、カドガン卿を呼ぶがよい」

「そりゃ、お呼びしますとも」
騎士がいなくなってからロンがつぶやいた。
「誰か変なのが必要になったらね」
最後の数段を上りきると、小さな踊り場に出た。ほかの生徒たちも大方そこに集まっていた。踊り場からの出口はどこにもなかった。ロンがハリーをつついて天井を指差した。そこに丸い跳ね扉があり、真鍮の表札がついている。
「シビル・トレローニー、『占い学』教授」ハリーが読み上げた。
「どうやってあそこに行くのかなあ？」
その声に答えるかのように、跳ね扉がパッと開き、銀色のはしごがハリーのすぐ足元に下りてきた。みんなシーンとなった。
「お先にどうぞ」
ロンがニヤッと笑った。そこでハリーがまず上ることにした。
ハリーが行き着いたのはこれまで見たことがない奇妙な教室だった。むしろ、とても教室には見えない。どこかの屋根裏部屋と昔風の紅茶専門店を掛け合わせたようなところだ。小さな丸テーブルがざっと二十卓以上、所狭しと並べられ、それぞれのテーブルの周りには繻子張りのひじかけ椅子やふかふかした丸クッションが置かれていた。深紅のほの暗い灯りが部屋を満たし、窓という窓のカーテンは閉めきられている。ランプはほとんどが暗赤色のスカーフで覆われていた。息苦しいほどの暑さだ。暖炉の上にはいろいろなものがごちゃごちゃ置かれ、大きな銅のやかんが火にかけられ、その火から、気分が悪くなるほどの濃厚な香りが漂っていた。丸い壁面いっぱいに棚があり、ほこりをかぶった羽根、ろうそくの燃えさし、何組ものぼろぼろのトランプ、数えきれないほどの銀色の水晶玉、ずらりと並んだ紅茶カップなどが、雑然と詰め込まれていた。

ロンがハリーのすぐそばに現れ、ほかの生徒たちも二人の周りに集まった。みんな声をひそめて話している。

「先生はどこだい？」ロンが言った。

暗がりの中から、突然声がした。霧のかなたから聞こえるようなか細い声だ。

「ようこそ」声が言った。「この現世で、とうとうみなさまにお目にかかれてうれしゅうございますわ」

大きな、キラキラした昆虫。ハリーはとっさにそう思った。トレローニー先生は暖炉の灯りの中に進み出た。みんなの目に映ったのは、ひょろりとやせた女性だ。大きなめがねをかけて、そのレンズが先生の目を実物より数倍も大きく見せていた。スパンコールで飾った透きとおるショールをゆったりとまとい、折れそうな首から鎖やビーズ玉を何本もぶら下げ、腕や手は腕輪や指輪で地肌が見えない。

「おかけなさい、あたくしの子供たちよ。さあ」

先生の言葉で、おずおずとひじかけ椅子にはい上がる生徒もあれば、丸クッションに身をうずめる者もいた。ハリー、ロン、ハーマイオニーは同じ丸テーブルの周りに腰かけた。

「『占い学』にようこそ」

トレローニー先生自身は、暖炉の前の、背もたれの高いゆったりしたひじかけ椅子に座った。

「あたくしがトレローニー教授です。たぶん、あたくしの姿を見たことがないでしょうね。学校の俗世の騒がしさの中にしばしば降りて参りますと、あたくしの『心眼』が曇ってしまいますの」

この思いもかけない宣告に、誰一人返す言葉もなかった。トレローニー先生はたおやかにショールをかけなおし、話を続けた。

「みなさまがお選びになったのは、『占い学』。魔法の学問の中でも一番難しいものですわ。初めにお断りしておきましょう。『眼力』の備わっていない方には、あたくしがお教えできることはほとんどありませんのよ。この学問では、書物はあるところまでしか教えてくれませんの……」
この言葉で、ハリーとロンがニヤッとして、同時にハーマイオニーをちらっと見た。書物がこの学科にあまり役に立たないと聞いて、ハーマイオニーはひどく驚いていた。
「いかに優れた魔法使いや魔女たりとも、派手な音や匂いに優れ、雲隠れ術に長けていても、未来の神秘の帳を見透かすことはできません」
巨大な目でキラリ、キラリと生徒たちの不安そうな顔を一人一人見ながら、トレローニー先生は話を続けた。
「限られた者だけに与えられる、『天分』とも言えましょう。あなた、そこの男の子」
先生に突然話しかけられて、ネビルは丸クッションから転げ落ちそうになった。
「あなたのおばあさまはお元気？」
「元気だと思います」
ネビルは不安にかられたようだった。
「あたくしがあなたの立場だったら、そんなに自信ありげな言い方はできませんことよ」
暖炉の火が先生の長いエメラルドのイヤリングを輝かせた。ネビルがゴクリとつばを飲んだ。
トレローニー先生はおだやかに続けた。

「一年間、占いの基本的な方法をお勉強いたしましょう。今学期はお茶の葉を読むことに専念いたします。来学期は手相学に進みましょう。ところで、あなた」

先生は急にパーバティ・パチルを見すえた。

「赤毛の男子にお気をつけあそばせ」

パーバティは目を丸くして、すぐ後ろに座っていたロンを見つめ、椅子を引いて少しロンから離れた。

「夏の学期には」トレローニー先生はかまわず続けた。

「水晶玉に進みましょう——ただし、炎の呪いを乗りきれたらでございますよ。つまり、不幸なことに、二月にこのクラスは性質の悪い流感で中断されることになり、あたくし自身も声が出なくなりますの。イースターのころ、クラスの誰かと永久にお別れすることになりますわ」

この予告で張りつめた沈黙が流れた。トレローニー先生は気にかける様子もない。

「あなた、よろしいかしら」

先生の一番近くにいたラベンダー・ブラウンが、座っていた椅子の中で身を縮めた。

「一番大きな銀のティーポットを取っていただけないこと？」

ラベンダーはホッとした様子で立ち上がり、棚から巨大なポットを取ってきて、トレローニー先生のテーブルに置いた。
「まあ、ありがとう。ところで、あなたの恐れていることですけれど、十月十六日の金曜日に起こりますよ」
ラベンダーが震えた。
「それでは、みなさま、二人ずつ組になってくださいな。棚から紅茶のカップを取って、あたくしのところへいらっしゃい。紅茶をついでさしあげましょう。それからお座りになって、お飲みなさい。最後に滓が残るところまでお飲みなさい。左手でカップを持ち、滓をカップの内側に沿って三度回しましょう。それからカップを受け皿の上に伏せてください。最後の一滴が切れるのを待ってご自分のカップを相手に渡し、読んでもらいます。『未来の霧を晴らす』の五ページと六ページを見て、葉の模様を読みましょう。あたくしはみなさまの間を移動して、お助けしたり、お教えしたりいたしますわ。あぁ、それから、あなた――」
ちょうど立ち上がりかけていたネビルの腕を押さえ、先生が言った。
「一個目のカップを割ってしまったら、次のはブルーの模様の入ったのにしてくださる？　あたくし、ピンクのが気に入ってますのよ」
まさにそのとおり、ネビルが棚に近寄ったとたん、カチャンと陶磁器の割れる音がした。トレローニー先生がほうきとちり取りを持ってすうっとネビルのそばにやってきた。
「ブルーのにしてね。よろしいかしら……ありがとう……」
ハリーとロンのカップにお茶がつがれ、二人ともテーブルに戻り、やけどするようなお茶を急いで飲んだ。トレローニー先生に言われたとおり、滓の入ったカップを回し、水気を切り、それから二人で交換した。
「よしと！」
二人で五ページと六ページを開けながら、ロンが言った。
「僕のカップに何が見える？」
「ふやけた茶色い物がいっぱい」
ハリーが答えた。部屋に漂う濃厚な香料の匂いで、ハリーは眠くなり、頭がぼうっとなっていた。
「子供たちよ、心を広げるのです。そして自分の目で俗世を見透かすのです！」
トレローニー先生が薄暗がりの中で声を張り上げた。ハリーは集中しようとがんばった。
「よーし。何だかゆがんだ十字架があるよ……」
ハリーは『未来の霧を晴らす』を参照しながら言った。

「ということは、『試練と苦難』が君を待ち受ける――気の毒に――でも、太陽らしきものがあるよ。ちょっと待って……これは『大いなる幸福』だ……それじゃ、君は苦しむけどとっても幸せ……」

「君、はっきり言うけど、心眼の検査をしてもらう必要ありだね」

ロンの言葉で噴き出しそうになるのを、二人は必死で押し殺した。トレローニー先生がこっちのほうをじっと見たからだ。

「じゃ、僕の番だ……」

ロンがまじめに額にしわをよせ、ハリーのカップをじっと見た。

「ちょっと山高帽みたいな形になってる」ロンの予言だ。「魔法省で働くことになるかも……」

ロンはカップを逆さまにした。

「だけど、こう見るとむしろどんぐりに近いな……これは何だろなぁ？」

ロンは『未来の霧を晴らす』をずっとたどった。

「たなぼた、予期せぬ大金。すげえ、少し貸してくれ。それからこっちにも何かあるぞ」

ロンはまたカップを回した。

「なんか動物みたい。ウン、これが頭なら……カバかな……いや、羊かも……」

ハリーが思わず噴き出したので、トレローニー先生がくるりと振り向いた。
「あたくしが見てみましょうね」
とがめるようにロンにそう言うと、先生はすうっとやってきて、ハリーのカップをロンからすばやく取り上げた。
トレローニー先生はカップを時計と反対回りに回しながらじっと中を見た。みんながシーンとなって見つめた。
「隼……まあ、あなたは恐ろしい敵をお持ちね」
「でも、誰でもそんなこと知ってるわ」
ハーマイオニーが聞こえよがしにささやいた。トレローニー先生がキッとハーマイオニーをにらんだ。
「だって、そうなんですもの。ハリーと『例のあの人』のことはみんな知ってるわ」
ハリーもロンも驚きと称賛の入りまじった目でハーマイオニーを見た。ハーマイオニーが先生に対してこんな口のきき方をするのを、二人は見たことがなかった。トレローニー先生はあえて反論しなかった。大きな目を再びハリーのカップに戻し、またカップを回しはじめた。
「棍棒……攻撃。おや、まあ、これは幸せなカップではありませんわね……」

「僕、それは山高帽だと思ったけど」ロンがおずおずと言った。
「どくろ……行く手に危険が。まあ、あなた……」
みんながその場に立ちすくみ、じっとトレローニー先生を見つめる中で、先生は最後にもう一度カップを回した。そしてハッと息をのみ、悲鳴を上げた。
またしてもカチャンと陶磁器の割れる音がした。ネビルが二個めのカップを割ったのだ。トレローニー先生は空いていたひじかけ椅子に身を沈め、ピカピカ飾りたてた手を胸に当て、目を閉じていた。
「おお――かわいそうな子――いいえ――言わないほうがよろしいわ――ええ――お聞きにならないでちょうだい……」
「先生、どういうことですか？」
ディーン・トーマスがすぐさま聞いた。みんな立ち上がり、そろそろとハリーとロンのテーブルの周りに集まり、ハリーのカップをよく見ようと、トレローニー先生の座っている椅子に接近した。
「まあ、あなた」
トレローニー先生の巨大な目がドラマチックに見開かれた。

「あなたにはグリムが取り憑いています」
「何がですって？」ハリーが聞いた。
ハリーだけが知らないわけではないと、察しはついた。ディーン・トーマスはハリーに向かって肩をすくめて見せたし、ラベンダー・ブラウンはわけがわからないという表情だった。しかし、ほかのほとんどの生徒は恐怖のあまりパッと手で口を覆った。
「グリム、あなた、死神犬ですよ！」
トレローニー先生はハリーに通じなかったのがショックだったらしい。
「墓場にとりつく巨大な亡霊犬です！　かわいそうな子。これは不吉な予兆――大凶の前兆――死の予告です！」
ハリーは胃にグラッときた。フローリシュ・アンド・ブロッツ書店にあった『死の前兆』の表紙の犬――マグノリア・クレセント通りの暗がりにいた犬……ラベンダー・ブラウンも今度は口を両手で押さえた。みんながハリーを見た。いや、一人だけはちがった。ハーマイオニーだけは、立ち上がってトレローニー先生の椅子の後ろに回った。
「死神犬には見えないと思うわ」ハーマイオニーは容赦なく言った。
トレローニー先生は嫌悪感をつのらせてハーマイオニーをじろりと品定めした。

「こんなことを言ってごめんあそばせ。あなたにはほとんどオーラが感じられませんのよ。未来の響きへの感受性というものがほとんどございませんわ」

シェーマス・フィネガンは首を左右に傾けていた。

「こうやって見ると死神犬らしく見えるよ」シェーマスはほとんど両目を閉じていた。

「でもこっちから見るとむしろロバに見えるな」今度は左に首を傾けていた。

「僕が死ぬか死なないか、さっさと決めたらいいだろう！」

自分でも驚きながらハリーはそう言った。もう誰もハリーをまっすぐ見ようとはしなかった。

「今日の授業はここまでにいたしましょう」

トレローニー先生が一段と霧のかなたのような声で言った。

「そう……どうぞお片づけなさってね……」

みんな押しだまってカップをトレローニー先生に返し、教科書をまとめ、かばんを閉めた。ロンまでがハリーの目をさけていた。

「またお会いするときまで」トレローニー先生が消え入るような声で言った。

「みなさまが幸運でありますよう。ああ、あなた――」先生はネビルを指差した。「あなたは次の授業に遅れるでしょう。ですから授業についていけるよう、特によくお勉強なさいね」

ハリー、ロン、ハーマイオニーは無言でトレローニー先生のはしごを下り、曲がりくねった階段を下り、マクゴナガル先生の「変身術」の教室に向かった。マクゴナガル先生の教室を探し当てるのにずいぶん時間がかかり、「占い学」の教室を早く出たわりには、ぎりぎりだった。

ハリーは教室の一番後ろの席を選んだが、それでもまぶしいスポットライトにさらされているような気がした。クラス中が、まるでハリーがいつ何時ばったり死ぬかわからないと言わんばかりに、ハリーをちらりちらりと盗み見ていた。マクゴナガル先生が「動物もどき（自由に動物に変身できる魔法使い）」について話しているのもほとんど耳に入らなかった。先生がみんなの目の前で、目の周りにめがねと同じ形のしまがあるトラ猫に変身したのを見てもいなかった。

「まったく、今日はみなさんどうしたんですか？」

マクゴナガル先生はポンという軽い音とともに元の姿に戻るなり、クラス中を見回した。

「別にかまいませんが、私の変身がクラスの拍手を浴びなかったのはこれが初めてです」

みんながいっせいにハリーのほうを振り向いたが、誰もしゃべらない。するとハーマイオニーが手を挙げた。

「先生、私たち、『占い学』の最初のクラスを受けてきたばかりなんです。お茶の葉を読んで、それで――」

「ああ、そういうことですか」マクゴナガル先生は顔をしかめた。
「ミス・グレンジャー、それ以上は言わなくて結構です。今年はいったい誰が死ぬことになったのですか？」
みんないっせいに先生を見つめた。
「僕です」しばらくしてハリーが答えた。
「わかりました」マクゴナガル先生はキラリと光る目でハリーをしっかりと見た。
「では、ポッター、教えておきましょう。シビル・トレローニーは本校に着任してからというもの、一年に一人の生徒の死を予言してきました。いまだに誰一人として死んではいません。死の前兆を予言するのは、新しいクラスを迎えるときのあの方のお気に入りの流儀です。私は同僚の先生の悪口はけっして言いません。それでなければ――」
マクゴナガル先生はここで一瞬言葉を切った。みんなは先生の鼻の穴が大きくふくらむのを見た。それから先生は少し落ち着きを取り戻して話を続けた。
「『占い学』というのは魔法の中でも一番不正確な分野の一つです。私があの分野に関しては忍耐強くないということを、みなさんに隠すつもりはありません。真の予言者はめったにいません。そしてトレローニー先生は……」

マクゴナガル先生は再び言葉を切り、ごくあたりまえの調子で言葉を続けた。
「ポッター、私の見るところ、あなたは健康そのものです。ですから、今日の宿題を免除したりいたしませんからそのつもりで。ただし、もしあなたが死んだら、提出しなくても結構です」
ハーマイオニーが噴き出した。ハリーはちょっぴり気分が軽くなった。トレローニー先生の教室の、赤いほの暗い灯りとぼうっとなりそうな香水から離れてみれば、紅茶の葉の塊ごときに恐れをなすのはかえっておかしいように思えた。しかし、みんながそう思ったわけではない。ロンはまだ心配そうだったし、ラベンダーは「でも、ネビルのカップはどうなの？」とささやいた。
変身の授業が終わり、三人はどやどやと昼食に向かう生徒たちにまじって大広間に移動した。
「ロン、元気出して」
ハーマイオニーがシチューの大皿をロンのほうに押しながら言った。
「マクゴナガル先生のおっしゃったこと、聞いたでしょう」
ロンはシチューを自分の小皿に取り分け、フォークを手にしたが、口をつけなかった。
「ハリー」ロンが低い深刻な声で呼びかけた。
「君、どこかで大きな黒い犬を見かけたりしなかったよね？」
「うん、見たよ」ハリーが答えた。「ダーズリーのとこから逃げたあの夜、見たよ」

ロンが取り落としたフォークがカタカタと音を立てた。
「たぶん野良犬よ」ハーマイオニーは落ち着きはらっていた。
気はたしかか、とでも言いたげな目つきでロンがハーマイオニーを見た。
「ハーマイオニー、ハリーが死神犬を見たなら、それは――それはよくないよ。僕の――僕のビリウスおじさんがあれを見たんだ。そしたら――そしたら二十四時間後に死んじゃった！」
「偶然よ！」ハーマイオニーはかぼちゃジュースをつぎながら、さらりと言ってのけた。
「君、自分の言っていることがわかってるのか！」ロンは熱くなりはじめた。
「死神犬と聞けば、たいがいの魔法使いは震え上がってお先真っ暗なんだぜ！」
「そういうことなのよ」ハーマイオニーは余裕しゃくしゃくだ。
「つまり、死神犬を見ると怖くて死んじゃうのよ。死神犬は不吉な予兆じゃなくて、死の原因だわ！　ハリーはまだ生きてて、ここにいるわ。だってハリーはばかじゃないもの。あれを見ても、そうね、つまり『それじゃもう死んだも同然だ』なんてばかなことを考えなかったからよ」
ロンは言い返そうと口をパクパクさせたが、言葉が出なかった。ハーマイオニーはかばんを開け、新しい学科、「数占い学」の教科書を取り出し、ジュースの入った水差しに立てかけた。
「『占い学』って、とってもいいかげんだと思うわ」読みたいページを探しながらハーマイオニーが言った。
「言わせていただくなら、あてずっぽうが多過ぎる」
「あのカップの中の死神犬は、全然いいかげんなんかじゃなかった！」ロンはカッカしていた。
「ハリーに『羊だ』なんて言ったときは、そんなに自信がおありになるようには見えませんでしたけどね」ハーマイオニーは冷静だ。
「トレローニー先生は君にまともなオーラがないって言った！　君ったら、たった一つでも、自分がクズに見えることが気に入らないんだ」
これはハーマイオニーの弱みを突いた。ハーマイオニーは「数占い」の教科書でテーブルをバーンとたたいた。あまりの勢いに、肉やらニンジンやらがそこら中に飛び散った。
「『占い学』で優秀だってことが、お茶の葉の塊に死の予兆を読むふりをすることなんだったら、私、この学科といつまでおつき合いできるか自信がないわ！　あの授業は『数占い』のクラスに比べたら、まったくのクズよ！」
ハーマイオニーはかばんを引っつかみ、つんけんしながら去っていった。
ロンはその後ろ姿にしかめっ面をした。
「あいつ、いったい何言ってんだよ！」

ロンがハリーに話しかけた。
「あいつ、まだ一度も『数占い』の授業に出てないんだぜ」
昼食のあと、城の外に出られるのがハリーにはうれしかった。きのうの雨は上がっていた。空は澄みきった薄ネズミ色だった。しっとりとしてやわらかにはずむ草地を踏みしめ、三人は「魔法生物飼育学」の最初の授業に向かっていた。
ロンとハーマイオニーは互いに口をきかない。ハリーもだまって二人の脇を歩き、禁じられた森の端にあるハグリッドの小屋をめざして、芝生を下っていった。いやというほど見慣れた三人の背中が前を歩いているのを見つけたとき、ハリーは初めてスリザリンとの合同授業になるのだと気がついた。マルフォイがクラッブとゴイルに生き生きと話しかけ、二人がゲラゲラ笑っていた。何を話しているのかは、聞かなくてもわかる、とハリーは思った。
ハグリッドが小屋の外で生徒を待っていた。モールスキンのオーバーを着込み、足元にボアハウンド犬のファングを従え、早く始めたくてうずうずしている様子で立っていた。
「さあ、急げ。早く来いや！」
生徒が近づくとハグリッドが声をかけた。

「今日はみんなにいいもんがあるぞ！　すごい授業だぞ！　みんな来たか？　よーし。ついてこいや！」

ほんの一瞬、ハリーはハグリッドがみんなを「森」に連れていくのでは、とぎくりとした。ハリーは、もう一生分くらいのいやな思いを、あの森で経験した。ハグリッドは森の縁に沿ってどんどん歩き、五分後にみんなを放牧場のようなところに連れてきた。そこには何もいなかった。

「みんな、ここの柵の周りに集まれ！」ハグリッドが号令をかけた。

「そーだ――ちゃんと見えるようにしろよ。さーて、イッチ（一）番先にやるこたぁ、教科書を開くこった――」

「どうやって？」ドラコ・マルフォイの冷たい気取った声だ。

「あぁ？」ハグリッドだ。

「どうやって教科書を開けばいいんです？」マルフォイがくり返した。

マルフォイは『怪物的な怪物の本』を取り出したが、ひもでぐるぐる巻きに縛ってあった。ほかの生徒も本を取り出した。ハリーのようにベルトで縛っている生徒もあれば、きっちりした袋に押し込んだり、大きなクリップで挟んでいる生徒もいた。

「だ、だーれも教科書をまだ開けなんだのか？」ハグリッドはがっくりきたようだった。

クラス全員がこっくりした。
「おまえさんたち、なぜりゃーよかったんだ」ハグリッドは、あたりまえのことなのに、とでも言いたげだった。
ハグリッドはハーマイオニーの教科書を取り上げ、本を縛りつけていたスペロテープをビリリとはがした。本はかみつこうとしたが、ハグリッドの巨大な親指で背表紙をひとなでされると、ブルッと震えてパタンと開き、ハグリッドの手の中でおとなしくなった。
「ああ、僕たちって、みんな、なんておろかだったんだろう！」マルフォイが鼻先で笑った。
「なぜりゃーよかったんだ！　どうして思いつかなかったのかねぇ！」
「お……俺はこいつらがゆかいなやつらだと思ったんだが」
ハグリッドが自信なさそうにハーマイオニーに言った。
「ああ、恐ろしくゆかいですよ！」マルフォイが言った。
「僕たちの手をかみ切ろうとする本を持たせるなんて、まったくユーモアたっぷりだ！」
「だまれ、マルフォイ」
ハリーが静かに言った。ハグリッドはうなだれていた。ハリーはハグリッドの最初の授業を何とか成功させてやりたかった。

「えーと、そんじゃ」ハグリッドは何を言うつもりだったか忘れてしまったらしい。
「そんで……えーと、教科書はある、と。そいで……えーと……こんだぁ、魔法生物が必要だ。ウン。そんじゃ、俺が連れてくる。待っとれよ……」
ハグリッドは大股で森へと入り、姿が見えなくなった。
「まったく、この学校はどうなってるんだろうねぇ」マルフォイが声を張り上げた。
「あのウドの大木が教えるなんて、父上に申し上げたら、卒倒なさるだろうなぁ――」
「だまれ、マルフォイ」ハリーがくり返し言った。
「ポッター、気をつけろ。吸魂鬼がお前のすぐ後ろに――」
「オオオオオオオー!」
ラベンダー・ブラウンが放牧場のむこう側を指差して、かん高い声を出した。
ハリーが見たこともないような奇妙キテレツな生き物が十数頭、早足でこっちへ向かってくる。胴体、後ろ脚、しっぽは馬で、前脚と羽、そして頭部は巨大な鳥のように見える。鋼色の残忍なくちばしと、大きくギラギラしたオレンジ色の目が、驚そっくりだ。前脚の鉤爪は十五、六センチもあろうか、見るからに殺傷力がありそうだ。それぞれ分厚い革の首輪をつけ、それをつなぐ長い鎖の端をハグリッドの大きな手が全部まとめて握っていた。ハグリッドは怪獣の後ろからかけ足で放牧場に入ってきた。
「ドウ、ドウ！」
ハグリッドが大きくかけ声をかけ、鎖を振るって生き物を生徒たちの立っている柵のほうへ追いやった。ハグリッドが生徒のところへやってきて、怪獣を柵につないだときは、みんながじわじわとあとずさりした。
「ヒッポグリフだ！」
みんなに手を振りながら、ハグリッドがうれしそうに大声を出した。
「美しかろう、え？」
ハリーにはハグリッドの言うことがわかるような気がした。半鳥半馬の生き物を見た最初のショックを乗り越えさえすれば、ヒッポグリフの輝くような毛並みが羽から毛へとなめらかに変わっていくさまは、見ごたえがあった。それぞれ色がちがい、嵐の空のような灰色、赤銅色、褐色に白い差し毛のピンク色、つやつやした栗毛、漆黒など、とりどりだ。
「そんじゃ」ハグリッドは両手をもみながら、みんなにうれしそうに笑いかけた。
「もうちっと、こっちゃこいや……」
誰も行きたがらない。ハリー、ロン、ハーマイオニーだけは、こわごわ柵に近づいた。

「まんず、イッチ（一）番先にヒッポグリフについて知らなければなんねえことは、こいつらは誇り高い。すぐ怒るぞ、ヒッポグリフは。絶対、侮辱してはなんねえ。そんなことをしてみろ、それがお前さんたちの最後の仕業になるかもしんねえぞ」

マルフォイ、クラッブ、ゴイルは、聞いてもいなかった。何やらヒソヒソ話している。どうやったらうまく授業をぶち壊しにできるかたくらんでいるのではと、ハリーはいやな予感がした。

「必ず、ヒッポグリフのほうが先に動くのを待つんだぞ」ハグリッドの話は続く。

「それが礼儀ってもんだろう。な？　こいつのそばまで歩いてゆく。そんでもっておじぎする。そんで、待つんだ。こいつがおじぎを返したら、触ってもいいっちゅうこった。もしおじぎを返さなんだら、すばやく離れろ。こいつの鉤爪は痛いからな」

「よーし――誰が一番乗りだ？」

答えるかわりに、ほとんどの生徒がますますあとずさりした。ハリー、ロン、ハーマイオニーでさえ、うまくいかないのではと思った。ヒッポグリフは猛々しい首を振りたて、たくましい羽をばたつかせていた。つながれているのが気に入らない様子だ。

「誰もおらんのか？」ハグリッドがすがるような目をした。

「僕、やるよ」ハリーが名乗り出た。

すぐ後ろで、あっと息をのむ音がして、ラベンダーとパーバティがささやいた。
「あぁぁー、ダメよ、ハリー。お茶の葉を忘れたの！」
ハリーは二人を無視して、放牧場の柵を乗り越えた。
「えらいぞ、ハリー！」ハグリッドが大声を出した。
「よーし、そんじゃ――バックビークとやってみよう」
ハグリッドは鎖を一本ほどき、灰色のヒッポグリフを群れから引き離し、革の首輪をはずした。放牧場の柵のむこうでは、クラス全員が息を止めているかのようだった。マルフォイは意地悪く目を細めていた。
「さあ、落ち着け、ハリー」ハグリッドが静かに言った。
「目をそらすなよ。なるべく瞬きするな――ヒッポグリフは目をしょぼしょぼさせるやつを信用せんからな……」
たちまち目がうるんできたが、ハリーは瞬きしなかった。バックビークは、巨大な鋭いくちばしをハリーのほうに向け、猛々しいオレンジ色の目の片方だけでハリーをにらんでいた。
「そーだ」ハグリッドが声をかけた。「ハリー、それでええ……それ、おじぎだ……」
ハリーは首根っこをバックビークの前にさらすのは気が進まなかったが、言われたとおりにした。軽くおじぎし、また目を上げた。
ヒッポグリフはまだ気位高くハリーを見すえていた。動かない。
「あー」ハグリッドの声が心配そうだった。「よーし――下がって、ハリー。ゆっくりだ――」
しかし、その時だ。驚いたことに、突然ヒッポグリフが、うろこに覆われた前脚を折り、どう見てもおじぎだと思われる格好をしたのだ。
「やったぞ、ハリー！」ハグリッドが狂喜した。「よーし――さわってもええぞ！　くちばしをなでてやれ、ほれ！」
下がってもいいと言われたほうがいいごほうびなのに、と思いながらも、ハリーはゆっくりとヒッポグリフに近寄り、手を伸ばした。何度かくちばしをなでると、ヒッポグリフはそれを楽しむかのようにとろりと目を閉じた。
クラス全員が拍手した。マルフォイ、クラッブ、ゴイルだけは、ひどくがっかりしたようだった。
「よーし、そんじゃ、ハリー、こいつはおまえさんを背中に乗せてくれると思うぞ」
これは計画外だった。箒ならお手の物だが、ヒッポグリフがまったく同じなのかどうか自信がない。

「そっから、上れ。翼のつけ根んとっからだ。羽根を引っこ抜かねえよう気をつけろ。いやがるからな……」

ハリーはバックビークの翼のつけ根に足をかけ、背中に飛び乗った。バックビークが立ち上がった。いったいどこにつかまったらいいのかわからない。目の前は一面羽根で覆われている。

「そーれ行け！」ハグリッドがヒッポグリフの尻をパシンとたたいた。

何の前触れもなしに、四メートルもの翼がハリーの左右で開き、羽ばたいた。ヒッポグリフが飛翔する前に、かろうじて首の周りにしがみつく間があった。箒とは大ちがいだ。どちらが好きか、ハリーにははっきりわかる。ヒッポグリフの翼はハリーの両脇で羽ばたき、快適とは言えなかったし、両脚が翼に引っかかり、今にも振り落とされるのではとヒヤヒヤだ。つややかな羽毛で指がすべり、かといって、もっとギュッとつかむことなどとてもできない。ニンバス２０００のあのなめらかな動きとはちがう。尻が翼に合わせて上下するヒッポグリフの背中の上で、今やハリーは前にゆらゆら、後ろにぐらぐらするばかりだ。

ハリーを乗せ、バックビークは放牧場の上空を一周すると、地上をめざした。ハリーはこの瞬間を恐れていたのだ。バックビークのなめらかな首が下を向いたとき、ハリーはのけぞるようにした。くちばしの上をすべり落ちるのではないかと思った。やがて、前後バラバラな四肢が、ドサッと着地する衝撃が伝わってきた。ハリーはやっとのことで踏みとどまり、再び上体をまっすぐにした。

「よーくできた、ハリー！」

ハグリッドは大声を出し、マルフォイ、クラッブ、ゴイル以外の全員が歓声を上げた。

「よーしと。ほかにやってみたいもんはおるか？」

ハリーの成功に励まされ、ほかの生徒もこわごわ放牧場に入ってきた。ハグリッドは一頭ずつヒッポグリフを解き放ち、やがて放牧場のあちこちで、みんながおずおずとおじぎを始めた。ネビルのヒッポグリフはひざを折ろうとしなかったので、ネビルは何度もあわてて逃げた。ロンとハーマイオニーは、ハリーが見ているところで栗毛のヒッポグリフで練習した。

マルフォイ、クラッブ、ゴイルは、ハリーのあとにバックビークに向かった。バックビークがおじぎしたので、マルフォイは尊大な態度でそのくちばしをなでていた。

「簡単じゃあないか」もったいぶって、わざとハリーに聞こえるようにマルフォイが言った。「ポッターにできるんだ、簡単にちがいないと思ったよ……おまえ、全然危険なんかじゃないなぁ？」

マルフォイはヒッポグリフに話しかけた。

「そうだろう？　醜いデカブツの野獣君」
一瞬、鋼色の鉤爪が光った。マルフォイがヒーッと悲鳴を上げ、次の瞬間ハグリッドがバックビークに首輪をつけようと格闘していた。バックビークはマルフォイを襲おうともがき、マルフォイのほうはローブが見る見る血に染まり、草の上で身を丸めていた。
「死んじゃう！」
マルフォイがわめいた。クラス中がパニックにおちいっていた。
「僕、死んじゃう。見てよ！　あいつ、僕を殺した！」
「死にゃせん！」ハグリッドは蒼白になっていた。
「誰か、手伝ってくれ――この子をこっから連れ出さにゃー」
ハグリッドがマルフォイを軽々と抱え上げ、ハーマイオニーが走っていってゲートを開けた。マルフォイの腕に深々と長い裂け目があるのをハリーは見た。血が草地に点々と飛び散った。ハグリッドはマルフォイを抱え、城に向かって坂をかけ上がっていった。
「魔法生物飼育学」の生徒たちは大ショックを受けてそのあとをついていった。スリザリン生は全員ハグリッドを罵倒していた。
「すぐクビにすべきよ！」パンジー・パーキンソンが泣きながら言った。

「マルフォイが悪いんだ！」ディーン・トーマスがきっぱり言った。
クラッブとゴイルが脅すように力こぶを作って腕を曲げ伸ばしした。
石段を上り、全員ががらんとした玄関ホールに入った。
「大丈夫かどうか、私、見てくる！」パンジーはそう言うと、みんなが見守る中、大理石の階段をかけ上がっていった。スリザリン生はハグリッドのことをまだブツブツ言いながら、地下牢にある自分たちの寮の談話室に向かっていった。ハリー、ロン、ハーマイオニーはグリフィンドール塔に向かって階段を上った。
「マルフォイは大丈夫かしら？」ハーマイオニーが心配そうに言った。
「そりゃ、大丈夫さ。マダム・ポンフリーは切り傷なんかあっという間に治せるよ」
ハリーはもっとひどい傷を、校医に魔法で治してもらったことがある。
「だけど、ハグリッドの最初の授業であんなことが起こったのは、まずいよな？」ロンも心配そうだった。「マルフォイのやつ、やっぱり引っかき回してくれたよな……」
夕食のとき、ハグリッドの顔が見たくて三人は真っ先に大広間に行った。ハグリッドはいなかった。
「ハグリッドをクビにしたりしないわよね？」

ハーマイオニーはステーキ・キドニー・パイのごちそうにも手をつけず、不安そうに言った。
「そんなことしないといいけど」ロンも何も食べていなかった。
ハリーはスリザリンのテーブルを見ていた。クラッブとゴイルもまじって、大勢が固まって何事かさかんに話していた。マルフォイがどんなふうにけがをしたか、都合のいい話をでっちあげているにちがいない、とハリーは思った。
「まあね、休み明けの初日としちゃあ、なかなか波乱に富んだ一日だったと言えなくもないよな」
ロンは落ち込んでいた。
夕食のあと、混み合ったグリフィンドールの談話室で、マクゴナガル先生の宿題を始めたものの、三人ともしばしば中断しては、塔の窓からちらちらと外を見るのだった。
「ハグリッドの小屋に灯りが見える」突然ハリーが言った。
ロンが腕時計を見た。
「急げば、ハグリッドに会いにいけるかもしれない。まだ時間も早いし……」
「それはどうかしら」
ハーマイオニーがゆっくりそう言いながら、ちらりと自分を見たのにハリーは気づいた。

「僕、校内を歩くのは許されてるんだ」ハリーはむきになった。
「シリウス・ブラックはここではまだ吸魂鬼を出し抜いてないだろ？」
そこで三人は宿題を片づけ、肖像画の抜け穴から外に出た。はたして外出していいものかどうか完全に自信があったわけではないので、正面玄関まで誰にも会わなかったのはうれしかった。
まだ湿り気を帯びたままの芝生が、たそがれの中でほとんど真っ黒に見えた。ハグリッドの小屋にたどり着き、ドアをノックすると、中から「入ってくれ」とうめくような声がした。
ハグリッドはシャツ姿で、洗い込まれた白木のテーブルの前に座っていた。ボアハウンド犬のファングがハグリッドのひざに頭をのせている。一目見ただけでハグリッドが相当深酒していたことがわかる。バケツほどもある錫製のジョッキを前に、ハグリッドは焦点の合わない目つきで三人を見た。
「こいつぁ新記録だ」三人が誰かわかったらしく、ハグリッドがどんよりと言った。
「一日しかもたねえ先生なんざ、これまでいなかったろう」
「ハグリッド、まさか、クビになったんじゃ！」ハーマイオニーが息をのんだ。
「まーだだ」ハグリッドはしょげきって、何が入っているやら、大ジョッキをぐいっと傾けた。
「だけんど、時間の問題だわ、な、マルフォイのことで……」

「あいつ、どんな具合？」
三人とも腰かけながら、ロンが聞いた。
「たいしたことないんだろ？」
「マダム・ポンフリーができるだけの手当てをした」
ハグリッドがぼんやりと答えた。
「だけんど、マルフォイはまだうずくと言っとる……包帯ぐるぐる巻きで……うめいとる……」
「ふりしてるだけだ」ハリーが即座に言った。
「マダム・ポンフリーなら何でも治せる。去年なんか、僕の片腕の骨を再生させたんだよ。マルフォイは汚い手を使って、けがを最大限に利用しようとしてるんだ」
「学校の理事たちに知らせがいった、当然な」ハグリッドはしおれきっている。
「俺が初めっから飛ばし過ぎたって、理事たちが言うとる。ヒッポグリフはもっとあとにすべきだった……レタス食い虫か何かっから始めていりゃ……イッチ（一）番の授業にはあいつが最高だと思ったんだがな……みんな俺が悪い……」
「ハグリッド、悪いのはマルフォイのほうよ！」ハーマイオニーが真剣に言った。
「僕たちが証人だ」ハリーが言った。

「侮辱したりするとヒッポグリフが攻撃するって、ハグリッドはそう言った。聞いてなかったマルフォイが悪いんだ。ダンブルドアに何が起こったのかちゃんと話すよ」
「そうだよ。ハグリッド、心配しないで。僕たちがついてる」ロンが言った。
ハグリッドの真っ黒なコガネムシのような目の目尻のしわから、涙がポロポロこぼれ落ちた。ハリーとロンをぐいっと引き寄せ、ハグリッドは二人を骨も砕けるほど抱きしめた。
「ハグリッド、もう充分飲んだと思うわ」ハーマイオニーは厳しくそう言うと、テーブルからジョッキを取り上げ、中身を捨てに外に出た。
「あぁ、あの子の言うとおりだな」ハグリッドはハリーとロンを放した。二人とも胸をさすり、よろよろと離れた。ハグリッドはよいしょと立ち上がり、ふらふらとハーマイオニーのあとから外に出た。水のはねる大きな音が聞こえてきた。
「ハグリッドは何をしてるの？」ハーマイオニーが空のジョッキを持って戻ってきたので、ハリーが心配そうに聞いた。
「水の入った樽に頭を突っ込んでたわ」ハーマイオニーがジョッキを元に戻した。
長い髪とひげをびしょぬれにして、目をぬぐいながら、ハグリッドが戻ってきた。
「さっぱりした」ハグリッドは犬のように頭をブルブルッと振るい、三人もびしょぬれになった。

「なあ、会いにきてくれて、ありがとうよ。ほんとに俺――」
ハグリッドは急に立ち止まり、まるでハリーがいるのに初めて気づいたようにじっと見つめた。
「**おまえさん、いったい何しちょる。えっ？**」
ハグリッドがあまりに急に大声を出したので、三人とも三十センチも跳び上がった。
「**ハリー、暗くなってからうろうろしちゃいかん！　おまえさんたち！　二人とも！　ハリーを出しちゃいかん！**」
ハグリッドはのっしのっしとハリーに近づき、腕をつかまえ、ドアまで引っ張っていった。
「来るんだ！」
ハグリッドは怒ったように言った。
「俺が学校まで送っていく。もう二度と、暗くなってから歩いて俺に会いにきたりするんじゃねえ。俺にはそんな価値はねえ」

第7章 洋だんすのまね妖怪

マルフォイは木曜日の昼近くまで現れず、スリザリンとグリフィンドール合同の魔法薬学の授業が半分ほど終わったころに姿を見せた。包帯を巻いた右腕を吊り、ふんぞり返って地下牢教室に入ってくるさまは、ハリーに言わせれば、まるで恐ろしい戦いに生き残った英雄気取りだ。

「ドラコ、どう？」

パンジー・パーキンソンが取ってつけたような笑顔で言った。

「ひどく痛むの？」

「ああ」

マルフォイは勇敢にたえているようなしかめっ面をした。しかし、パンジーがむこうを向いたとたん、マルフォイがクラッブとゴイルにウィンクしたのをハリーは見逃さなかった。

「座りたまえ、さあ」スネイプ先生は気楽に言った。

ハリーとロンは腹立たしげに顔を見合わせた。遅れて入ってきたのが自分たちだったら、「座りたまえ」なんて言うどころか、厳罰を科したにちがいない。スネイプのクラスでは、マルフォイはいつも、何をしてもおとがめなしだった。スネイプはスリザリンの寮監で、たいていほかの生徒より自分の寮生をひいきした。

今日は新しい薬の「縮み薬」を作っていたが、マルフォイはハリーとロンのすぐ隣に自分の鍋をすえた。三人とも同じテーブルで材料を準備することになった。

「先生」マルフォイが呼んだ。「先生、僕、雛菊の根を刻むのを手伝ってもらわないと、こんな腕なので――」

「ウィーズリー、マルフォイの根を切ってやりたまえ」

スネイプはこっちを見もせずに言った。ロンが赤れんが色になった。

「お前の腕はどこも悪くないんだ」ロンが歯を食いしばってマルフォイに言った。

マルフォイはテーブルのむこうでニヤリとした。

「ウィーズリー、スネイプ先生がおっしゃったことが聞こえただろう。根を刻めよ」

ロンはナイフをつかみ、マルフォイの分の根を引き寄せ、めった切りにした。根は人小ふぞろいに切れた。

「せんせーい」マルフォイが気取った声を出した。「ウィーズリーが僕の根をめった切りにしました」

スネイプがテーブルにやってきて、鉤鼻の上からじろりと根を見すえた。それからロンに向かって、油っこい黒い長髪の下からニタリといやな笑い方をした。

「ウィーズリー、君の根とマルフォイのとを取り替えたまえ」

「先生、そんな――！」

ロンは十五分もかけて、慎重に自分の根をきっちり同じにそろえて刻んだばかりだった。

「今すぐだ」

スネイプは独特の危険極まりない声で言った。

ロンは見事に切りそろえた根をテーブルのむこう側のマルフォイへぐいと押しやり、再びナイフをつかんだ。

「先生、それから、僕、この『萎び無花果』の皮をむいてもらわないと」

マルフォイの声は底意地の悪い笑いをたっぷりふくんでいた。

「ポッター、マルフォイの無花果をむいてあげたまえ」

スネイプはいつものように、ハリーのためだけにとっておきの、憎しみのこもった視線を投げつけた。

ハリーはマルフォイの「萎び無花果」を取り上げ、ロンは自分が使うはめになっためった切りの根を、何とかしようとしていた。ハリーはできるだけ急いで無花果の皮をむき、一言も言わずにテーブルのむこうのマルフォイに投げ返した。マルフォイは今までよりいっそうニンマリしていた。

「君たち、ご友人のハグリッドを近ごろ見かけたかい？」マルフォイが低い声で聞いた。

「君の知ったこっちゃない」ロンが目も合わさずに、ぶっきらぼうに言った。

「気の毒に、先生でいられるのも、もう長いことじゃあないだろうな」マルフォイの口調は悲しむふりが見え見えだ。「父上は僕のけがのことを快く思っていらっしゃらないし――」

「いい気になるなよ、マルフォイ。じゃないとほんとうにけがさせてやる」ロンが言った。

「――父上は学校の理事会に訴えた。それに、魔法省にも。父上は力があるんだ。わかってるよねぇ。それに、こんなに長引く傷だし――」

マルフォイはわざと大きなため息をついてみせた。

「僕の腕、はたして元どおりになるんだろうか？」

「そうか、それで君はそんなふりをしているんだな」

ハリーは怒りで手が震え、手元が狂って、死んだイモムシの頭を切り落としてしまった。

「ハグリッドを辞めさせようとして！」
「そうだねぇ」
マルフォイは声を落とし、ヒソヒソささやいた。
「ポッター、**それもある**。でも、ほかにもいろいろといいことがあってね。ウィーズリー、僕のイモムシを輪切りにしろ」
数個先の鍋で、ネビルが問題を起こしていた。魔法薬の授業ではネビルはいつも支離滅裂だった。ネビルにとって、これが最悪の学科だ。恐怖のスネイプ先生の前では、普段の十倍もへまをやった。明るい黄緑色になるはずだった水薬が、なんと――。
「オレンジ色か、ロングボトム」
スネイプが薬をひしゃくで大鍋からすくい上げ、それを上からタラタラと垂らし入れて、みんなに見えるようにした。
「オレンジ色。君、教えていただきたいものだが、君の分厚い頭がいこつを突き抜けて入っていくものがあるのかね？　我輩ははっきり言ったはずだ。ネズミの脾臓は一つでいいと。聞こえなかったのか？　ヒルの汁はほんの少しでいいと、明確に申し上げたつもりだが？　ロングボトム、いったい我輩はどうすれば君に理解していただけるのかな？」

ネビルは赤くなって小刻みに震えている。今にも涙をこぼしそうだった。
「先生、お願いです」
ハーマイオニーだ。
「先生、私に手伝わせてください。ネビルにちゃんと直させます――」
「でしゃばるよう頼んだ覚えはないがね、ミス・グレンジャー」
スネイプは冷たく言い放ち、ハーマイオニーはネビルと同じくらい赤くなった。
「ロングボトム、このクラスの最後に、この薬を君のヒキガエルに数滴飲ませて、どうなるか見てみることにする。そうすれば、たぶん君もまともにやろうという気になるだろう」
スネイプは、恐怖で息もできないネビルを残し、その場を去った。
「助けてよ！」ネビルがハーマイオニーにうめくように頼んだ。
「おい、ハリー」
シェーマス・フィネガンがハリーの真鍮の台秤を借りようと身を乗り出した。
「聞いたか？　今朝の『日刊予言者新聞』のこと――シリウス・ブラックが目撃されたって書いてあったよ」
「どこで？」

ハリーとロンが急き込んで聞いた。テーブルのむこうでは、マルフォイが目を上げて耳をそばだてた。

「ここからあまり遠くない」

シェーマスは興奮気味だ。

「マグルの女性が目撃したんだ。もち、その人はほんとのことはわかってない。マグルはブラックが普通の犯罪者だと思ってるだろ？　だからその人、捜査ホットラインに電話したんだ。魔法省が現場に着いたときにはもぬけの殻さ」

「ここからあまり遠くない、か……」

ロンがいわくありげな目でハリーを見た。ハリーが振り返ると、マルフォイがじいっと見つめていた。

「マルフォイ、何だ？　ほかに皮をむくものでもあるのか？」

マルフォイの目はギラギラと意地悪く光り、ハリーを見すえたままだった。テーブルのむこうから、マルフォイが身を乗り出した。

「ポッター、一人でブラックを捕まえようって思ってるのか？」

「そうだ、そのとおりだ」ハリーは無造作に答えた。

マルフォイの薄い唇がゆがみ、意地悪そうにほくそ笑んだ。
「言うまでもないけど――」落ち着きはらってマルフォイが言った。
「僕だったら、もうすでに何かやってるだろうなぁ。いい子ぶって学校にじっとしてたりしない。ブラックを探しに出かけるだろうなぁ」
「マルフォイ、いったい何を言いだすんだ？」ロンが乱暴に言った。
「ポッター、**知らないのか？**」
マルフォイは薄青い目を細めて、ささやくように言った。
「何を？」
マルフォイは嘲るように低く笑った。
「君はたぶん危ないことはしたくないんだろうなぁ。吸魂鬼に任せておきたいんだろう？　僕だったら、復讐してやりたい。僕なら、自分でブラックを追い詰める」
「**いったい何のことだ？**」
ハリーは怒った。しかし、その時、スネイプの声がした。
「材料はもう全部加えたはずだ。この薬は服用する前に煮込まねばならぬ。ぐつぐつ煮えている間、あと片づけをしておけ。あとでロングボトムの薬を試すことにする……」

ネビルが汗だくで自分の鍋を必死にかき回しているのを見て、クラッブとゴイルがあけすけに笑った。ハーマイオニーがスネイプに気づかれないよう、唇を動かさないようにしてネビルに指示を与えていた。ハリーとロンは残っている材料を片づけ、隅のほうにある石のたらいのところまで行って手とひしゃくを洗った。

「マルフォイは何を言ってたんだろう？」

怪獣像の口から吐き出される氷のように冷たい水で手を洗いながら、ハリーが低い声でロンに話しかけた。

「なんで僕がブラックに復讐しなくちゃならないんだ？　僕に何にも手を出してないのに――まだ」

「でっち上げさ」ロンは強烈に言い放った。「君に、何かバカなことさせようとして……」

まもなくクラスが終わるというとき、スネイプが、大鍋のそばで縮こまっているネビルのほうへ大股で近づいた。

「諸君、ここに集まりたまえ」

スネイプが暗い目をギラギラさせた。

「ロングボトムのヒキガエルがどうなるか、よく見たまえ。何とか『縮み薬』ができ上がっていれば、ヒキガエルはおたまじゃくしになる。もし、作り方をまちがえていれば――我輩はそうにちがいないと思うが――ヒキガエルは毒にやられるはずだ」

グリフィンドール生はこわごわ見守り、スリザリン生は嬉々として見物しているように見えた。スネイプがヒキガエルのトレバーを左手でつまみ上げ、小さいスプーンをネビルの鍋に突っ込み、今は緑色に変わっている水薬を二、三滴、トレバーののどに流し込んだ。

一瞬あたりがシーンとなった。トレバーはゴクリと飲んだ。と、ポンと軽い音がして、おたまじゃくしのトレバーがスネイプの手の中でくねくねしていた。

グリフィンドール生は拍手喝采した。スネイプはおもしろくないという顔でローブのポケットから小瓶を取り出し、二、三滴トレバーに落とした。するとトレバーは突然元のカエルの姿に戻った。

「グリフィンドール、五点減点」

スネイプの言葉でみんなの顔から笑いが吹き飛んだ。

「手伝うなと言ったはずだ、ミス・グレンジャー。授業終了」

ハリー、ロン、ハーマイオニーは玄関ホールへの階段を上った。ハリーはマルフォイの言ったことをまだ考えていたが、ロンはスネイプのことで煮えくり返っていた。

「水薬がちゃんとできたからって五点減点か！　ハーマイオニー、どうしてうそつかなかったんだ？　ネビルが自分でやりましたって、言えばよかったのに！」

ハーマイオニーは答えない。ロンが振り返った。

「どこに行っちゃったんだ？」

ハリーも振り返った。二人は階段の一番上にいた。クラスのほかの生徒たちが二人を追い越して大広間での昼食に向かっていた。

「すぐ後ろにいたのに」ロンが顔をしかめた。

マルフォイがクラッブとゴイルを両脇に従えてそばを通り過ぎた。通りすがりにハリーに向かってほくそ笑んだ。

「あ、あそこにいた」ハリーが言った。

ハーマイオニーが少し息をはずませて階段を上ってきた。片手にかばんを抱え、もう一方の手で何かをローブの前に押し込んでいる。

「どうやったんだい？」ロンが聞いた。

「何を？」二人に追いついたハーマイオニーが聞き返した。

「君、ついさっきは僕らのすぐ後ろにいたのに、次の瞬間、階段の一番下に戻ってた」

「え？」ハーマイオニーはちょっと混乱したようだった。
「ああ――私、忘れ物を取りに戻ったの。アッ、あーあ……」
ハーマイオニーのかばんの縫い目が破れていた。ハリーは当然だと思った。かばんの中に大きな重い本が、少なくとも一ダースはぎゅうぎゅう詰めになっているのが見えた。
「どうしてこんなにいっぱい持ち歩いてるんだ？」ロンが聞いた。
「私がどんなにたくさんの学科をとってるか、知ってるわよね」
ハーマイオニーは息を切らしている。
「ちょっと、これ持っててくれない？」
「でもさ――」ロンが渡された本を何冊かひっくり返して表紙を見ていた。
「――授業がない科目ばっかりじゃないか。今日は『闇の魔術に対する防衛術』が午後あるだけだよ」
「ええ、そうね」
ハーマイオニーはあいまいな返事をした。それでもおかまいなしに全部の教科書をかばんに詰めなおした。
「お昼においしい物があるといいわ。お腹ペコペコ」

そう言うなり、ハーマイオニーは大広間へときびきび歩いていった。
「ハーマイオニーって、何か僕たちに隠してると思わないか？」
ロンがハリーに問いかけた。

生徒たちが「闇の魔術に対する防衛術」の最初の授業に集まったときには、ルーピン先生はまだ来ていなかった。みんなが座って教科書と羽根ペン、羊皮紙を取り出し、おしゃべりをしていると、やっと先生が教室に入ってきた。ルーピンはあいまいにほほ笑み、くたびれた古いかばんを先生用の机に置いた。相変わらずみすぼらしかったが、汽車で最初に見たときよりは健康そうに見えた。何度かちゃんとした食事をとったかのようだった。
「やあ、みんな」
ルーピンが挨拶した。
「教科書はかばんに戻してもらおうかな。今日は実地練習をすることにしよう。杖だけあればいいよ」
全生徒が教科書をしまう中、何人かはけげんそうに顔を見合わせた。今まで「闇の魔術に対する防衛術」で実地訓練など受けたことがない。ただし、昨年度のあの忘れられない授業、前任の先生がピクシー妖精を一かご持ち込んで、教室に解き放したことを一回と数えるなら別だが。

「よし、それじゃ――」ルーピン先生はみんなの準備ができると声をかけた。「私についておいで」

何だろう、でもおもしろそうだと、みんなが立ち上がってルーピン先生に従い、教室を出た。先生は誰もいない廊下を通り、角を曲がった。とたんに、最初に目に入ったのがポルターガイストのピーブズだった。空中で逆さまになって、手近の鍵穴にチューインガムを詰め込んでいた。

ピーブズは、ルーピン先生が五、六十センチくらいに近づいて初めて目を上げた。そして、くるりと丸まったつま先をごにょごにょ動かし、急に歌いだした。

「ルーニ、ルーピ、ルーピン。バーカ、マヌケ、ルーピン。ルーニ、ルーピ、ルーピン――」

ピーブズはたしかにいつでも無礼で手に負えないワルだったが、先生方にはたいてい一目置いていた。ルーピン先生はどんな反応を示すだろう、とみんな急いで先生を見た。驚いたことに、先生は相変わらずほほ笑んでいた。

「ピーブズ、私なら鍵穴からガムをはがしておくけどね」

先生はほがらかに言った。

「フィルチさんが箒を取りに入れなくなるじゃないか」

フィルチはホグワーツの管理人で、根性曲がりの、できそこないの魔法使いだった。生徒に対して、いつもけんかを吹っかけるし、実はピーブズに対してもそうだった。しかし、ピーブズはルーピン先生の言うことを聞くどころか、舌を突き出して、ベーッとやった。

ルーピン先生は小さくため息をつき、杖を取り出した。

「この簡単な呪文は役に立つよ」

先生は肩越しにみんなを振り返ってこう言った。

「よく見ておきなさい」

先生は杖を肩の高さに構え、「ワディワジ！　逆詰め！」と唱え、杖をピーブズに向けた。

チューインガムの塊が、弾丸のように勢いよく鍵穴から飛び出し、ピーブズの左の鼻の穴に見事命中した。ピーブズはもんどり打って逆さま状態から反転し、悪態をつきながらズームアウトして消え失せた。

「先生、かっこいい」ディーン・トーマスが驚嘆した。

「ディーン、ありがとう」ルーピン先生は杖を元に戻した。

「さあ、行こうか」

みんなでまた歩きだしたが、全員がさえないルーピン先生を尊敬のまなざしで見つめるようになっていた。先生はみんなを引き連れて二つ目の廊下を渡り、職員室のドアの真ん前で立ち止まった。

「さあ、お入り」

ルーピン先生はドアを開け、一歩下がって声をかけた。

職員室は奥の深い板壁の部屋で、ちぐはぐな古い椅子がたくさん置いてあった。がらんとした部屋に、たった一人、スネイプ先生が低いひじかけ椅子に座っていたが、クラス全員が列をなして入ってくるのをぐるりと見渡した。目をギラギラさせ、口元には意地悪なせせら笑いを浮かべている。ルーピン先生が最後に入ってドアを閉めると、スネイプが言った。

「ルーピン、開けておいてくれ。我輩、できれば見たくないのでね」

スネイプは立ち上がり、黒いマントをひるがえして大股でみんなの脇を通り過ぎ、ドアのところでくるりと振り返って、捨てゼリフを吐いた。

「ルーピン、たぶん誰も君に忠告していないと思うが、このクラスにはネビル・ロングボトムがいる。この子には難しい課題を与えないようご忠告申し上げておこう。ミス・グレンジャーが耳元でヒソヒソ指図を与えるなら別だがね」

ネビルは真っ赤になった。ハリーはスネイプをにらみつけた。自分の授業でさえネビルいじめは許せないのに、ましてやほかの先生の前でいじめをやるなんてとんでもないことだ。
ルーピン先生は眉根をキュッと上げた。
「術の最初の段階で、ネビルに僕のアシスタントを務めてもらいたいと思ってましてね。それに、ネビルはきっと、とてもうまくやってくれると思いますよ」
すでに真っ赤なネビルの顔が、もっと赤くなった。スネイプの唇がめくれ上がった。が、そのままバタンとドアを閉めて、スネイプは出ていった。
「さあ、それじゃ」
ルーピン先生はみんなに部屋の奥まで来るように合図した。そこには先生方が着替え用のローブを入れる古い洋だんすがぽつんと置かれていた。ルーピン先生がその脇に立つと、たんすが急にわなわなと揺れ、バーンと壁から離れた。
「心配しなくていい」
何人かが驚いて飛びのいたが、ルーピン先生は静かに言った。
「中に『まね妖怪』――ボガートが入ってるんだ」
それは心配するべきことじゃないか、とほとんどの生徒はそう思ったようだった。ネビルは恐怖そのものの顔つきでルーピン先生を見た。シェーマス・フィネガンは、たんすの取っ手がガタガタ言いはじめたのを不安そうに見つめていた。
「まね妖怪は暗くて狭いところを好む」ルーピン先生が語りだした。
「洋だんす、ベッドの下のすきま、流しの下の食器棚など――私は一度、大きな柱時計の中に引っかかっているやつに出会ったことがある。ここにいるのはきのうの午後に入り込んだやつで、三年生の実習に使いたいからと、校長先生にお願いして、先生方にはそのままにしていただいたんですよ」
「それでは、最初の問題ですが、まね妖怪のボガートとは何でしょう？」
ハーマイオニーが手を挙げた。
「形態模写妖怪です。私たちが一番怖いと思うのはこれだ、と判断すると、それに姿を変えることができます」
「私でもそんなにうまくは説明できなかったろう」
ルーピン先生の言葉で、ハーマイオニーはほおを染めた。
「だから、中の暗がりに座り込んでいるまね妖怪は、まだ何の姿にもなっていない。たんすの戸の外にいる誰かが、何を怖がるのかまだ知らない。まね妖怪がひとりぼっちのときにどんな姿をしているのか、誰も知らない。しかし、私が外に出してやると、たちまち、それぞれが一番怖いと思っているものに姿を変えるはずです」

「ということは――」

ネビルが怖くてしどろもどろになっているのを無視して、ルーピン先生は話を続けた。

「つまり、初めっから私たちのほうがまね妖怪より大変有利な立場にあるのですが、ハリー、なぜだかわかるかな？」

隣のハーマイオニーが手を高く挙げ、つま先立ちでピョコピョコ跳び上がっているそばで質問に答えるのは気が引けたが、それでもハリーは思いきって答えてみた。

「えーと――僕たち、たくさんの生徒がいるので、どんな姿に変身すればいいかわからない？」

「そのとおり」

ルーピン先生がそう言うと、ハーマイオニーはちょっぴりがっかりしたように手を下ろした。

「まね妖怪退治をするときは、誰かと一緒にいるのが一番いい。むこうが混乱するからね。首のない死体に変身すべきか、人肉を食らうナメクジになるべきか？　私はまね妖怪がまさにその過ちを犯したのを一度見たことがある――一度に二人を脅そうとしてね、半分だけナメクジに変身したんだ。どう見ても恐ろしい姿とは言えなかった。

まね妖怪を退散させる呪文は簡単だ。しかし精神力が必要だ。こいつをほんとうにやっつけるのは、『笑い』なんだ。君たちは、まね妖怪に、滑稽だと思える姿をとらせる必要がある。
初めは杖なしで練習しよう。私に続いて言ってみよう……リディクラス！　ばかばかしい！」
「リディクラス！　ばかばかしい！」全員がいっせいに唱えた。
「そう。とっても上手だ。でもここまでは簡単なんだけどね。呪文だけでは充分じゃないんだよ。そこで、ネビル、君の登場だ」
洋だんすがまたガタガタ揺れた。でも、ネビルのほうがもっとガタガタ震えていた。まるで絞首台に向かうかのように進み出た。
「よーし、ネビル。一つずつ行こうか。君が世界一怖いものは何だい？」
ネビルの唇が動いたが、声が出てこない。
「ん？　ごめん、ネビル、聞こえなかった」ルーピン先生は明るく言った。
ネビルはまるで誰かに助けを求めるかのように、きょろきょろとあたりを見回し、それから蚊の鳴くような声でささやいた。
「スネイプ先生」
ほとんど全員が笑った。ネビル自身も申し訳なさそうにニヤッと笑った。しかしルーピン先生はまじめな顔をしていた。

「スネイプ先生か……フーム……ネビル、君はおばあさんと暮らしているね？」
「え――はい」ネビルは不安げに答えた。「でも――僕、まね妖怪がばあちゃんに変身するのもいやです」
「いやいや、そういう意味じゃないんだよ」
ルーピン先生が今度はほほ笑んでいた。
「教えてくれないか。おばあさんはいつも、どんな服を着ていらっしゃるのかな？」
ネビルはキョトンとしたが、答えた。
「えーと……いっつもおんなじ帽子。たかーくて、てっぺんにハゲタカの剥製がついてるの。それに、ながーいドレス……たいてい、緑色……それと、ときどき狐の毛皮のえり巻きしてる」
「ハンドバッグは？」ルーピン先生がうながした。
「おっきな赤いやつ」ネビルが答えた。
「よし、それじゃ、ネビル、その服装をはっきり思い浮かべることができるかな？　心の目で、見えるかな？」
「はい」
ネビルは自信なさそうに答えた。次は何が来るんだろうと心配しているのが見え見えだ。

「ネビル、まね妖怪が洋だんすからウワーッと出てくるね、そして、君を見るね。そうすると、スネイプ先生の姿に変身するんだ。そしたら、君は杖を上げて――こうだよ――そして叫ぶんだ。『リディクラス！　ばかばかしい！』――そして、君のおばあさんの服装に精神を集中させる。すべてうまくいけば、ボガート・スネイプ先生はてっぺんにハゲタカのついた帽子をかぶって、緑のドレスを着て、赤いハンドバッグを持った姿になってしまう」

みんな大爆笑だった。洋だんすが一段と激しく揺れた。

「ネビルが首尾よくやっつけたら、そのあとまね妖怪は次々に君たちに向かってくるだろう。みんな、ちょっと考えてくれるかい。何が一番怖いかって。そして、その姿をどうやったらおかしな姿に変えられるか、想像してみて……」

部屋が静かになった。ハリーも考えた……。この世で一番恐ろしいものはなんだろう？

最初にヴォルデモート卿を考えた――完全な力を取り戻したヴォルデモート。しかし、ボガート・ヴォルデモートへの反撃を考えようとしたとたん、恐ろしいイメージが意識の中に浮かび上がってきた……。

くさった、冷たく光る手、黒いマントの下にするすると消えた手……見えない口から吐き出される、長いしわがれた息づかい……そして水におぼれるような、染み込むようなあの寒さ……。

ハリーは身震いした。そして、誰も気づかなかったことを願いながら、あたりを見回した。しっかり目をつぶっている生徒が多かった。ロンはブツブツひとり言をいっていた。「肢をもぎ取ってと」ハリーにはそれが何のことかよくわかった。ロンが最高に怖いのはクモなのだ。

「みんな、いいかい？」ルーピン先生だ。

ハリーは突然恐怖に襲われた。まだ準備ができていない。どうやったら吸魂鬼を恐ろしくない姿にできるのだろう？　しかし、これ以上待ってくださいとは言えない。何しろ、みんながうなずき、腕まくりをしていた。

「ネビル、私たちは下がっているからね」ルーピン先生が言った。「君に場所をあけてあげよう。いいね？　私が声をかけたら、次の生徒が前に出る……。みんな下がって、さあ、ネビルがまちがいなくやっつけられるように――」

みんな後ろに下がって壁にぴったり張りつき、ネビルが一人、洋だんすのそばにとり残された。恐怖に青ざめてはいたが、ネビルはローブのそでをたくし上げ、杖を構えていた。

「ネビル、三つ数えてからだ」

ルーピン先生が自分の杖を洋だんすの取っ手に向けながら言った。

「いーち、にー、さん、**それ！**」

ルーピン先生の杖の先から、火花がほとばしり、取っ手のつまみに当たった。洋だんすが勢いよく開き、鉤鼻の恐ろしげなスネイプ先生が、ネビルに向かって目をギラつかせながら現れた。

ネビルは杖を上げ、口をパクパクさせながらあとずさりした。スネイプがローブの懐に手を突っ込みながらネビルに迫った。

「リ、リ、リディクラス！」

ネビルは上ずった声で呪文を唱えた。

パチンと鞭を鳴らすような音がして、スネイプがつまずいた。今度は長い、レースで縁取りをしたドレスを着ている。見上げるように高い帽子のてっぺんに虫食いのあるハゲタカをつけ、手には巨大な真紅のハンドバッグをゆらゆらぶら下げている。

どっと笑い声が上がった。まね妖怪はとほうにくれたように立ち止まった。ルーピン先生が大声で呼んだ。

「パーバティ、前へ！」

パーバティがキッとした顔で進み出た。スネイプがパーバティのほうに向きなおった。またパチンと音がして、スネイプの立っていたあたりに血まみれの包帯をぐるぐる巻いたミイラが立っていた。目のない顔をパーバティに向け、ミイラはゆっくりと、パーバティに迫った。足を引きずり、手を棒のように前に突き出して——。

「リディクラス！」パーバティが叫んだ。

包帯が一本ばらりとほどけてミイラの足元に落ちた。それにからまって、ミイラは顔から先につんのめり、頭が転がり落ちた。

「シェーマス！」ルーピン先生がほえるように呼んだ。

シェーマスがパーバティの前に躍り出た。

パチン！　ミイラのいたところに、床まで届く黒い長髪、がいこつのような緑色がかった顔の女が立っていた——バンシーだ。口を大きく開くと、この世のものとも思われない声が部屋中に響いた。長い、嘆きの悲鳴——ハリーは髪の毛が逆立った。

「リディクラス！」シェーマスが叫んだ。

バンシーはしわがれ声になり、のどを押さえた。声が出なくなったのだ。

パチン！　バンシーがネズミになり、自分のしっぽを追いかけてぐるぐる回りはじめた。と思ったら——パチン！——今度はガラガラヘビだ。くねくねのたうち回り、それから——パチン！——血走った目玉が一個。

「混乱してきたぞ！」

ルーピンが叫んだ。
「もうすぐだ！　ディーン！」
ディーンが急いで進み出た。
パチン！　目玉が切断された手首になった。裏返しになり、カニのように床をはいはじめた。
「リディクラス！」ディーンが叫んだ。
バチッと音がして、手がネズミ捕りに挟まれた。
「いいぞ！　ロン、次だ！」
ロンが飛び出した。
パチン！
何人かの生徒が悲鳴を上げた。毛むくじゃらの二メートル近い大蜘蛛が、おどろおどろしくはさみをガチャつかせ、ロンに向かってきた。一瞬、ハリーはロンが凍りついたかと思った。すると――。
「リディクラス！」
ロンがとどろくような大声を出した。蜘蛛の肢が消え、ごろごろ転がりだした。ラベンダー・ブラウンが金切り声を出して蜘蛛をよけた。足元で蜘蛛が止まったので、ハリーは杖を構えた。

が――。

「こっちだ！」急にルーピン先生がそう叫び、急いで前に出てきた。

パチン！

肢なしグモが消えた。一瞬、どこへ消えたのかと、みんなきょろきょろ見回した。すると、銀白色の玉がルーピンの前に浮かんでいるのが見えた。ルーピンは、ほとんど面倒くさそうに「リディクラス！」と唱えた。

パチン！

「ネビル！　前へ！　やっつけるんだ！」

まね妖怪がゴキブリになって床に落ちたところでルーピンが叫んだ。パチン！　スネイプが戻った。ネビルは今度は決然とした表情でぐいと前に出た。

「リディクラス！」ネビルが叫んだ。

ほんの一瞬、レース飾りのドレスを着たスネイプの姿が見えたが、ネビルが大声で「ハハハ！」と笑うと、まね妖怪は破裂し、何千という細い煙の筋になって消え去った。

「よくやった！」全員が拍手する中、ルーピン先生が大声を出した。

「ネビル、よくできた。みんな、よくやった。そうだな……まね妖怪と対決したグリフィンドール生一人につき五点をやろう――ネビルは十点だ。二回やったからね――ハーマイオニーとハリーも五点ずつだ」

「でも、僕、何もしませんでした」ハリーが言った。

「ハリー、君とハーマイオニーはクラスの最初に、私の質問に正しく答えてくれた」

ルーピンはさりげなく言った。

「よーし、みんな、いい授業だった。宿題だ。まね妖怪に関する章を読んで、まとめを提出してくれ……月曜までだ。今日はこれでおしまい」

みんな興奮してペチャクチャしゃべりながら職員室を出た。しかし、ハリーは心がはずまなかった。ルーピン先生はハリーがまね妖怪と対決するのを意図的に止めた。どうしてなんだ？ 汽車の中で僕が倒れるのを見たからなのか、そして僕があまり強くないと思ったのか？ 先生は僕がまた気絶すると思ったのだろうか？

誰も、何も気づいていないようだった。

「バンシーと対決するのを見たか？」シェーマスが叫んだ。

「それに、あの手！」ディーンが自分の手を振り回しながら言った。

「それに、あの帽子をかぶったスネイプ！」

「それに、私のミイラ！」

「ルーピン先生は、どうして水晶玉なんかが怖いのかしら？」ラベンダーがふと考え込んだ。

「『闇の魔術に対する防衛術』じゃ、今までで一番いい授業だったよな？」

かばんを取りに教室に戻る途中、ロンは興奮していた。

「ほんとにいい先生だわ」ハーマイオニーも賛成した。「だけど、私もまね妖怪に当たりたかったのに――」

「君なら何になったのかなぁ？」ロンがからかうように笑った。「成績かな。十点満点で九点しか取れなかった宿題とか？」

第8章「太った婦人」の逃走

「闇の魔術に対する防衛術」は、たちまちほとんど全生徒の一番人気の授業になった。ドラコ・マルフォイとその取り巻き連中のスリザリン生だけが、ルーピン先生のあら探しをした。

「あのローブのざまを見ろよ」

ルーピン先生が通ると、マルフォイは聞こえよがしのヒソヒソ声でこう言った。

「僕の家の『屋敷しもべ妖精』の格好じゃないか」

しかし、ルーピン先生のローブが継ぎはぎだろうと、ボロだろうと、ほかには誰一人として気にする者はいなかった。二回目からの授業も、最初と同じようにおもしろかった。まね妖怪のあとは、赤帽鬼で、血の臭いのするところならどこにでもひそむ、小鬼に似た性悪な生き物だ。城の地下牢とか、戦場跡の深い穴などに隠れ、道に迷った者を待ち伏せて棍棒でなぐる。赤帽鬼が終わると、次は河童に移った。水に住む気味の悪い生き物で、見た目はうろこのあるサルだ。何も知らずに池の浅瀬を渡る者を、水中に引っ張り込み、水かきのある手でしめ殺したくてうずうずしている。

ほかの授業も同じくらい楽しいといいのにとハリーは思った。魔法薬の授業は最悪だった。スネイプはこのごろますます復讐ムードだったが、理由ははっきりしていた。まね妖怪がスネイプの姿になった、ネビルがそれにばあちゃんの服をこんなふうに着せた、という話が学校中に野火のように広がったからだ。スネイプにはこれがおもしろくもおかしくもない。ルーピン先生の名前が出ただけで、スネイプの目はギラリと脅すように光ったし、ネビルいじめはいっそうひどくなった。

ハリーはトレローニー先生の、あの息の詰まるような塔教室での授業にもだんだんいや気がさしてきた。変に傾いた形や印を解読したり、ハリーを見るたびに先生があの巨大な目に涙をいっぱい浮かべるのを、何とか無視しようと努力するのにうんざりしていた。先生を崇拝に近い敬意で崇める生徒もたくさんいたが、ハリーはトレローニー先生がどうしても好きになれない。パーバティ・パチルやラベンダー・ブラウンなどは、昼食時に先生の塔に入り浸り、みんなが知らないことを知ってるわよ、とばかりに、鼻持ちならない得意顔で戻ってくる。おまけにこの二人は、まるで臨終の床についている人に話すように、ヒソヒソ声でハリーに話しかけるようになった。

「魔法生物飼育学」の授業は、最初のあの大活劇のあと、とてつもなくつまらないものになり、誰も心から好きにはなれなかった。ハグリッドは自信を失ったらしい。生徒は毎回毎回、レタス食い虫の世話を学ぶはめになったが、こんなにつまらない生き物はまたとないにちがいない。

「こんな虫を飼育しようなんて物好きがいるかい？」

レタス食い虫のぬらりとしたのどに刻みレタスを押し込む、相も変わらぬ一時間のあと、ロンがぼやいた。

しかし、十月になると、ハリーは別のことで忙しくなった。授業のうさを晴らす、楽しいことだった。クィディッチ・シーズンの到来だ。グリフィンドール・チームのキャプテン、オリバー・ウッドが、ある木曜日の夕方、今シーズンの作戦会議を招集した。

クィディッチの選手は七人。三人のチェイサーがクアッフル（赤い、サッカーボールぐらいの球）でゴールをねらう。競技場の両端に立つ約十五メートルの高さの輪の中にクアッフルを投げ込んで得点する。二人のビーターはがっしり重いクラブを持ち、ブラッジャー（選手を攻撃しようとビュンビュン飛び回る二個の黒く重い球）を撃退する。キーパーは一人でゴールを守る。シーカーが一番大変で、金のスニッチという羽の生えた小さなクルミ大のボールを捕まえるのが役目だ。捕まえるとゲームセットで、そのシーカーのチームが一挙に百五十点獲得する。

オリバー・ウッドはたくましい十七歳。ホグワーツの七年生、今や最終学年だ。暗くなりかけたクィディッチ競技場の片隅の、冷え冷えとした更衣室で、六人のチームメートに演説するオリバーの声には、何やら悲壮感が漂っていた。

「今年が最後のチャンスだ――**俺の**最後のチャンスだ――クィディッチ優勝杯獲得の選手の前を大股で往ったり来たりしながら、オリバーは演説した。

「俺は今年かぎりでいなくなる。二度と挑戦できない。グリフィンドールはこの七年間、一度も優勝していない。いや、言うな。運が悪かった。世界一不運だった――けがだ――去年はトーナメントそのものがキャンセルだ……」

オリバーはゴクリとつばを飲み込んだ。思い出すだけでのどに何かがつかえたようだった。

「しかしだ、わかってるのは、俺たちが**最高の――学校――一の――強烈な――チーム――だってことだ**」

オリバーは一言一言言うたびに、パンチを手の平にたたき込んだ。おなじみの、正気とは思えない目の輝きだ。

「俺たちには**とびっきりのチェイサーが三人いる**」オリバーは、アリシア・スピネット、アンジェリーナ・ジョンソン、ケイティ・ベルの三人を指差した。
「俺たちには負け知らずのビーターがいる」
「よせよ、オリバー。照れるじゃないか」
フレッドとジョージが声をそろえて言い、赤くなるふりをした。
「それに、俺たちのシーカーは、常にわがチームに勝利をもたらした！」
ウッドのバンカラ声が響き、熱烈な誇りの念を込めてハリーをじっと見つめた。
「それに、俺だ」思い出したようにオリバーがつけ加えた。
「君もすごいぜ、オリバー」ジョージが言った。
「決めてるキーパーだぜ」フレッドが言った。
「要するにだ」オリバーがまた往ったり来たり歩きながら話を続けた。
「過去二年とも、クィディッチ杯には俺たちの寮の名が刻まれるべきだった。ハリーがチームに加わって以来、俺は、いただきだと思い続けてきた。しかし、いまだ優勝杯はわが手にあらず。今年が最後のチャンスだ。ついに我らがその名を刻む最後の……」
ウッドがあまりに落胆した言い方をしたので、さすがのフレッドやジョージも同情した。
「オリバー、今年は俺たちの年だ」フレッドが言った。

「やるわよ、オリバー！」アンジェリーナだ。
「絶対だ」ハリーが言った。
決意満々で、チームは練習を始めた。一週間に三回だ。日ごとに寒く、じめじめした日が増え、夜はますます暗くなった。しかし、どんなにひどい泥だろうが、風だろうが、雨だろうが、今度こそあの大きなクィディッチ銀杯を獲得するというハリーのすばらしい夢には、一点の曇りもなかった。
ある夜、練習を終え、寒くて体のあちこちをこわばらせながらも、ハリーは練習の成果に満足してグリフィンドール談話室に戻ってきた。談話室はざわめいていた。
「何かあったの？」ハリーはロンとハーマイオニーに尋ねた。二人は暖炉近くの特等席で、「天文学」の星座図を仕上げているところだった。
「一回目のホグズミード週末だ」
ロンがくたびれた古い掲示板に貼り出された「お知らせ」を指差した。
「十月末。ハロウィーンさ」
「やったぜ」ハリーに続いて肖像画の穴から出てきたフレッドが言った。
「ゾンコの店に行かなくちゃ。『臭い玉』がほとんど底をついてる」

ハリーはロンのそばの椅子にドサリと座った。高揚していた気持ちがなえていった。ハーマイオニーがその気持ちを察したようだった。

「ハリー、この次にはきっと行けるわ。ブラックはすぐ捕まるに決まってる。一度は目撃されてるし」

「ホグズミードで何かやらかすほど、ブラックはバカじゃない」ロンが言った。

「ハリー、マクゴナガルに聞けよ。今度行っていいかって。次なんて永遠に来ないぜ――」

「ロン！」ハーマイオニーがとがめた。「ハリーは学校内にいなきゃいけないのよ――」

「三年生でハリー一人だけを残しておくなんて、できないよ」ロンが言い返した。

「マクゴナガルに聞いてみろよ。ハリー、やれよ――」

「うん、やってみる」ハリーはそう決めた。

ハーマイオニーが何か言おうと口を開けたが、その時、クルックシャンクスが軽やかにひざに飛びのってきた。大きなクモの死がいをくわえている。

「わざわざ僕たちの目の前でそれを食うわけ？」ロンが顔をしかめた。

「お利口さんね、クルックシャンクス。一人で捕まえたの？」ハーマイオニーが言った。

クルックシャンクスは、黄色い目で小ばかにしたようにロンを見すえたまま、ゆっくりとクモをかんだ。
「そいつをそこから動かすなよ」
ロンはいらいらしながらまた星座図に取りかかった。
「スキャバーズが僕のかばんで寝てるんだから」
ハリーはあくびをした。早くベッドに行きたかった。しかし、ハリーも星座図を仕上げなければならない。かばんを引き寄せ、羊皮紙、インク、羽根ペンを取り出して作業に取りかかった。
「僕のを写していいよ」
最後の星に、どうだっとばかりに大げさに名前を書き、その図をハリーのほうに押しやった。
ハーマイオニーは丸写しが許せず、唇をギュッと結んだが、何も言わなかった。クルックシャンクスは、ぼさぼさのしっぽを振り振り、瞬きもせずにロンを見つめ続けていたが、出し抜けに跳んだ。
「**おい！**」
ロンがわめきながらかばんを引っつかんだが、クルックシャンクスは四本足の爪全部を、ロンのかばんに深々と食い込ませ、猛烈に引っかきだした。
「**放せ！　この野郎！**」

ロンはクルックシャンクスからかばんをもぎ取ろうとしたが、クルックシャンクスはシャーッシャーッとうなり、かばんを引き裂き、てこでも離れない。

「ロン、乱暴しないで！」

ハーマイオニーが悲鳴を上げた。談話室の生徒がこぞって見物した。ロンはかばんを振り回したが、クルックシャンクスはぴったり張りついたままで、スキャバーズのほうがかばんからポーンと飛び出した――。

「あの猫を捕まえろ！」ロンが叫んだ。クルックシャンクスは抜け殻のかばんを離れ、テーブルに飛び移り、命からがら逃げるスキャバーズのあとを追った。

ジョージ・ウィーズリーがクルックシャンクスを取っつかまえようと手を伸ばしたが、取り逃した。スキャバーズは二十人の股の下をすり抜け、古い整理だんすの下にもぐり込んだ。クルックシャンクスはその前で急停止し、ガニマタの足を曲げてかがみ込み、前足をたんすの下に差し入れてはげしくかいた。

ロンとハーマイオニーがかけつけた。ハーマイオニーはクルックシャンクスの腹を抱え、ウンウン言って引き離した。ロンはべったり腹ばいになり、さんざんてこずったが、スキャバーズのしっぽをつかんで引っ張り出した。

「見ろよ！」ロンはカンカンになって、スキャバーズをハーマイオニーの目の前にぶら下げた。
「こんなに骨と皮になって！　その猫をスキャバーズに近づけるな！」
「クルックシャンクスにはそれが悪いことだってわからないのよ！」ハーマイオニーは声を震わせた。「ロン、猫はネズミを追っかけるもんだわ！」
「そのケダモノ、何かおかしいぜ！」
ロンは必死にじたばたしているスキャバーズをなだめすかしてポケットに戻そうとしていた。
「スキャバーズは僕のかばんの中だって言ったのを、そいつ聞いたんだ！」
「ばかなこと言わないで」ハーマイオニーが切り返した。「クルックシャンクスはにおいでわかるのよ、ロン。ほかにどうやって――」
「その猫、スキャバーズに恨みがあるんだ！」
周りのやじ馬がクスクス笑いだしたが、ロンはおかまいなしだ。
「いいか、スキャバーズのほうが先輩なんだぜ。**その上、病気なんだ！**」
ロンは肩をいからせて談話室を横切り、寝室に向かう階段へと姿を消した。

翌日もまだ、ロンは険悪なムードだった。「薬草学」の時間中も、ハリーとハーマイオニーとロンが一緒に「花咲か豆」の作業をしていたのに、ロンはほとんどハーマイオニーと口をきかなかった。

豆の木からふっくらしたピンクのさやをむしり取り、中からつやつやした豆を押し出して桶に入れながら、ハーマイオニーがおずおずと聞いた。

「スキャバーズはどう？」

「隠れてるよ。僕のベッドの奥で、震えながらね」

ロンは腹を立てていたので、豆が桶に入らず、温室の床に散らばった。

「気をつけて、ウィーズリー。気をつけなさい！」

スプラウト先生が叫んだ。豆がみんなの目の前でパッと花を咲かせはじめたのだ。

次は「変身術」だった。ハリーは、授業のあとでマクゴナガル先生に、ホグズミードに行ってもよいかと尋ねようと心を決めていたので、教室の外に並んだ生徒の一番後ろに立ち、どうやって切り出そうかと考えをめぐらせていた。ところが、列の前のほうが騒がしくなり、そっちに気を取られた。

ラベンダー・ブラウンが泣いているらしい。パーバティが抱きかかえるようにして、シェーマス・フィネガンとディーン・トーマスに何か説明していた。二人とも深刻な表情で聞いている。

「ラベンダー、どうしたの？」
ハリーやロンと一緒に騒ぎの輪に入りながら、ハーマイオニーが心配そうに聞いた。
「今朝、おうちから手紙が来たの」パーバティが小声で言った。
「ラベンダーのウサギのビンキー、キツネに殺されちゃったんだって」
「まあ。ラベンダー、かわいそうに」ハーマイオニーが言った。
「私、うかつだったわ！」ラベンダーは悲嘆に暮れていた。
「今日が何日か、知ってる？」
「えーっと」
「十月十六日よ！『あなたの恐れていることは、十月十六日に起こりますよ！』。覚えてる？先生は正しかったんだわ。正しかったのよ！」
今や、クラス全員がラベンダーの周りに集まっていた。シェーマスは小難しい顔で頭を振っていた。ハーマイオニーは一瞬躊躇したが、こう聞いた。
「あなた――あなた、ビンキーがキツネに殺されることをずっと恐れていたの？」
「ううん、キツネってかぎらないけど」ラベンダーはぼろぼろ涙を流しながらハーマイオニーを見た。

「でも、ビンキーが死ぬことはもちろんずっと恐れてたわ。当然でしょう？」
「あら」ハーマイオニーはまた一瞬間をおいたが、やがて――「ビンキーって年寄りウサギだった？」
「ち、ちがうわ！」ラベンダーがしゃくりあげた。「あ、あの子、まだ赤ちゃんだった！」
パーバティがラベンダーの肩をいっそうきつく抱きしめた。
「じゃあ、どうして死ぬことなんか心配するの？」
ハーマイオニーが聞いた。パーバティがハーマイオニーをにらみつけた。
「ねえ、論理的に考えてよ」
ハーマイオニーは集まったみんなに向かって言った。
「つまり、ビンキーは今日死んだわけでもない。でしょ？　ラベンダーはその知らせを今日受け取っただけだわ――」
ラベンダーの泣き声がひときわ高くなった。
「――それに、ラベンダーがそのことをずっと恐れていたはずがないわ。だって、突然知ってショックだったんだもの――」
「ラベンダー、ハーマイオニーの言うことなんか気にするな」

ロンが大声で言った。
「人のペットのことなんて、どうでもいいやつなんだから」
ちょうどその時、マクゴナガル先生が教室のドアを開けた。まさにいいタイミングだった。ハーマイオニーとロンが火花を散らしてにらみ合っていた。教室に入ってもハリーを挟んで両側に座り、授業中ずっと口もきかなかった。
終業のベルが鳴ったが、ハリーはマクゴナガル先生にどう切り出すか、まだ迷っていた。ところが、先生のほうからホグズミードの話が出た。
「ちょっとお待ちなさい！」
みんなが教室から出ようとするのを、先生が呼び止めた。
「みなさんは全員私の寮の生徒ですから、ホグズミード行きの許可証をハロウィーンまでに私に提出してください。許可証がなければホグズミードもなしです。忘れずに出すこと！」
「あのー、先生、ぼ、僕、なくしちゃったみたい――」ネビルが手を挙げた。
「ロングボトム、あなたのおばあさまが、私に直送なさいました。そのほうが安全だと思われたのでしょう。さあ、それだけです。帰ってよろしい」
「今だ。行け」ロンが声を殺してハリーをうながした。

「でも、ああ――」ハーマイオニーが何か言いかけた。
「ハリー、行けったら」ロンが頑固に言い張った。
ハリーはみんながいなくなるまで待った。それから、ドキドキしながらマクゴナガル先生の机に近寄った。
「何ですか、ポッター？」
ハリーは深く息を吸った。
「先生、おじ、おばが――あの――許可証にサインするのを忘れました」
マクゴナガル先生は四角いめがねの上からハリーを見たが、何も言わなかった。
「それで――あの――だめでしょうか――つまり、かまわないでしょうか、あの――僕がホグズミードに行っても？」
マクゴナガル先生は下を向いて、机の上の書類を整理しはじめた。
「だめです、ポッター。今、私が言ったことを聞きましたね。許可証がなければホグズミードはなしです。それが規則です」
「でも――先生。僕のおじ、おばは――ご存じのように、マグルです。わかってないんです――ホグワーツとか、許可証とか」

ハリーのそばで、ロンが強くうなずいて助っ人をしていた。
「先生が行ってもよいとおっしゃれば――」
「私は、そうは言いませんよ」マクゴナガル先生は立ち上がり、書類をきっちりと引き出しに収めた。
「許可証にはっきり書いてあるように、両親、または保護者が許可しなければなりません」
先生は向きなおり、不思議な表情を浮かべてハリーを見た。哀れみだろうか？
「残念ですが、ポッター、これが私の最終決定です。早く行かないと、次のクラスに遅れますよ」

万事休す。ロンがマクゴナガル先生に対して悪口雑言のかぎりをぶちまけたので、ハーマイオニーがいやがった。そのハーマイオニーの「これでよかったのよ」という顔が、ロンをますます怒らせた。一方ハリーは、ホグズミードに行ったらまず何をするかと、みんなが楽しそうに騒いでいるのにじっとたえなければならなかった。
「ごちそうがあるさ」ハリーをなぐさめようとして、ロンが言った。
「ね、ハロウィーンのごちそうが、その日の夜に」

「うん」ハリーは暗い声で言った。「すてきだよ」

ハロウィーンのごちそうはいつだってすばらしい。でも、みんなと一緒にホグズミードで一日過ごしたあとで食べるほうがもっとおいしいに決まっている。誰が何となぐさめようと、ひとりぼっちで取り残されるハリーの気持ちは晴れなかった。羽根ペン使いのうまいディーン・トーマスは、許可証にバーノンおじさんの偽サインをしようと言ってくれた。しかし、ハリーはもう、マクゴナガル先生にサインがもらえなかったと言ってしまったので、この手は使えない。ロンは、「透明マント」はどうか、と中途半端な提案をしたが、ハーマイオニーに踏みつぶされた。ダンブルドアが、吸魂鬼は透明マントでもお見透しだと言ったじゃない、とロンに思い出させたのだ。パーシーはなぐさめにならない最低のなぐさめ方をした。

「ホグズミードのことをみんな騒ぎたてるけど、ハリー、僕が保証する。評判ほどじゃない」

真顔でそう言った。

「いいかい。菓子の店はかなりいけるな。しかし、ゾンコの『いたずら専門店』は、はっきり言って危険だ。それに、そう、『叫びの屋敷』は一度行ってみる価値はあるな。だけど、ハリー、それ以外は、ほんとうにたいしたものはないよ」

ハロウィーンの朝、ハリーはみんなと一緒に起き、なるべく普段どおりに取りつくろっていたものの、最低の気分でみなと朝食に下りていった。

「ハニーデュークスからお菓子をたくさん持ってきてあげるわ」

ハーマイオニーが、心底気の毒そうな顔をしながら言った。

「ウン、たーくさん」

ロンも言った。二人はハリーの落胆ぶりを見て、クルックシャンクス論争をついに水に流した。

「僕のことは気にしないで」

ハリーは精一杯平気を装った。

「パーティで会おう。楽しんできて」

ハリーは玄関ホールまで二人を見送った。管理人のフィルチが、ドアのすぐ内側に立ち、長いリストを手に名前をチェックしていた。一人一人、疑わしそうに顔をのぞき込み、行ってはいけない者が抜け出さないよう、念入りに調べていた。

「居残りか、ポッター？」クラッブとゴイルを従えて並んでいたマルフォイが大声で言った。

「吸魂鬼のそばを通るのが怖いのか？」

ハリーは聞き流して、一人で大理石の階段を引き返し、誰もいない廊下を通ってグリフィンドール塔に戻った。
「合言葉は？」とろとろ眠っていた「太った婦人」が、急に目覚めて聞いた。
「フォルチュナ・マジョール。ちゃぼちゃ」ハリーは気のない言い方をした。
肖像画がパッと開き、ハリーは穴をよじ登って談話室に入った。そこは、ペチャクチャにぎやかな一年生、二年生でいっぱいだった。上級生も数人いたが、飽きるほどホグズミードに行ったことがあるにちがいない。
「ハリー！　ハリー！　ハリーったら！」
コリン・クリービーだった。ハリーを崇拝している二年生で、話しかける機会をけっして逃さない。
「ハリー、ホグズミードに行かないんですか？　どうして？　あ、そうだ――」
コリンは熱っぽく周りの友達を見回してこう言った。
「よろしかったら、ここへ来て、僕たちと一緒に座りませんか？」
「アー――ううん。でも、ありがとう、コリン」
ハリーは、寄ってたかって額の傷をしげしげ眺められるのにたえられない気分だった。
「僕――図書館に行かなくちゃ。やり残した宿題があって」

そう言った手前、回れ右して肖像画の穴に戻るしかなかった。

「さっきわざわざ起こしておいて、どういうわけ？」

「太った婦人」が、出ていくハリーの後ろ姿に向かって不機嫌な声を出した。

ハリーは気が進まないまま、何となく図書館のほうに向かったが、途中で気が変わった。勉強する気になれない。くるりと向きを変えたそのとたん、フィルチと鉢合わせした。ホグズミード行きの最後の生徒を送り出した直後だろう。

「何をしている？」フィルチが疑るように歯をむき出した。

「別に何も」ハリーはほんとうのことを言った。

「べ・つ・になにも！」フィルチはたるんだほおを震わせて吐き出すように言った。

「そうでございましょうとも！　一人でこっそり歩き回りおって。仲間の悪童どもと、ホグズミードで臭い玉とか、ゲップ粉とか、ヒューヒュー飛行虫なんぞを買いに行かないのはどういうわけだ？」

ハリーは肩をすくめた。

「さあ、お前のいるべき場所に戻れ。談話室にだ」

ガミガミどなり、フィルチはハリーの姿が見えなくなるまでその場でにらみつけていた。

ハリーは談話室には戻らなかった。ふくろう小屋に行ってヘドウィグに会おうかと、ぼんやり考えながら階段を上った。廊下をいくつか歩いていると、とある部屋の中から声がした。

「ハリー？」

ハリーはあと戻りして声の主を探した。ルーピン先生が自分の部屋のドアのむこうからのぞいている。

「何をしている？」ルーピン先生の口調は、フィルチのとはまるでちがっていた。

「ロンやハーマイオニーはどうしたね？」

「ホグズミードです」ハリーはなにげなく言ったつもりだった。

「ああ」ルーピン先生はそう言いながら、じっとハリーを観察した。

「ちょっと中に入らないか？　ちょうど次の授業用の『グリンデロー』が届いたところだ」

「何がですって？」

ハリーはルーピンについて部屋に入った。部屋の隅に大きな水槽が置いてある。鋭い角を生やした気味の悪い緑色の生き物が、ガラスに顔を押しつけて、百面相をしたり、細長い指を曲げ伸ばししたりしていた。

「水魔だよ」ルーピンは何か考えながらグリンデローを調べていた。

「こいつはあまり難しくはないはずだ。なにしろ河童のあとだしね。コツは、指でしめられたらどう解くかだ。異常に長い指だろう？　強力だが、とてももろいんだ」
水魔は緑色の歯をむき出し、それから隅の水草のしげみにもぐり込んだ。
「紅茶はどうかな？」ルーピンはやかんを探した。「私もちょうど飲もうと思っていたところだが」
「いただきます」ハリーはぎこちなく答えた。
ルーピンが杖でたたくと、たちまちやかんの口から湯気が噴き出した。
「お座り」ルーピンはほこりっぽい紅茶の缶のふたを取った。
「すまないが、ティーバッグしかないんだ――しかし、お茶の葉はうんざりだろう？」
ハリーは先生を見た。ルーピンの目がいたずらっぽく輝いていた。
「先生はどうしてそれをご存じなんですか？」
「マクゴナガル先生が教えてくださった」
ルーピンは縁の欠けたマグカップをハリーに渡した。
「気にしたりしてはいないだろうね？」
「いいえ」

一瞬、ハリーはマグノリア・クレセント通りで見かけた犬のことをルーピンに打ち明けようかと思ったが、思いとどまった。ルーピンに臆病者と思われたくなかった。ハリーはまね妖怪にも立ち向かえないと、ルーピンにそう思われているらしいので、なおさらだった。

ハリーの考えていることが顔に出たらしい。「心配事があるのかい、ハリー」とルーピンが聞いた。

「いいえ」

ハリーはうそをついた。紅茶を少し飲み、水魔がハリーに向かって拳を振り回しているのを眺めた。

「はい、あります」

ハリーはルーピンの机に紅茶を置き、出し抜けに言った。

「先生、まね妖怪と戦ったあの日のことを覚えていらっしゃいますか？」

「ああ」ルーピンがゆっくりと答えた。

「どうして僕に戦わせてくださらなかったのですか？」

ハリーの問いは唐突だった。

ルーピンはちょっと眉を上げた。

「ハリー、言わなくともわかることだと思っていたが」ルーピンはちょっと驚いたようだった。
ハリーはルーピンがそんなことはないと否定すると予想していたので、意表を突かれた。
「どうしてですか？」同じ問いをくり返した。
「そうだね」ルーピンはかすかに眉をひそめた。「まね妖怪が君に立ち向かったら、ヴォルデモート卿の姿になるだろうと思った」
ハリーは目を見開いた。予想もしていない答えだったし、その上、ルーピンはヴォルデモートの名前を口にした。これまでその名を口に出して言ったのは（ハリーは別として）ダンブルドア先生だけだった。
「たしかに、私の思いちがいだった」ルーピンはハリーに向かって顔をしかめたまま言った。
「しかし、あの職員室でヴォルデモート卿の姿が現れるのはよくないと思った。みんなが恐怖にかられるだろうからね」
「最初はたしかにヴォルデモートを思い浮かべました」
ハリーは正直に言った。
「でも、僕――僕は吸魂鬼のことを思い出したんです」
「そうか」ルーピンは考え深げに言った。「そうなのか。いや……感心したよ」

ルーピンはハリーの驚いたような顔を見てふっと笑みを浮かべた。
「それは、君がもっとも恐れているのが――恐怖そのもの――だということなんだ。ハリー、とても賢明なことだよ」
何と言ってよいかわからなかったので、ハリーはまた紅茶を少し飲んだ。
「それじゃ、私が、君にはまね妖怪と戦う能力がないと思った、そんなふうに考えていたのかい？」ルーピンは鋭く言い当てた。
「あの……はい」急にハリーは気持ちが軽くなった。「ルーピン先生。あの、吸魂鬼のことですが――」
ドアをノックする音で、話が中断された。
「どうぞ」ルーピンが言った。
ドアが開いて、入ってきたのはスネイプだった。手にしたゴブレットからかすかに煙が上がっている。ハリーの姿を見つけると、はたと足を止め、暗い目を細めた。
「ああ、セブルス」
ルーピンが笑顔で言った。
「どうもありがとう。このデスクに置いていってくれないか？」

スネイプは煙を上げているゴブレットを置き、ハリーとルーピンに交互に目を走らせた。
「ちょうど今、ハリーに水魔を見せていたところだ」ルーピンが水槽を指差して楽しそうに言った。
「それはけっこう」水魔を見もしないでスネイプが言った。
「ルーピン、すぐ飲みたまえ」
「はい、はい。そうします」ルーピンが答えた。
「一鍋分を煎じた」スネイプが言った。「もっと必要とあらば」
「たぶん、明日また少し飲まないと。セブルス、ありがとう」
「礼にはおよばん」そう言うスネイプの目に、何かハリーには気に入らないものがあった。スネイプはニコリともせず、二人を見すえたまま、あとずさりして部屋を出ていった。
ハリーがけげんそうにゴブレットを見ていたので、ルーピンがほほ笑んだ。
「スネイプ先生が私のためにわざわざ薬を調合してくださった。私はどうも昔から薬を煎じるのが苦手でね。これは特に複雑な薬なんだ」
ルーピンはゴブレットを取り上げて匂いをかいだ。
「砂糖を入れると効き目がなくなるのは残念だ」

ルーピンはそう言って一口飲み、身震いした。
「どうして――？」
ハリーが聞きかけると、ルーピンはハリーを見て、ハリーが聞こうとした問いに答えた。
「このごろどうも調子がおかしくてね。この薬しか効かないんだ。スネイプ先生と同じ職場で仕事ができるのはほんとうにラッキーだ。これを調合できる魔法使いは少ない」
ルーピン先生はまた一口飲んだ。ハリーはゴブレットを先生の手からたたき落としたいという、はげしい衝動にかられた。
「スネイプ先生は闇の魔術にとっても関心があるんです」ハリーが思わず口走った。
「そう？」
ルーピン先生はそれほど関心を示さず、もう一口飲んだ。
「人によっては――」
ハリーはためらったが、高みから飛び降りるような気持ちで思いきって言った。
「スネイプ先生は『闇の魔術に対する防衛術』の座を手に入れるためなら何でもするだろうって、そう言う人もいます」
ルーピン先生はゴブレットを飲み干し、顔をしかめた。

「ひどい味だ。さあ、ハリー、私は仕事を続けることにしよう。あとで宴会で会おう」
「はい」
ハリーも空になった紅茶のカップを置いた。
空のゴブレットからは、まだ煙が立ち昇っていた。

「ほーら。持てるだけ持ってきたんだ」ロンが言った。
鮮やかな彩りのお菓子が、雨のようにハリーのひざに降り注いだ。たそがれ時、ロンとハーマイオニーは談話室に着いたばかりで、寒風にほおを染め、人生最高の楽しい時を過ごしてきたかのような顔をしていた。
「ありがとう」ハリーは「黒こしょうキャンディ」の小さな箱をつまみ上げながら言った。
「ホグズミードって、どんなとこだった？　どこに行ったの？」
全部――答えはそんな感じだった。魔法用具店の「ダービシュ・アンド・バングズ」、いたずら専門店の「ゾンコ」、「三本の箒」では泡立った温かいバタービールをマグカップで引っかけ、そのほかいろいろなところだった。
「ハリー、郵便局ときたら！　二百羽くらいふくろうがいて、みんな棚に止まってるんだ。郵便の配達速度によって、ふくろうが色分けしてあるんだ！」
「『ハニーデュークス』に新商品のヌガーがあって、試食品をただで配ってたんだ。少し入れといたよ。見て――」
「私たち、『人食い鬼』を見たような気がするわ。『三本の箒』には、まったくあらゆるものが来るの――」
「バタービールを持ってきてやりたかったなあ。体が芯から温まるんだ――」
「あなたは何をしていたの？」ハーマイオニーが心配そうに聞いた。「宿題やった？」
「ううん。ルーピンが部屋で紅茶をいれてくれた。それからスネイプが来て……」
ハリーはゴブレットのことを洗いざらい二人に話した。ロンは口をパカッと開けた。
「ルーピンがそれ、飲んだ？」ロンは息をのんだ。「マジで？」
ハーマイオニーが腕時計を見た。
「そろそろ下りたほうがいいわ。宴会があと五分で始まっちゃう……」
三人は急いで肖像画の穴を通り、みんなと一緒になったが、まだスネイプのことを話していた。
「だけど、もしスネイプが――ねえ――」
ハーマイオニーが声を落としてあたりを注意深く見回した。

「もし、スネイプがほんとにそのつもり――ルーピンに毒を盛るつもりだったら――ハリーの目の前ではやらないでしょうよ」

「ウン、たぶん」

ハリーがそう言ったときには、三人は玄関ホールに着き、そこを横切り、大広間に向かっていた。大広間には、何百ものくり抜きかぼちゃにろうそくがともり、生きたコウモリが群がり飛んでいた。燃えるようなオレンジ色の吹き流しが、荒れ模様の空を模した天井の下で、何本も鮮やかな海蛇のようにくねくねと泳いでいた。

食事もすばらしかった。ハーマイオニーとロンは、ハニーデュークスの菓子ではちきれそうだったはずなのに、全部の料理をおかわりした。ハリーは教職員テーブルのほうを何度もちらちら見たが、ルーピン先生は楽しそうで、特に変わった様子もなく、「呪文学」の小さなフリットウィック先生と何やら生き生きと話していた。ハリーは教職員テーブルに沿ってスネイプへと目を移した。スネイプの目が不自然なほどしばしばルーピン先生のほうをちらちら見ているようだが、気のせいだろうか？

宴のしめくくりは、ホグワーツのゴーストによる余興だ。壁やらテーブルやらからポワンと現れて、編隊を組んで空中滑走した。グリフィンドールの寮つきゴースト、「ほとんど首無しニック」は、しくじった打ち首の場面を再現し、大受けした。
「ポッター、吸魂鬼がよろしくってさ！」
みんなが大広間を出るとき、マルフォイが人混みの中から叫んだ言葉でさえ、ハリーの気分を壊せないほど、その夜は楽しかった。
ハリー、ロン、ハーマイオニーはほかのグリフィンドール生の後ろについて、いつもの通路を塔へと向かったが、太った婦人の肖像画につながる廊下まで来ると、生徒がすし詰め状態になっているのに出くわした。
「なんでみんな入らないんだろ？」ロンがけげんそうに言った。
ハリーはみんなの頭の間から前のほうをのぞいた。肖像画が閉まったままらしい。
「通してくれ、さあ」
パーシーの声だ。人波をかき分けて、えらそうに肩で風を切って歩いてくる。
「何をもたもたしてるんだ？　全員合言葉を忘れたわけじゃないだろう――ちょっと通してくれ。僕は首席だ――」
サーッと沈黙が流れた。前のほうから始まり、冷気が廊下に沿って広がるようだった。パーシーが突然鋭く叫ぶ声が聞こえた。

「誰か、ダンブルドア先生を呼んで。急いで」
ざわざわと頭が動き、後列の生徒はつま先立ちになった。
「どうしたの？」今来たばかりのジニーが聞いた。
次の瞬間、ダンブルドア先生がそこに立っていた。肖像画のほうにサッと歩いていく。生徒が押し合いへし合いして道をあけた。ハリー、ロン、ハーマイオニーは何が問題なのかよく見ようと、近くまで行った。
「ああ、なんてこと――」ハーマイオニーが絶叫してハリーの腕をつかんだ。
太った婦人は肖像画から消え去り、絵はめった切りにされて、キャンバスの切れ端が床に散らばっていた。絵のかなりの部分が完全に切り取られている。
ダンブルドアは無残な姿の肖像画を一目見るなり、暗い深刻な目で振り返った。マクゴナガル、ルーピン、スネイプの先生方が、ダンブルドア校長のほうにかけつけてくるところだった。
「婦人を探さなければならん」ダンブルドアが言った。
「マクゴナガル先生。すぐにフィルチさんのところに行って、城中の絵の中を探すよう言ってくださらんか」
「見つかったらおなぐさみ！」かん高いしわがれ声がした。

ポルターガイストのピーブズだ。みんなの頭上をヒョコヒョコ漂いながら、いつものように、大惨事や心配事がうれしくてたまらない様子だ。

「ピーブズ、どういうことかね？」

ダンブルドアは静かに聞いた。ピーブズはニヤニヤ笑いをちょっと引っ込めた。さすがのピーブズもダンブルドアをからかう勇気はない。ねっとりした作り声で話したが、いつものかん高い声よりなお悪かった。

「校長閣下、恥ずかしかったのですよ。見られたくなかったのですよ。あの女はズタズタでした。五階の風景画の中を走ってゆくのを見ました。木にぶつからないようにしながら走ってゆきました。ひどく泣き叫びながらね」

うれしそうにそう言い、「おかわいそうに」と白々しくも言い添えた。

「婦人は誰がやったか話したかね？」ダンブルドアが静かに聞いた。

「ええ、たしかに。校長閣下」大きな爆弾を両腕に抱きかかえているような言い草だ。

「そいつは、婦人が入れてやらないんでひどく怒っていましたねえ」

ピーブズはくるりと逆立ちし、自分の脚の間からダンブルドアに向かってニヤニヤした。

「あいつはかんしゃく持ちだねえ。あのシリウス・ブラックってやつは」

第9章 恐怖の敗北

ダンブルドア校長はグリフィンドール生全員に大広間に戻るように言い渡した。十分後に、ハッフルパフ、レイブンクロー、スリザリンの寮生も、みな当惑した表情で、全員大広間に集まった。

「先生たち全員で、城の中をくまなく捜索せねばならん」

マクゴナガル先生とフリットウィック先生が、大広間の戸という戸を全部閉めきっている間、ダンブルドア校長がそう告げた。

「ということは、気の毒じゃが、みな、今夜はここに泊まることになろうの。みんなの安全のためじゃ。監督生は大広間の入口の見張りに立ってもらおう。首席の二人に、ここの指揮を任せようぞ。何か不審なことがあれば、ただちにわしに知らせるように」

ダンブルドアは、厳めしくふんぞり返ったパーシーに向かって、最後に一言つけ加えた。

「ゴーストをわしへの伝令に使うがよい」

ダンブルドアは大広間から出ていこうとしたが、ふと立ち止まった。
「おお、そうじゃ。必要な物があったのう……」
はらりと杖を振ると、長いテーブルが全部大広間の片隅に飛んでいき、きちんと壁を背にして並んだ。もう一振りすると、何百個ものふかふかした紫色の寝袋が現れて、床いっぱいに敷きつめられた。
「ぐっすりおやすみ」大広間を出ていきながら、ダンブルドア校長が声をかけた。
たちまち、大広間中がガヤガヤうるさくなった。グリフィンドール生がほかの寮生に事件の話を始めたのだ。
「みんな寝袋に入りなさい！」パーシーが大声で言った。
「さあ、さあ、おしゃべりはやめたまえ！　消灯まであと十分！」
「行こうぜ」
ロンがハリーとハーマイオニーに呼びかけ、三人はそれぞれ寝袋をつかんで隅のほうに引きずっていった。
「ねえ、ブラックはまだ城の中だと思う？」ハーマイオニーが心配そうにささやいた。
「ダンブルドアは明らかにそう思ってるみたいだな」とロン。

「ブラックが今夜を選んでやってきたのはラッキーだったと思うわ」
三人とも服を着たままで寝袋にもぐり込み、ほおづえをつきながら話を続けた。
「だって今夜だけはみんな寮塔にいなかったんですもの……」
「きっと、逃亡中で時間の感覚がなくなったんだと思うな」ロンが言った。
「今日がハロウィーンだって気づかなかったんだよ。じゃなきゃこの広間を襲撃してたぜ」
ハーマイオニーが身震いした。周りでも、みんなが同じことを話し合っていた。
「いったいどうやって入り込んだんだろう？」
「『姿あらわし術』を心得てたんだと思うな」ちょっと離れたところにいたレイブンクロー生が言った。「ほら、どこからともなく突如現れるアレさ」
「変装してたんだ、きっと」ハッフルパフの五年生が言った。
「飛んできたのかもしれないぞ」ディーン・トーマスが言った。
「まったく、『ホグワーツの歴史』を読もうと思ったことがあるのは私一人だけだっていうの？」
「たぶんそうだろ」とロンが言った。「どうしてそんなこと聞くんだ？」
「それはね、この城を護っているのは城壁だけじゃないってことなの。こっそり入り込めないように、ありとあらゆる呪文がかけられているのよ。ここでは『姿あらわし』はできないわ。それに、吸魂鬼の裏をかくような変装があったら拝見したいものだわ。校庭の入口は一つ残らず吸魂鬼が見張ってる。空を飛んできたって見つかったはずだわ。その上、秘密の抜け道はフィルチが全部知ってるから、そこも吸魂鬼が見逃してはいないはず……」

「灯りを消すぞ！」

パーシーがどなった。

「全員寝袋に入って、おしゃべりはやめ！」

ろうそくの灯がいっせいに消えた。残された明かりは、ふわふわ漂いながら監督生たちと深刻な話をしている銀色のゴーストと、城の外の空と同じように星が瞬く魔法の天井の光だけだった。そんな薄明かりの中、大広間にヒソヒソと流れ続けるささやきの中で、ハリーはまるで静かな風の吹く戸外に横たわっているような気持ちになった。

一時間ごとに先生が一人ずつ大広間に入ってきて、何事もないかどうかたしかめた。やっとみんなが寝静まった朝の三時ごろ、ダンブルドア校長が入ってきた。ハリーが見ていると、ダンブルドアはパーシーを探していた。パーシーは寝袋の間を巡回して、おしゃべりをやめさせていた。パーシーはハリーやロン、ハーマイオニーのすぐ近くにいたが、ダンブルドアの足音が近づいてきたので、三人とも急いでたぬき寝入りをした。

「先生、何か手がかりは？」パーシーが低い声で尋ねた。
「いや。ここは大丈夫かの？」
「異常なしです、先生」
「よろしい。何も今すぐ全員を移動させることはあるまい。グリフィンドールの門番には臨時の者を見つけておいた。明日になったら、みなを寮に移動させるがよい」
「それで、『太った婦人』は？」
「三階のアーガイルシャーの地図の絵に隠れておる。合言葉を言わないブラックを通すのを拒んだらしいのう。それでブラックが襲った。婦人はまだ非常に動転しておるが、落ち着いてきたらフィルチに言って『婦人』を修復させようぞ」
ハリーの耳に大広間の戸がまた開く音が聞こえ、別の足音が聞こえた。
「校長ですか？」
スネイプだ。ハリーは身じろぎもせず聞き耳を立てた。
「四階はくまなく探しました。ヤツはおりません。さらにフィルチが地下牢を探しましたが、そこにも何もなしです」
「天文台の塔はどうかね？　トレローニー先生の部屋は？　ふくろう小屋は？」

「すべて探しましたが……」
「セブルス、ご苦労じゃった。わしもブラックがいつまでもぐずぐず残っているとは思っておらなかった」
「校長、ヤツがどうやって入ったか、何か思い当たることがおありですか？」スネイプが聞いた。
ハリーは腕にもたせていた頭をわずかに持ち上げて、もう一方の耳でも聞こえるようにした。
「セブルス、いろいろとあるが、どれもこれもみなありえないことでな」
ハリーは薄目を開けて三人が立っているあたりを盗み見た。ダンブルドアは背中を向けていたが、パーシーの全神経を集中させた顔とスネイプの怒ったような横顔が見えた。
「校長、先日の我々の会話を覚えておいででしょうな。たしか――あー――一学期の始まったときの？」
スネイプはほとんど唇を動かさずに話していた。まるでパーシーを会話から閉め出そうとしているかのようだった。
「いかにも」ダンブルドアが答えた。その言い方に警告めいた響きがあった。
「どうも――内部の者の手引きなしには、ブラックが本校に入るのは――ほとんど不可能かと。私は、しかとご忠告申し上げました。校長が任命を――」

「この城の内部の者がブラックの手引きをしたとは、わしは考えておらん」
ダンブルドアの言い方には、この件は打ち切りと、スネイプに二の句を継がせないきっぱりとした調子があった。
「わしは吸魂鬼たちに会いにいかなければならん。捜索が終わったら知らせると言ってあるのでな」とダンブルドアが言った。
「先生、吸魂鬼は手伝おうとは言わなかったのですか？」パーシーが聞いた。
「おお、言ったとも」ダンブルドアの声は冷ややかだった。
「わしが校長職にあるかぎり、吸魂鬼にはこの城の敷居はまたがせん」
パーシーは少し恥じ入った様子だった。ダンブルドアは足早にそっと大広間を出ていった。スネイプはその場にたたずみ、憤懣やる方ない表情で校長を見送っていたが、やがて自分も出ていった。
ハリーが横目でロンとハーマイオニーを見ると、二人とも目を開けていた。二人の目に天井の星が映っていた。
「いったい何のことだろう」ロンがつぶやいた。

それから数日というもの、学校中シリウス・ブラックの話でもちきりだった。どうやって城に入り込んだのか、話に尾ひれがついてどんどん大きくなった。ハッフルパフのハンナ・アボットときたら、「薬草学」の時間中ずっと、話を聞いてくれる人をつかまえては、ブラックは花の咲く灌木に変身できるのだとしゃべりまくっていた。

切り刻まれた「太った婦人」の肖像画は壁から取りはずされ、かわりにずんぐりした灰色の仔馬にまたがった「カドガン卿」の肖像画がかけられた。これにはみんな大弱りだった。カドガン卿は誰かれかまわず決闘を挑んだし、そうでなければ、とてつもなく複雑な合言葉をひねり出すのに余念がなかった。そして少なくとも一日二回は合言葉を変えた。

「あの人、チョー狂ってるよ」シェーマス・フィネガンが頭にきてパーシーに訴えた。

「ほかに人はいないの？」

「どの絵もこの仕事を嫌ったんでね」パーシーが言った。「太った婦人にあんなことがあったから、みんな怖がって、名乗り出る勇気があったのはカドガン卿だけだったんだ」

しかし、ハリーはカドガン卿を気にするどころではなかった。今やハリーを監視する目が大変だった。先生方は何かと理由をつけてはハリーと一緒に廊下を歩いたし、パーシー・ウィーズリーは（ハリーの察するところ、母親の言いつけなのだろうが）ハリーの行くところはどこにでもぴったりついてきた。まるでふんぞり返った番犬のようだった。極めつきは、マクゴナガル先生だった。自分の部屋にハリーを呼んだとき、先生があまりに暗い顔をしているので、ハリーは誰かが死んだのかと思ったほどだった。

「ポッター、今となっては隠していてもしょうがありません」

マクゴナガル先生の声は深刻そのものだった。

「あなたにとってはショックかもしれませんが、実はシリウス・ブラックは――」

「僕をねらっていることは知っています」

ハリーはもううんざりだという口調で言った。

「ロンのお父さんが、お母さんに話しているのを聞いてしまいました。ウィーズリーさんは魔法省にお勤めですから」

マクゴナガル先生はドキリとした様子だった。一瞬ハリーを見つめたが、すぐに言葉を続けた。

「よろしい！　それでしたら、ポッター、あなたが夕刻にクィディッチの練習をするのはあまり好ましいことではない、という私の考えも、わかってもらえるでしょうね。あなたとチームのメンバーだけがピッチに出ているのは、あまりに危険ですし、あなたは――」

「土曜日に最初の試合があるんです！」

ハリーは気をたかぶらせた。

「先生、絶対練習しないと！」

マクゴナガル先生はじっとハリーを見つめた。ハリーは、マクゴナガル先生がグリフィンドール・チームの勝算に、大きな関心を寄せていることを知っていた。そもそもハリーをシーカーにしたのは、マクゴナガル先生自身なのだ。ハリーは息をこらして先生の言葉を待った。

「ふむ……」

マクゴナガル先生は立ち上がり、窓から雨にかすむクィディッチ競技場を見つめた。

「そう……まったく、今度こそ優勝杯を獲得したいものです……しかし、それはそれ、これはこれ。ポッター……私としては、誰か先生に付き添っていただければより安心です。フーチ先生に練習の監督をしていただきましょう」

第一回のクィディッチ試合が近づくにつれて、天候は着実に悪くなっていった。それにもめげず、グリフィンドール・チームはフーチ先生の見守る中、以前にもまして激しい練習を続けた。そして、土曜日の試合を控えた最後の練習のとき、オリバー・ウッドがいやな知らせを持ってきた。

「対戦相手はスリザリンではない！」
ウッドはカンカンになってチームにそう伝えた。
「フリントが今しがた会いにきた。我々はハッフルパフと対戦することになった！」
「どうして？」チーム全員が同時に聞き返した。
「フリントのやつ、シーカーの腕がまだ治ってないからとぬかした」
ウッドはギリリと歯ぎしりした。
「理由は知れたこと。こんな天気じゃプレーしたくないってわけだ。これじゃ自分たちの勝ち目が薄いと読んだんだ……」
その日は一日中強い雨風が続き、ウッドが話している間にも遠い雷鳴が聞こえてきた。
「マルフォイの腕はどこも悪くない！」ハリーは怒った。「悪いふりをしてるんだ！」
「わかってるさ。しかし、証明できない」ウッドが吐き捨てるように言った。
「我々がこれまで練習してきた戦略は、スリザリンを対戦相手に想定していた。それが、ハッフルパフときた。あいつらのスタイルはまた全然ちがう。あそこはキャプテンが新しくなった。シーカーのセドリック・ディゴリーだ――」
アンジェリーナ、アリシア、ケイティの三人が急にクスクス笑いをした。

「何だ？」
この一大事に不謹慎なと、ウッドは顔をしかめた。
「あの背の高いハンサムな人でしょう？」アンジェリーナが言った。
「無口で強そうな」とケイティが言うと、三人でまたクスクス笑いが始まった。
「無口だろうさ。二つの言葉をつなげる頭もないからな」フレッドがいらいらしながら言った。
「オリバー、何も心配する必要はないだろう？　ハッフルパフなんて、ひとひねりだ。前回の試合じゃ、ハリーが五分かそこいらでスニッチを捕っただろう？」
「今度の試合は状況がまるっきりちがうのだ！」ウッドが目をむいて叫んだ。
「ディゴリーは強力なチームを編成した！　優秀なシーカーだ！　諸君がそんなふうに甘く考えることを俺は恐れていた！　我々は気を抜いてはならない！　あくまで神経を集中せよ！　スリザリンは我々に揺さぶりをかけようとしているのだ！　我々は勝たねばならん！」
「オリバー、落ち着けよ！」フレッドは毒気を抜かれたような顔をした。
「俺たち、ハッフルパフのことをまじめに考えてるさ。クソまじめさ」
試合前日、風はうなりを上げ、雨はいっそう激しく降った。廊下も教室も真っ暗で、松明やろうそくの数を増やしたほどだった。スリザリン・チームは余裕しゃくしゃくで、マルフォイが一番得意そうだった。

「ああ、腕がもう少し何とかなったらなぁ！」

窓を打つ嵐をよそに、マルフォイがため息をついた。

ハリーの頭は明日の試合のことでいっぱいだった。オリバー・ウッドが授業の合間に急いでやってきては、ハリーに指示を与えた。三度目のとき、ウッドの話が長すぎて、気がついたときにはハリーは「闇の魔術に対する防衛術」のクラスに十分も遅れていた。急いでかけ出すと、後ろからウッドの大声が追いかけてきた。

「ディゴリーは急旋回が得意だ。ハリー、宙返りでかわすのがいい――」

ハリーは「闇の魔術に対する防衛術」の教室の前で急停止し、ドアを開けて中に飛び込んだ。

「遅れてすみません。ルーピン先生、僕――」

教壇の机から顔を上げたのは、ルーピン先生ではなく、スネイプだった。

「授業は十分前に始まったぞ、ポッター。であるからグリフィンドールは十点減点とする。座れ」

しかしハリーは動かなかった。

「ルーピン先生は？」
「今日は気分が悪く、教えられないとのことだ」
スネイプの口元にゆがんだ笑いが浮かんだ。
「座れと言ったはずだが？」
それでもハリーは動かなかった。
「どうなさったのですか？」
スネイプはギラリと暗い目を光らせた。
「命に別状はない」
別状があればいいのにとでも言いたげだった。
「グリフィンドール、さらに五点減点。もう一度我輩に『座れ』と言わせたら、五十点減点する」
ハリーはのろのろと自分の席まで歩いていき、腰をかけた。スネイプはクラスをずいと見回した。
「ポッターがじゃまをする前に話していたことであるが、ルーピン先生はこれまでどのような内容を教えたのか、まったく記録を残していないからして――」

「先生、これまでやったのは、まね妖怪、赤帽鬼、河童、水魔です」
ハーマイオニーが一気に答えた。
「これからやる予定だったのは――」
「だまれ」スネイプが冷たく言った。「教えてくれと言ったわけではない。我輩はただ、ルーピン先生のだらしなさを指摘しただけである」
「ルーピン先生はこれまでの『闇の魔術に対する防衛術』の先生の中で一番よい先生です」
ディーン・トーマスの勇敢な発言を、クラス中がガヤガヤと支持した。スネイプの顔がいっそう威嚇的になった。
「点の甘いことよ。ルーピンは諸君に対して著しく厳しさに欠ける――赤帽鬼や水魔など、一年坊主でもできることだろう。我々が今日学ぶのは――」
ハリーが見ていると、スネイプ先生は教科書の一番後ろまでページをめくっていた。ここなら生徒はまだ習っていないと知っているにちがいない。
「――人狼である」とスネイプが言った。
「でも、先生」ハーマイオニーはがまんできずに発言した。
「まだ狼人間までやる予定ではありません。これからやる予定なのは、ヒンキーパンクで――」

「ミス・グレンジャー」スネイプの声は恐ろしく静かだった。
「この授業は我輩が教えているのであり、君ではないはずだが。その我輩が、諸君に三九四ページをめくるようにと言っているのだ」
スネイプはもう一度ずいとクラスを見回した。
「全員！　今すぐだ！」
あちこちで苦々しげに目配せが交わされ、ブツブツ文句を言う生徒もいたが、全員が教科書を開いた。
「人狼と真の狼とをどうやって見分けるか、わかるものはいるか？」スネイプが聞いた。
みんなシーンと身動きもせず座り込んだままだった。ハーマイオニーだけが、いつものように勢いよく手を挙げた。
「誰かいるか？」
スネイプはハーマイオニーを無視した。口元にはあの薄ら笑いが戻っている。
「すると、何かね。ルーピン先生は諸君に、基本的な両者の区別さえまだ教えていないと――」
「お話ししたはずです」パーバティが突然口をきいた。
「私たち、まだ狼人間までいってません。今はまだ――」

「だまれ！」スネイプの唇がめくれ上がった。

「さて、さて、さて、三年生にもなって、人狼に出会っても見分けもつかない生徒にお目にかかろうとは、我輩は考えてもみなかった。諸君の学習がどんなに遅れているか、ダンブルドア校長にしっかりお伝えしておこう」

「先生」ハーマイオニーはまだしっかり手を挙げたままだった。

「狼人間はいくつか細かいところでほんとうの狼とちがっています。狼人間の鼻面は――」

「勝手にしゃしゃり出てきたのはこれで二度目だ。ミス・グレンジャー」冷ややかにスネイプが言った。「鼻持ちならない知ったかぶりで、グリフィンドールからさらに五点減点する」

ハーマイオニーは真っ赤になって手を下ろし、目に涙をいっぱい浮かべてじっとうつむいた。クラスの誰もが、少なくとも一度はハーマイオニーを「知ったかぶり」と呼んでいる。それなのに、みんながスネイプをにらみつけた。クラス中の生徒がスネイプに対する嫌悪感をつのらせたのだ。ロンは少なくとも週に二回はハーマイオニーに面と向かって「知ったかぶり」と言うくせに、大声でこう言った。

「先生はクラスに質問を出したじゃないですか。ハーマイオニーが答えを知ってたんだ！　答えてほしくないんなら、なんで質問したんですか？」

言い過ぎた、とみんながとっさにそう思った。クラス中が息をひそめる中、スネイプはじわりとロンに近づいた。

「処罰だ。ウィーズリー」スネイプは顔をロンにくっつけるようにして、スルリと言い放った。

「さらに、我輩の教え方への君の批判が、再び我輩の耳に入ったあかつきには、君は非常に後悔することになるだろう」

それからあとは、物音を立てる者もいなかった。机に座って教科書から狼人間に関して写し書きをした。スネイプは机の間を往ったり来たりして、ルーピン先生が何を教えていたかを調べて回った。

「実にへたな説明だ……これはまちがいだ。河童はむしろ蒙古によく見られる……ルーピン先生はこれで十点満点中八点も？　我輩なら三点もやれん……」

やっとベルが鳴ったとき、スネイプはみんなを引き止めた。

「各自レポートを書き、我輩に提出するよう。人狼の見分け方と殺し方についてだ。羊皮紙二巻、月曜の朝までに提出したまえ。このクラスは、そろそろ誰かがしめてかからねばならん。ウィーズリー、残りたまえ。処罰の仕方を決めねばならん」

ハリーとハーマイオニーは、クラスのみんなと外に出た。教室まで声が届かないところまでくると、みんなせきを切ったように、スネイプ攻撃をぶちまけた。
「いくらあの授業の先生になりたいからといって、スネイプはほかの『闇の魔術に対する防衛術』の先生にあんなふうだったことはないよ。いったいルーピンに何の恨みがあるんだろう？例のまね妖怪のせいだと思うかい？」
ハリーはハーマイオニーに言った。
「わからないわ」
ハーマイオニーが沈んだ口調で答えた。
「でも、ほんとに、早くルーピン先生がお元気になってほしい……」
五分後にロンが追いついてきた。カンカンに怒っている。
「聞いてくれよ。あの×××」（ロンがスネイプを「×××」と呼んだので、ハーマイオニーは「ロン！」と叫んだ）「×××が僕に何をさせると思う？　医務室のおまるを磨かせられるんだ。魔法なしだぜ！」ロンは拳を握りしめ、息を深く吸い込んだ。
「ブラックがスネイプの研究室に隠れててくれたらなぁ。な？　そしたらスネイプを始末してくれたかもしれないよ！」

次の日、ハリーは早々と目を覚ました。まだ外は暗かった。一瞬、風のうなりで目が覚めたのかと思ったが、次の瞬間、首の後ろに冷たい風が吹きつけるのを感じて、ハリーはガバッと起き上がった――ポルターガイストのピーブズがすぐそばに浮かんでいて、ハリーの耳元に息を吹きかけていた。

「どうしてそんなことをするんだい？」ハリーは怒った。

ピーブズはほおをふくらませて勢いよくもう一吹きし、ケタケタ笑いながら、吹いた息の反動で後退して、部屋から出ていった。

ハリーは手探りで目覚まし時計を見つけ、時間を見た。四時半。ピーブズをののしりながら、ハリーは寝返りを打ち、眠ろうとした。しかし、いったん目覚めてしまうと、ゴロゴロという雷鳴や、城の壁を打つ風の音、遠くの「禁じられた森」の木々のきしみ合う音が耳について振り払えない。あと数時間で、ハリーはこの風を突いて、クィディッチ・ピッチに出ていくのだ。ついにハリーは寝るのをあきらめ、起き上がって服を着た。ニンバス２０００を手にして、ハリーはそっと寝室を出た。

寝室のドアを開けたとたん、ハリーの足元を何かがかすった。間一髪、かがんでつかまえたのはクルックシャンクスのぼさぼさのしっぽだった。そのまま部屋の外に引っ張り出した。

「君のことをロンがいろいろ言うのは、たしかに当たってると思うよ」
ハリーは、クルックシャンクスをあやしむように話しかけた。
「ネズミならほかにたくさんいるじゃないか。そっちを追いかけろよ。さあ」
ハリーは足でクルックシャンクスをらせん階段のほうに押しやった。
「スキャバーズには手を出すんじゃないよ」
嵐の音は談話室のほうがはっきり聞こえた。試合がキャンセルになると考えるほどハリーは甘くはなかった。嵐だろうが、雷だろうが、そんなささいなことでクィディッチが中止されたことはない。しかし、ハリーの不安感はつのった。以前廊下で、ウッドが、あれがセドリック・ディゴリーだと教えてくれた。五年生で、ハリーよりずっと大きかった。シーカーは軽くてすばやいのが普通だが、ディゴリーの重さはこの天候では有利かもしれない。吹き飛ばされてコースをはずれる可能性が低いからだ。
ハリーは夜明けまで暖炉の前で時間をつぶし、ときどき立ち上がっては、性懲りもなく男子寮の階段に忍び寄るクルックシャンクスを追い払った。ずいぶんたってから、もう朝食の時間だろうと思い、ハリーは肖像画の穴を一人でくぐっていった。
「立て！　かかってこい！　腰抜けめ！」カドガン卿がうめいた。

「よしてくれよ」ハリーはあくびで応じた。
オートミールをたっぷり食べると少し生き返った。トーストを食べはじめるころにはほかのチームメートも全員現れた。
「今日はてこずるぞ」ウッドは何にも食べていなかった。
「オリバー、心配するのはやめて」アリシアがなだめるように言った。
「ちょっとぐらいの雨はへいちゃらよ」
しかし、雨は「ちょっとぐらい」どころではなかった。それでも、何しろ大人気のクィディッチのことなので、学校中がいつものように試合を見に外に出た。荒れ狂う風に向かってみんな頭を低く下げ、競技場までの芝生をかけ抜けたが、かさは途中で手からもぎ取られるように吹き飛ばされた。更衣室に入る直前、マルフォイ、クラッブ、ゴイルが巨大なかさをさして競技場に向かいながら、ハリーを指差して笑っているのが見えた。
チーム全員が紅のユニフォームに着替えて、いつものように試合前のウッドの激励演説を待った。しかし、演説はなしだった。ウッドは何度か話しだそうとしたが、何かを飲み込むような奇妙な音を出し力なく頭を振り、みんなについてこいと合図した。
ピッチに出ていくと、風のものすごさに、みんな横ざまによろめいた。耳をつんざく雷鳴がまたしても鳴り渡り、観衆が声援していても、かき消されて耳には入らなかった。雨がハリーのめがねを打った。こんな中でどうやってスニッチを見つけられるというのか？

ピッチの反対側から、カナリアイエローのユニフォームを着たハッフルパフの選手が入場した。キャプテン同士が歩み寄って握手した。ディゴリーはほほ笑んだが、ウッドは口が開かなくなったかのようにうなずいただけだった。

ハリーの目には、フーチ先生の口の形が、「箒に乗って」と言っているように見えた。ハリーは右足を泥の中からズボッと抜き、ニンバス２０００にまたがった。

フーチ先生がホイッスルを唇に当て、吹いた。鋭い音が遠くのほうに聞こえた――試合開始だ。

ハリーは急上昇したが、ニンバスが風にあおられてやや流れた。できるだけまっすぐ箒を握りしめ、目を細め、雨を透かして方向を見定めながらハリーは飛んだ。

五分もすると、ハリーは芯までびしょぬれになり、凍えていた。ほかのチームメートはほとんど見えず、ましてや小さなスニッチなど見えるわけがなかった。ピッチの上空をあっちへ飛び、こっちへ飛び、りんかくのぼやけた紅色やら黄色やらの物体の間を抜けながら飛んだ。いったい試合がどうなっているのかもわからない。解説者の声は風で聞こえはしなかった。観衆もマントや破れがさに隠れて見えはしない。ブラッジャーが二度、ハリーを箒からたたき落としそうになった。めがねが雨で曇り、ブラッジャーの襲撃が見えなかったのだ。
時間の感覚がなくなった。箒をまっすぐ持っているのがだんだん難しくなった。まるで夜が足を速めてやってきたかのように、空はますます暗くなっていった。二度、ハリーはほかの選手にぶつかりそうになった。敵か味方かもわからなかった。何しろみんなぐしょぬれだし、雨はどしゃ降りだし、選手の見分けなどつかない……。
最初の稲妻が光ったとき、フーチ先生のホイッスルが鳴り響いた。どしゃ降りの雨のむこう側に、かろうじてウッドのおぼろげなりんかくが見えた。ハリーに、ピッチに降りてこいと合図している。チーム全員が泥の中にバシャッと着地した。
「タイム・アウトを要求した！」ウッドがほえるように言った。「集まれ。この下に――」
グラウンドの片隅の大きなかさの下で、選手がスクラムを組んだ。ハリーはめがねをはずしてユニフォームで手早くぬぐった。
「スコアはどうなっているの？」
「我々が五十点リードだ。だが、早くスニッチを捕らないと夜にもつれ込むぞ」とウッドが言った。
「こいつをかけてたら、僕、全然だめだよ」

めがねをぶらぶらさせながら、ハリーが腹立たしげに言った。
ちょうどその時、ハーマイオニーがハリーのすぐ後ろに現れた。マントを頭からすっぽりかぶって、なぜかニッコリしている。
「ハリー、いい考えがあるの。めがねをよこして。早く！」
ハリーはめがねを渡した。チーム全員が何だろうと見守る中で、ハーマイオニーはめがねを杖でコツコツたたき、呪文を唱えた。
「インパービアス！　防水せよ！」
「はい！」ハーマイオニーはめがねをハリーに返しながら言った。「これで水をはじくわ！」
ウッドはハーマイオニーにキスしかねない顔をした。
「よくやった！」
ハーマイオニーがまた観衆の中に戻っていく後ろ姿に向かって、ウッドがガラガラ声で叫んだ。
「オーケー。さあみんな、しまっていこう！」
ハーマイオニーの呪文は抜群に効いた。ハリーは相変わらず寒さでかじかんでいたし、こんなにぬれたことはないというほどびしょぬれだったが、とにかく目は見えた。気持ちを引きしめ、ハリーは乱気流の中で箒に活を入れた。スニッチを探して四方八方に目を凝らし、ブラッジャーをよけ、反対側からシューッと飛んできたディゴリーの下をかいくぐり……。
また雷がバリバリッと鳴り、樹木のように枝分かれした稲妻が走った。ますます危険になってきた。早くスニッチを捕まえなければ――。
ピッチの中心に戻ろうとして、ハリーは向きを変えた。そのとたんピカッときた稲妻がスタンドを照らし、ハリーの目に何かが飛び込んできた――巨大な毛むくじゃらの黒い犬が、空をバックに、くっきりと影絵のように浮かび上がったのだ。一番上の誰もいない席に、じっとしている。ハリーは完全に集中力を失った。
かじかんだ指が箒の柄をすべり落ち、ニンバスはずんと一メートルも落下した。頭を振って目にかかったぐしょぬれの前髪を払い、ハリーはもう一度スタンドのほうをじっと見た。犬の姿は消えていた。
「ハリー！」グリフィンドールのゴールから、ウッドの振りしぼるような叫びが聞こえた。
「ハリー、後ろだ！」
あわてて見回すと、セドリック・ディゴリーが上空を猛スピードで飛んでいる。ハリーとセドリックの間の空間はびっしりと雨で埋まり、その中にキラッキラッと小さな点のような金色の光……。

ショックでビリッとしながら、ハリーは箒の柄の上に真っ平らに身を伏せて、スニッチめがけて突進した。

雨が激しく顔を打つ。「がんばれ！」ハリーは歯を食いしばってニンバスに呼びかけた。

「もっと速く！」

突然、奇妙なことが起こった。競技場にサーッと気味の悪い沈黙が流れた。風は相変わらず激しかったが、うなりを忘れてしまっていた。誰かが音のスイッチを切ったかのような、ハリーの耳が急に聞こえなくなったかのような――いったい何が起こったのだろう？

すると、あの恐ろしい感覚が、冷たい波がハリーを襲い、心の中に押し寄せた。同時にハリーは、ピッチにうごめく何かに気づいた……。

考える余裕もなく、ハリーはスニッチから目を離し、下を見下ろした。

少なくとも百人の吸魂鬼が地上に立ち、隠れて見えない顔をハリーに向けていた。氷のような水がハリーの胸にひたひたと押し寄せ、体の中を切り刻むようだ。そして、あの声が、また聞こえた……誰かの叫ぶ声が、ハリーの頭の中で叫ぶ声が……女の人だ……。

「ハリーだけは、ハリーだけは、どうぞハリーだけは！」

「どけ、バカな女め！　……さあ、どくんだ……」

「ハリーだけは、どうかお願い。私を、私をかわりに殺して――」
白いもやがぐるぐるとハリーの頭の中を渦巻き、しびれさせた……いったい僕は何をしているんだ？　どうして飛んでいるんだ？　あの女を助けないと……あの女は死んでしまう……殺されてしまう……。ハリーは落ちていった。冷たい靄の中を落ちていった。
「ハリーだけは！　お願い……助けて……許して……」
かん高い笑い声が響く。女の人の悲鳴が聞こえる。そしてハリーはもう何もわからなくなった。

「地面がやわらかくてラッキーだった」
「絶対死んだと思ったわ」
「それなのにめがねさえ割れなかった」
ハリーの耳にささやき声が聞こえてきた。でも何を言っているのかまったくわからない。いったい自分はどこにいるのか、どうやってそこに来たのか、その前はいったい何をしていたのか、いっさいわからない。ただ、全身を打ちのめされたように、体が隅から隅まで痛かった。
「こんなに怖いもの、これまで見たことないよ」
怖い……一番怖いもの……フードをかぶった黒い姿……冷たい……叫び声……。

ハリーはパッと目を開けた。医務室に横たわっていた。グリフィンドールのクィディッチ選手が頭のてっぺんから足の先まで泥まみれでベッドの周りに集まっていた。ロンもハーマイオニーも、今しがたプールから出てきたばかりのような姿でそこにいた。

「ハリー！」泥まみれの真っ青な顔でフレッドが声をかけた。「気分はどうだ？」

ハリーの記憶が早回しの画面のように戻ってきた。稲妻……死神犬……スニッチ……そして、吸魂鬼……。

「どうなったの？」

ハリーがあまりに勢いよく起き上がったので、みんなが息をのんだ。

「君、落ちたんだよ」フレッドが答えた。「ざっと……そう……二十メートルかな？」

「みんな、あなたが死んだと思ったわ」アリシアは震えていた。

ハーマイオニーが小さく「ヒクッ」と声を上げた。目が真っ赤に充血していた。

「でも、試合は……試合はどうなったの？　やり直しなの？」ハリーが聞いた。

誰も何にも言わない。恐ろしい真実が石のようにハリーの胸の中に沈み込んだ。

「僕たち、まさか……負けた？」

「ディゴリーがスニッチを捕った」ジョージが言った。

「君が落ちた直後にね。何が起こったのか、あいつは気がつかなかったんだ。振り返って君が地面に落ちているのを見て、ディゴリーは試合中止にしようとした。やり直しを望んだんだ。でも、むこうが勝ったんだ。フェアにクリーンに……ウッドでさえ認めたよ」

「ウッドはどこ？」

ハリーは急にウッドがいないことに気づいた。

「まだシャワー室の中さ」フレッドが答えた。「きっと溺死するつもりだぜ」

ハリーは顔をひざにうずめ、髪をギュッと握った。フレッドはハリーの肩をつかんで乱暴に揺すった。

「落ち込むなよ、ハリー。これまで一度だってスニッチを逃したことはないんだ」

「一度ぐらい捕れないことがあって当然さ」ジョージが続けた。

「これでおしまいってわけじゃない」フレッドが言った。

「僕たちは百点差で負けた。いいか？　だから、ハッフルパフがレイブンクローに負けて、僕たちがレイブンクローとスリザリンを破れば……」

「ハッフルパフは少なくとも二百点差で負けないといけない」ジョージだ。

「もし、ハッフルパフがレイブンクローを破ったら……」

「ありえない。レイブンクローが強過ぎる。しかし、スリザリンがハッフルパフに負けたら……」
「どっちにしても点差の問題だな……百点差が決め手になる」
ハリーは横になったままだまりこくっていた。負けた……初めて負けた。自分は初めてクィディッチの試合で敗れたんだ。
十分ほどたったころ、校医のマダム・ポンフリーがやってきて、ハリーの安静のため、チーム全員に出ていけと命じた。
「また見舞いにくるからな」フレッドが言った。「ハリー、自分を責めるなよ。君は今でもチーム始まって以来の最高のシーカーさ」
選手たちは泥の筋を残しながら、ぞろぞろと部屋を出ていった。マダム・ポンフリーはまったくしょうがないという顔つきでドアを閉めた。ロンとハーマイオニーがハリーのベッドに近寄った。
「ダンブルドアは本気で怒ってたわ」ハーマイオニーが震え声で言った。
「あんなに怒っていらっしゃるのを見たことがない。あなたが落ちたとき、ピッチにかけ込んで、杖を振って、そしたら、あなた、地面にぶつかる前に、少しスピードが遅くなったのよ。それからダンブルドアは杖を吸魂鬼に向けて回したの。あいつらに向かって何か銀色のものが飛び出したわ。あいつら、すぐに競技場を出ていった……ダンブルドアはあいつらが学校の敷地内に入ってきたことでカンカンだったわ。そう言っているのが聞こえた――」

「それからダンブルドアは魔法で担架を出して君を乗せた」ロンが言った。

「浮かぶ担架に付き添って、ダンブルドアが学校まで君を運んだんだ。みんな君が……」

ロンの声が弱々しく途中で消えた。しかし、ハリーはそれさえ気づかず、考え続けていた。いったい吸魂鬼は自分に何をしたのだろう……あの叫び声は。ふと目を上げると、ロンとハーマイオニーが心配そうにのぞき込んでいた。あまりに気づかわしげだったので、ハリーはとっさにありきたりなことを聞いた。

「誰か僕のニンバス捕まえてくれた？」

ロンとハーマイオニーはちらっと顔を見合わせた。

「あの――」

「どうしたの？」ハリーは二人の顔を交互に見た。

「あの……あなたが落ちたとき、ニンバスは吹き飛んだの」

ハーマイオニーが言いにくそうに言った。

「それで？」

「それで、ぶつかったの――ぶつかったのよ――ああ、ハリー――あの『暴れ柳』にぶつかったの」

ハリーはザワッとした。暴れ柳は校庭の真ん中にポツリと一本だけ立っている凶暴な木だ。

「それで？」ハリーは答えを聞くのが怖かった。

「ほら、やっぱり暴れ柳のことだから」ロンが言った。「あ、あれって、ぶつかられるのが嫌いだろ」

「フリットウィック先生が、あなたが気がつくちょっと前に持ってきてくださったわ」

ハーマイオニーが消え入るような声で言った。

ゆっくりと、ハーマイオニーは足元のバッグを取り上げ、逆さまにして、中身をベッドの上に空けた。粉々になった木の切れ端が、小枝が、散らばり出た。ハリーのあの忠実な、そしてついに敗北して散った、ニンバスのなきがらだった。

第10章　忍びの地図

マダム・ポンフリーは、ハリーはその週末いっぱい医務室で安静にしているべきだと言い張った。ハリーは抵抗もせず、文句も言わなかった。ただ、マダム・ポンフリーがニンバス２０００の残がいを捨てることだけは承知しなかった。自分の愚かしさはわかっていた。ニンバスはもうどうにもならないことも知っていた。それでも、救いようのない気持ちをどうすることもできなかった。まるで、親友の一人を失ったようなつらさだった。

見舞い客が次々にやってきた。みんなハリーをなぐさめようと一生懸命だった。ハグリッドはハサミ虫の形をした黄色いキャベツのような花をどっさり送ってよこしたし、ジニー・ウィーズリーは真っ赤になりながら、お手製の「早くよくなってね」カードを持ってやってきた。そのカードときたら、果物の入ったボウルの下に敷いて閉じておかないかぎり、キンキン声で歌いだした。日曜の朝、グリフィンドールの選手たちが、今度はウッドを連れてやってきた。ウッドは、ハリーを少しも責めていないと、死んだようなうつろな声で言った。ロンとハーマイオニーは夜以外はつきっきりでハリーのベッドのそばにいた。しかし、誰が何をしようと、何を言おうと、ハリーはふさぎ込んだままだった。みんなにはハリーを悩ませていたことのせいぜい半分しかわかっていなかったのだ。

ハリーは誰にも死神犬のことを話していなかった。ロンにもハーマイオニーにも言わなかった。ロンはきっとショックを受けるだろうし、ハーマイオニーには笑いとばされると思ったからだ。しかし、事実、犬は二度現れ、二度とも危うく死ぬような目にあっている。最初は夜の騎士バスにひかれそうになり、二度目は箒から落ちて二十メートルも転落した。死神犬はハリーがほんとうに死ぬまでハリーに取り憑くのだろうか？　これからずっと、犬の姿におびえながら生きていかなければならないのだろうか？

その上、吸魂鬼がいる。吸魂鬼のことを考えるだけで、ハリーは吐き気がし、自尊心が傷ついた。吸魂鬼は恐ろしいとみんなが言う。しかし、吸魂鬼に近寄るたびに気を失ったりするのはハリーだけだ……母親の死ぬ間際の声が頭の中で鳴り響くのはハリーだけだ。

ハリーにはもう、あの叫び声が誰のものなのかがわかっていた。夜、眠れないまま横になって、月光が医務室の天井にすじ状に映るのを見つめていると、ハリーには何度も何度も、あの女の人の声が聞こえた。吸魂鬼がハリーに近づいたときに、ハリーは母親の最期の声を聞いたのだ。

ヴォルデモート卿からハリーを護ろうとする母の声だ。そして、ヴォルデモートが母親を殺すときの笑いを……。ハリーはまどろんでは目覚め、目覚めてはまたまどろんだ。くさった、じめっとした手や、恐怖に凍りついたような哀願の夢にうなされ、飛び起きては、また母の声のことを考えてしまうのだった。

月曜になって、ハリーは学校のざわめきの中に戻った。ドラコ・マルフォイの冷やかしをがまんしなければならなかったが、何か別のことを考えざるをえなくなっていたのは救いだった。マルフォイはグリフィンドールが負けたことで、有頂天だった。ついに包帯も取り去り、両手が完全に使えるようになったことを祝って、ハリーが箒から落ちる様子を嬉々としてまねした。次の「魔法薬」の授業中はほとんどずっと、マルフォイは地下牢教室のむこうで吸魂鬼のまねをしていた。ロンはついにキレて、ぬめぬめした大きなワニの心臓をマルフォイめがけて投げつけ、それがマルフォイの顔を直撃し、スネイプはグリフィンドールから五十点減点した。

「『闇の魔術に対する防衛術』を教えるのがスネイプだったら、僕、病欠するからね」

昼食後にルーピンの教室に向かいながら、ロンが言った。

「ハーマイオニー、教室に誰がいるのか、チェックしてくれないか」

ハーマイオニーは教室のドアからのぞき込んだ。
「大丈夫よ」
ルーピン先生が復帰していた。ほんとうに病気だったように見えた。くたびれたローブが前よりもだらりと垂れ下がり、目の下にくまができていた。それでも、生徒が席につくと、先生はみんなにほほ笑みかけた。するとみんないっせいに、ルーピンが病気の間スネイプがどんな態度を取ったか、不平不満をぶちまけた。
「フェアじゃないよ。代理だったのに、どうして宿題を出すんですか？」
「僕たち、狼人間について何にも知らないのに――」
「――羊皮紙二巻だなんて！」
「君たち、スネイプ先生に、まだそこは習っていないって、そう言わなかったのかい？」
ルーピンは少し顔をしかめてみんなに聞いた。
クラス中がまたいっせいにしゃべった。
「言いました。でもスネイプ先生は、僕たちがとっても遅れてるっておっしゃって――」
「――耳を貸さないんです」
「――羊皮紙二巻なんです！」

全員がプリプリ怒っているのを見ながら、ルーピン先生はニッコリした。
「よろしい。私からスネイプ先生にお話ししておこう。レポートは書かなくてよろしい」
「そんなぁ」ハーマイオニーはがっかりした顔をした。「私、もう書いちゃったのに！」
授業は楽しかった。ルーピン先生はガラス箱に入った「おいでおいで妖精」を持ってきていた。一本足で、鬼火のように幽かで、はかなげで、害のない生き物に見えた。
「これは旅人を迷わせて沼地に誘う」
ルーピン先生の説明を、みんなノートに書き取った。
「手にカンテラをぶら下げているのがわかるね？　目の前をピョンピョン跳ぶ――人がそれについていく――すると――」
おいでおいで妖精はガラスにぶつかってガボガボと音を立てた。
終業のベルが鳴り、みんな荷物をまとめて出口に向かった。ハリーもみんなと一緒だったが、
「ハリー、ちょっと残ってくれないか」ルーピンが声をかけた。
「話があるんだ」
ハリーは戻って、ルーピン先生がおいでおいで妖精の箱を布で覆うのを眺めていた。
「試合のことを聞いたよ」

ルーピン先生は机に戻り、本をかばんに詰め込みはじめた。
「箒は残念だったね。修理することはできないのかい？」
「いいえ。あの木が粉々にしてしまいました」ハリーが答えた。
ルーピンはため息をついた。
「あの暴れ柳は、私がホグワーツに入学した年に植えられた。みんなで木に近づいて、幹に触れられるかどうか、ゲームをしたものだ。しまいにデイビィ・ガージョンという男の子が危うく片目を失いかけたものだから、あの木に近づくことは禁止されてしまった。箒などひとたまりもないだろうね」
「先生は吸魂鬼のこともお聞きになりましたか？」ハリーは言いにくそうにこれだけ言った。
ルーピンはちらっとハリーを見た。
「ああ。聞いたよ。ダンブルドア校長があんなに怒ったのは誰も見たことがないと思うね。吸魂鬼たちは近ごろ日増しに落ちつかなくなっていたんだ……校庭内に入れないことに腹を立てて……たぶん君は連中が原因で落ちたんだろうね」
「はい」
そう答えたあと、ハリーは一瞬迷ったが、がまんできずに質問が口から飛び出した。

「いったいどうして？　どうして吸魂鬼は僕だけにあんなふうに？　僕がただ――？」
「弱いかどうかとはまったく関係ない」
ルーピン先生はまるでハリーの心を見透かしたかのようにはっきりと言った。
「吸魂鬼がほかの誰よりも君に影響するのは、君の過去に、誰も経験したことがない恐怖があるからだ」
冬の陽光が教室を横切り、ルーピンの白髪とまだ若い顔に刻まれたしわを照らした。
「吸魂鬼は地上を歩く生物の中でももっとも忌まわしい生き物の一つだ。もっとも暗く、もっとも穢れた場所にはびこり、凋落と絶望の中に栄え、平和や希望、幸福を、周りの空気から吸い取ってしまう。マグルでさえ、吸魂鬼の姿を見ることはできなくても、その存在は感じ取る。吸魂鬼に近づき過ぎると、楽しい気分も幸福な思い出も、一かけらも残さず吸い取られてしまう。やろうと思えば、吸魂鬼は相手を貪り続け、しまいには吸魂鬼自身と同じ状態にしてしまうことができる――邪悪な魂の抜け殻にね。心に最悪の経験だけしか残らない状態だ。そしてハリー、君の最悪の経験はひどいものだった。君のような目にあえば、どんな人間だって箒から落ちても不思議はない。君はけっして恥に思う必要はない」
「あいつらがそばに来ると――」ハリーはのどを詰まらせ、ルーピンの机を見つめながら話した。

「ヴォルデモートが僕の母さんを殺したときの声が聞こえるんです」
ルーピンは急に腕を伸ばし、ハリーの肩をしっかりとつかむかのようなそぶりをしたが、思いなおしたように手を引っ込めた。ふと沈黙が漂った。
「どうしてあいつらが試合に来なければならなかったんですか？」ハリーは悔しそうに言った。
「飢えてきたんだ」ルーピンはパチンとかばんを閉じながら冷静に答えた。
「ダンブルドアがやつらを校内に入れなかったので、餌食にする人間という獲物が枯渇してしまった……クィディッチ競技場に集まる大観衆という魅力に抗しきれなかったのだろう。あの大興奮……感情の高まり……やつらにとってはごちそうだ」
「アズカバンはひどいところでしょうね」
ハリーがつぶやくと、ルーピンは暗い顔でうなずいた。
「海のかなたの孤島に立つ要塞だ。しかし、囚人を閉じ込めておくには、周囲が海でなくとも、壁がなくてもいい。ひとかけらの楽しさも感じることができず、みんな自分の心の中に閉じ込められているのだから。数週間も入っていればほとんどみな精神を病む」
「でも、シリウス・ブラックはあいつらの手を逃れました。脱獄を……」
ハリーは考えながら話した。

かばんが机からすべり落ち、ルーピンはすっとかがんでそれを拾い上げた。
「たしかに」ルーピンは身を起こしながら言った。
「ブラックはやつらと戦う方法を見つけたにちがいない。そんなことができるとは思いもしなかった……長期間、吸魂鬼と一緒にいたら、魔法使いは力を抜き取られてしまうはずだ……」
「先生は汽車の中であいつを追い払いました」ハリーは急に思い出した。
「それは――防衛の方法がないわけではない。しかし、汽車に乗っていた吸魂鬼は一人だけだった。数が多くなればなるほど抵抗するのが難しくなる」
「どんな防衛法ですか？」ハリーはたたみかけるように聞いた。「教えてくださいませんか？」
「ハリー、私はけっして吸魂鬼と戦う専門家ではない。むしろまったくちがう……」
ルーピンはハリーの思いつめた顔を見つめ、ちょっと迷った様子で言った。
「でも、もし吸魂鬼がまたクィディッチ試合に現れたら、僕はやつらと戦わなければ――」
「そうか……よろしい。何とかやってみよう。だが、来学期まで待たないといけないよ。休暇に入る前にやっておかなければならないことが山ほどあってね。まったく私は都合の悪い時に病気になってしまったものだ」

ルーピンが吸魂鬼防衛術を教える約束をしてくれたことで、二度と母親の最期の声を聞かずにすむかもしれないという期待が生まれ、さらに十一月の終わりに、クィディッチでレイブンクローがハッフルパフをペシャンコに負かしたこともあって、ハリーの気持ちは着実に明るくなってきた。

グリフィンドールはもう一試合も負けるわけにはいかなかったが、まだ優勝争いから脱落してはいなかった。ウッドは再びあの狂ったようなエネルギーを取り戻し、煙るような冷たい雨の中、今までにも増してチームをしごいた。

雨は十二月まで降り続いた。ハリーの見るところ、校内には吸魂鬼の影すらなかった。ダンブルドアの怒りが、吸魂鬼を持ち場である学校の入口に縛りつけているようだった。

学期が終わる二週間前、急に空が明るくなり、まぶしい乳白色になったかと思うと、ある朝、泥んこの校庭がキラキラ光る霜柱に覆われていた。城の中はクリスマスムードで満ちあふれていた。「呪文学」のフリットウィック先生は、もう自分の教室にチラチラ瞬く豆ランプを飾りつけていたが、これが実は本物の妖精が羽をパタパタさせている光だった。

みんなが休み中の計画を楽しげに語り合っていた。ロンもハーマイオニーもホグワーツに居残ることに決めていた。ロンは「二週間もパーシーと一緒に過ごすんじゃかなわないからさ」と言ったし、ハーマイオニーはどうしても図書館を使う必要があるのだと言い張ったが、ハリーにはよくわかっていた――ハリーのそばにいるために居残るのだ。ハリーにはそれがとてもうれしかった。

学期の最後の週末にホグズミード行きが許され、ハリー以外のみんなは大喜びした。

「クリスマス・ショッピングが全部あそこですませられるわ！」

ハーマイオニーが言った。

「パパもママも、ハニーデュークス店の『歯みがき糸ようじ形ミント菓子』がきっと気に入ると思うわ！」

三年生の中で学校に取り残されるのは自分一人だろうと覚悟を決め、ハリーはウッドから『賢い箒の選び方』の本を借り、箒の種類について読書してその日を過ごすことにした。チームの練習では学校の箒を借りて乗っていたが、骨董品ものの「流れ星」は恐ろしく遅くて動きがぎくしゃくしていた。どうしても新しい自分の箒が一本必要だった。

ホグズミード行きの土曜の朝、マントやスカーフにすっぽりくるまったロンとハーマイオニーに別れを告げ、ハリーは一人で大理石の階段を上り、またグリフィンドール塔に向かっていた。窓の外には雪がちらつきはじめ、城の中はしんと静まり返っていた。

「ハリー、シーッ！」
四階の廊下の中ほどで、声のするほうに振り向くと、フレッドとジョージが背中にこぶのある隻眼の魔女の像の後ろから顔をのぞかせていた。
「何してるんだい？　どうしてホグズミードに行かないの？」
ハリーは何事だろうと思いながら聞いた。
「行く前に、君にお祭り気分を分けてあげようかと思って」
フレッドが意味ありげにウィンクした。
「こっちへ来いよ……」
フレッドは像の左側にある誰もいない教室のほうをあごでしゃくった。ハリーはフレッドとジョージのあとについて教室に入った。ジョージがそっとドアを閉め、ハリーのほうを振り向いてニッコリした。
「一足早いクリスマスプレゼントだ」
フレッドがマントの下から仰々しく何かを引っ張り出して、机の上に広げて見せた。大きな、四角い、相当くたびれた羊皮紙だった。何も書いてない。またフレッドとジョージの冗談かと思いながら、ハリーは羊皮紙をじっと見た。

「これ、いったい何だい？」
「これはだね、ハリー、俺たちの成功の秘訣さ」ジョージが羊皮紙をいとおしげになでた。
「君にやるのは実におしいぜ。しかし、これが必要なのは俺たちより君のほうだって、俺たち、きのうの夜そう決めたんだ」フレッドが言った。
「それに、俺たちはもう暗記してるしな」ジョージが言った。「我々は汝にこれをゆずる。俺たちにゃもう必要ないからな」
「古い羊皮紙の切れっぱしの何が僕に必要なの？」ハリーが聞いた。
「古い羊皮紙の切れっぱしだって！」
フレッドはハリーが致命的に失礼なことを言ってくれたと言わんばかりに、顔をしかめて両目をつぶった。
「ジョージ、説明してやりたまえ」
「よろしい……我々が一年生だったときのことだ、ハリーよ――まだ若くて、疑いを知らず、汚れなきころのこと――」
ハリーは噴き出した。フレッドとジョージに汚れなきころがあったとは思えなかった。
「――まあ、今の俺たちよりは汚れなきころさ――我々はフィルチのごやっかいになるはめになった」
「『クソ爆弾』を廊下で爆発させたら、なぜか知らん、フィルチのご不興を買って――」
「ヤツは、俺たちを事務所まで引っ張っていって、脅しはじめたわけだ。例のお決まりの――」
「――処罰だぞ――」
「――腸をえぐるぞ――」
「――そして、我々はあることに気づいてしまった。書類棚の引き出しの一つに『没収品・特に危険』と書いてあるじゃないか」
「まさか――」ハリーは思わずニヤリとしてしまった。
「さて、君ならどうしたかな？」フレッドが話を続けた。
「ジョージがもう一回『クソ爆弾』を爆発させて気をそらしている間に、俺がすばやく引き出しを開けて、むんずとつかんだのが――**これさ**」
「なーに、そんなに悪いことをしたわけじゃないさ」とジョージ。「フィルチにこれの使い方がわかってたとは思えないね。でも、たぶんこれが何かは察しがついてたんだろうな。でなきゃ、没収したりしなかっただろう」
「それじゃ、君たちはこれの使い方を知ってるの？」

「ばっちりさ」フレッドがニンマリした。「このかわい子ちゃんが、学校中の先生を束にしたより多くのことを俺たちに教えてくれたね」

「僕をじらしてるんだね」ハリーは古ぼけたぼろぼろの羊皮紙を見た。

「へえ、じれてきたかい？」ジョージが言った。

ジョージは杖を取り出し、羊皮紙に軽く触れて、こう言った。

「我、ここに誓う。我、よからぬことをたくらむ者なり」

すると、たちまち、ジョージの杖の先が触れたところから、細いインクの線がクモの巣のように広がりはじめた。線があちこちでつながり、交差し、羊皮紙の隅から隅まで伸びていった。そして、一番てっぺんに、花が開くように、渦巻形の大きな緑色の文字が、ポッ、ポッと現れた。

ムーニー、ワームテール、パッドフット、プロングズ

「魔法いたずら仕掛人」のご用達商人たる我らがお届けする自慢の品

忍びの地図

それはホグワーツ城と学校の敷地全体のくわしい地図だった。しかし、ほんとうにすばらしいのは、地図上を動く小さな点で、一つ一つに細かい字で名前が書いてあった。ハリーは目を丸くしてのぞき込んだ。一番上の左の隅にダンブルドア教授と書かれた点があり、書斎を歩き回っていた。管理人の飼い猫ミセス・ノリスは、三階の廊下を徘徊している。ポルターガイストのピーブズは今、優勝杯の飾ってある部屋でヒョコヒョコ浮いていた。見慣れた廊下を地図上であちこち見ているうちに、ハリーはあることに気づいた。

その地図にはハリーが今まで一度も入ったことのない抜け道がいくつか示されていた。そして、そのうちのいくつかがなんと――。

「ホグズミードに直行さ」フレッドが指でそのうちの一つをたどりながら言った。

「全部で七つの道がある。ところがフィルチはそのうち四つを知っている――」

フレッドは指で四つを示した。

「――しかし、残りの道を知っているのは絶対俺たちだけだ。五階の鏡の裏からの道はやめとけ。俺たちが去年の冬までは利用していたけど、崩れっちまった――完全にふさがってる。それから、こっちの道は誰も使ったことがないと思うな。なにしろ暴れ柳がその入口の真上に植わってる。しかし、こっちのこの道、これはハニーデュークス店の地下室に直通だ。俺たち、この道は何回も使った。それに、もうわかってると思うが、入口はこの部屋のすぐ外、隻眼の魔女ばあさんのこぶなんだ」

「ムーニー、ワームテール、パッドフット、プロングズ」

地図の上に書いてある名前をなでながらジョージがため息をついた。

「我々はこの諸兄にどんなにご恩を受けたことか」

「気高き人々よ。後輩の無法者を助けんがため、かくのごとく労を惜しまず」

フレッドが厳かに言った。

「というわけで」ジョージがきびきびと言った。「使ったあとは忘れずに消しとけよ――」

「――じゃないと、誰かに読まれっちまう」フレッドが警告した。

「もう一度地図を軽くたたいて、こう言えよ。『いたずら完了！』。すると地図は消える」

「それではハリー君よ」フレッドが気味が悪いほどパーシーそっくりのものまねをした。「行動を慎んでくれたまえ」

「ハニーデュークスで会おう」ジョージがウィンクした。

二人は満足げにニヤリと笑いながら部屋を出ていった。

ハリーは奇跡の地図を眺めたまま、そこに突っ立っていた。ミセス・ノリスの小さな点が左に曲がって立ち止まり、何やら床の上にある物をかいでいる様子だ。ほんとうにフィルチが知らない道なら……吸魂鬼のそばを通らずにすむ……。

その場にたたずんで、興奮ではちきれそうになりながらも、ハリーはふいにウィーズリー氏が一度言った言葉を思い出していた。

——脳みそがどこにあるか見えないのに、一人で勝手に考えることができるものは信用してはいけない——。

この地図はウィーズリーおじさんが警告していた危険な魔法の品ということになる……魔法いたずら仕掛人用品……でも、でも——ハリーは理屈をつけた——ホグズミードに入り込むために使うだけだし、何かを盗むためでもないし、誰かを襲うためでもない……それに、フレッドとジョージがもう何年も使っているのに、恐ろしいことは何にも起こらなかった……。

ハリーはハニーデュークス店への秘密の抜け道を指でたどった。

そして突然、まるで命令に従うかのように、ハリーは地図を丸め、ローブの下に押し込み、教室のドアのほうに急いだ。ドアを数センチ開けてみた。外には誰もいない。ハリーはそろそろと慎重に教室から抜け出し、隻眼の魔女の像の陰にすべり込んだ。

何をすればいいんだろう？　地図をまた取り出して見ると、驚いたことに、また一つ人の形をした黒い点が現れていて、「ハリー・ポッター」と名前が書いてあった。その小さな人影はちょうどハリーが立っているあたり、四階の廊下の真ん中あたりに立っていた。ハリーが見つめていると、小さな黒い自分の姿が、小さな杖で魔女を軽くたたいているようだった。ハリーも急いで本物の自分の杖を出し、像をたたいてみた。何事も起こらない。もう一度地図を見ると、自分の小さな影からかわいらしい小さな泡のようなものが吹き出し、その中に言葉が現れた。「ディセンディウム！　降下」と。

「ディセンディウム！　降下！」

もう一度杖で石像をたたきながらハリーはささやいた。

たちまち像のこぶが割れ、かなり細身の人間が一人通れるくらいの割れ目ができた。ハリーはすばやく廊下の端から端まで見渡し、それから地図をしまい込み、身を乗り出すようにして頭から割れ目に突っ込み、体を押し込んでいった。

まるで石のすべり台をすべるように、ハリーはかなりの距離をすべり降り、しめった冷たい地面に着地した。立ち上がってあたりを見回したが、真っ暗だった。杖を掲げ、「ルーモス！　光よ！」と呪文を唱えて見ると、そこは天井の低い、かなり狭い土のトンネルの中だった。ハリーは地図を掲げ、杖の先で軽くたたき、呪文を唱えた。

「い方ずら完了！」

地図はすぐさま消えた。ハリーはていねいにそれを丸め、ローブの中にしまい込むと、興奮と不安で胸をドキドキさせながら歩きだした。

トンネルは曲がりくねっていた。どちらかといえば大きなウサギの巣穴のようだった。杖を先に突き出し、ときどきデコボコの道につまずきながら、ハリーは急いで歩いた。

はてしない時間だった。しかし「ハニーデュークス」に行くんだという思いがハリーの支えになっていた。一時間もたったかと思えるころ、上り坂になった。あえぎあえぎ、ハリーは足を速めた。顔がほてり、足は冷えきっていた。

十分後、ハリーは石段の下に出た。古びた石段が上へと延び、先端は見えなかった。物音を立てないように注意しながら、ハリーは上りはじめた。百段、二百段、もう何段上ったのかわからない。ハリーは足元に気をつけながら上っていった……。すると、何の前触れもなしに、ゴツンと頭が固い物にぶつかった。

天井は観音開きの跳ね戸になっているようだ。ハリーは頭のてっぺんをさすりながらそこにじっと立って、耳を澄ました。上からは何の物音も聞こえない。ハリーはゆっくりゆっくり跳ね戸を押し開け、外をのぞき見た。

倉庫の中だった。木箱やケースがびっしり置いてある。ハリーは跳ね戸から外にはい出て、戸を元通りに閉めた――戸はほこりっぽい床にすっかりなじんで、とてもそこにそんな物があるとはわからない。ハリーは上に続く木の階段へとゆっくりとはっていった。今度ははっきりと声が聞こえる。チリンチリンとベルの鳴る音も、どこかでドアが開いたり閉まったりする音までも聞こえる。

どうすればいいのか迷っていると、すぐ近くのドアが急に開く音が聞こえた。誰かが階段を下りてくるところらしい。

「『ナメクジ・ゼリー』をもう一箱お願いね、あなた。あの子たちときたら、店中ごっそり持っていってくれるわ――」女の人の声だ。

男の足が二本、階段を下りてきた。ハリーは大きな箱の陰に飛び込み、足音が通り過ぎるのを待った。男がむこう側の壁に立てかけてある箱をいくつか動かしている音が聞こえた。このチャンスを逃したらあとはない。

ハリーはすばやく、しかも音を立てずに、隠れていた場所から抜け出し、階段を上った。振り返ると、でかい尻と、箱の中に突っ込んだピカピカのハゲ頭が見えた。ハリーは階段の上のドアまでたどり着き、そこからスルリと出た。ハニーデュークス店のカウンター裏だった――ハリーは頭を低くして横ばいに進み、そして立ち上がった。

ハニーデュークスの店内は人でごった返していて、ハリーを見とがめる者など誰もいない。ハリーは人混みの中をすり抜けながらあたりを見回した。今、ハリーがどんなところにいるかをダドリーが一目見たら、あの豚顔がどんな表情をするだろうと思うだけで笑いが込み上げてきた。

棚という棚には、かんだらジュッと甘い汁の出そうなお菓子がずらりと並んでいた。ねっとりしたヌガー、ピンク色に輝くココナッツキャンディ、蜂蜜色のぷっくりしたタフィー。手前のほうにはきちんと並べられた何百種類ものチョコレート、「百味ビーンズ」が入った大きな樽、ロンの話していた浮上炭酸キャンディ、「フィフィ・フィズビー」の樽。別の壁いっぱいに「特殊効果」と書かれたお菓子の棚がある――「ドルーブル風船ガム」(部屋いっぱいにリンドウ色の風船が何個も広がって何日も頑固にふくれっぱなし)、ぼろぼろ崩れそうな、へんてこりんな「歯みがき糸ようじ形ミント菓子」、豆粒のような「黒こしょうキャンディ」(君の友達のために火を噴いてみせよう!)、「ブルブル・マウス」(歯がガチガチ、キーキー鳴るのが聞こえるぞ!)、「がまがえる形ペパーミント」(胃の中で本物そっくりに跳ぶぞ!)、もろい「綿飴羽根ペン」、「爆発ボンボン」――。

ハリーは群れている六年生の中をすり抜け、店の一番奥まったコーナーに看板がかかっているのを見つけた。

異常な味

ロンとハーマイオニーが看板の下に立って、血の味がするペロペロ・キャンディが入ったトレイを品定めしていた。

ハリーはこっそり二人の背後に忍び寄った。

「ウー、ダメ。ハリーはこんな物欲しがらないわ。これって吸血鬼用だと思う」

ハーマイオニーがそう言っている。

「じゃ、これは？」

ロンが、「ゴキブリ・ゴソゴソ豆板」の瓶をハーマイオニーの鼻先に突きつけた。

「絶対イヤだよ」ハリーが言った。

ロンは危うく瓶を落とすところだった。

「ハリー！」ハーマイオニーが金切り声を上げた。

「どうしたの、こんなところで？　ど――どうやってここに――？」

「うわー！　君、『姿あらわし術』ができるようになったんだ！」ロンは感心した。
「まさか。ちがうよ」
ハリーは声を落として、周りの六年生の誰にも聞こえないようにしながら、「忍びの地図」の一部始終を二人に話した。
「フレッドもジョージもなんでこれまで僕にくれなかったんだ！　弟じゃないか！」
ロンが憤慨した。
「でも、ハリーはこのまま地図を持ってたりしないわ！」
ハーマイオニーはそんなばかげたことはないと言わんばかりだ。
「マクゴナガル先生にお渡しするわよね、ハリー？」
「僕、渡さない！」ハリーが言った。
「気はたしかか？」ロンが目をむいてハーマイオニーを見た。「こんないい物が渡せるか？」
「僕がこれを渡したら、どこで手に入れたか言わないといけない！　フレッドとジョージがちょろまかしたってことがフィルチに知れてしまうじゃないか！」
「それじゃ、シリウス・ブラックのことはどうするの？」ハーマイオニーが口をとがらせた。
「この地図にある抜け道のどれかを使ってブラックが城に入り込んでいるかもしれないのよ！

先生方はそのことを知らないといけないわ！」

「ブラックが抜け道から入り込むはずはない」ハリーがすぐに言い返した。

「この地図には七つのトンネルが書いてある。いいかい？　フレッドとジョージの考えでは、そのうち四つはフィルチがもう知っている。残りは三本だ――一つは崩れているから誰も通り抜けられない。もう一本は出入口の真上に暴れ柳が植わってるから、出られやしない。三本目は僕が今通ってきた道――ウン――出入口はここの地下室にあって、なかなか見つかりゃしない――出入口がそこにあるって知ってれば別だけど――」

ハリーはちょっと口ごもった。そこに抜け道があるとブラックが知っていたとしたら？

ロンが意味ありげに咳払いして、店の出入口のドアの内側に貼りつけてある掲示を指差した。

魔法省よりのお達し

お客様へ

先般お知らせいたしましたように、日没後、ホグズミードの街路には毎晩、吸魂鬼のパトロールが入ります。この措置はホグズミード住人の安全のために取られたものであり、シリウス・ブラックが逮捕されるまで続きます。お客様におかれましては、買い物を暗くならないうちにお済ませくださいますようお勧めいたします。

メリークリスマス！

「ね？」ロンがそっと言った。「吸魂鬼がこの村にわんさか集まるんだぜ。ブラックがハニーデュークス店に押し入るっていうんなら拝見したいもんだ。それに、ハーマイオニー、ハニーデュークスのオーナーが物音に気づくだろう？　だってみんな店の上に住んでるんだ！」

「そりゃそうだけど――でも――」

ハーマイオニーは何とかほかの理由を考えているようだった。

「ねえ、ハリーはやっぱりホグズミードに来ちゃいけないはずでしょ。許可証にサインをもらってないんだから！　誰かに見つかったら、それこそ大変よ！　それに、まだ暗くなってないし――今日、シリウス・ブラックが現れたらどうするの？　たった今？」

「こんな時にハリーを見つけるのは大仕事だろうさ」

格子窓のむこうに吹き荒れる大雪をあごでしゃくりながら、ロンが言った。

「いいじゃないか、ハーマイオニー、クリスマスだぜ。ハリーだって楽しまなきゃ」
ハーマイオニーは、心配でたまらないという顔で、唇をかんだ。
「僕のこと、言いつける？」
ハリーがニヤッと笑ってハーマイオニーを見た。
「まあ――そんなことしないわよ――でも、ねえ、ハリー――」
「ハリー、『フィフィ・フィズビー』を見たかい？」
ロンはハリーの腕をつかんで樽のほうに引っ張っていった。
「『ナメクジ・ゼリー』は？　すっぱい『ペロペロ酸飴』は？　この飴、僕が七つのときフレッドがくれたんだ――そしたら僕、酸で舌にぽっかり穴が開いちゃってさ。ママが箒でフレッドをたたいたのを覚えてるよ」
ロンは思いにふけってペロペロ酸飴の箱を見つめた。
「『ゴキブリ・ゴソゴソ豆板』を持っていって、ピーナッツだって言ったら、フレッドがかじると思うかい？」
ロンとハーマイオニーがお菓子の代金を払い、三人はハニーデュークス店をあとにし、吹雪の中を歩きだした。

ホグズミード村は、まるでクリスマスカードから抜け出してきたようだった。茅葺屋根の小さな家や店がキラキラ光る雪にすっぽりと覆われ、戸口という戸口には柊のリースが飾られ、木々には魔法でキャンドルがくるくると巻きつけられていた。

ハリーはブルブル震えた。ほかの二人はマントを着込んでいたが、ハリーはマントなしだった。三人とも頭を低くして吹きつける風をよけながら歩いた。ロンとハーマイオニーは口を覆ったマフラーの下から叫ぶように話しかけた。

「あれが郵便局――」

「ゾンコの店はあそこ――」

「『叫びの屋敷』まで行ったらどうかしら――」

「こうしよう」

ロンが歯をガチガチいわせながら言った。

「『三本の箒』まで行ってバタービールを飲まないか？」

ハリーは大賛成だった。風は容赦なく吹き、手が凍えそうだった。三人は道を横切り、数分後には小さな居酒屋に入っていった。

中は人でごった返し、うるさくて、暖かくて、煙でいっぱいだった。カウンターのむこうに、小粋な顔をした曲線美の女性がいて、バーにたむろしている荒くれ者の魔法戦士たちに飲み物を出していた。

「マダム・ロスメルタだよ」ロンが言った。

「僕が飲み物を買ってこようか？」

ロンはちょっと赤くなった。

ハリーはハーマイオニーと一緒に奥の空いている小さなテーブルのほうへと進んだ。テーブルの背後は窓で、前にはすっきりと飾られたクリスマスツリーが暖炉脇に立っていた。五分後に、ロンが大ジョッキを三つ抱えてやってきた。泡立った熱いバタービールだ。

「ハッピークリスマス！」ロンはうれしそうに大ジョッキを挙げた。

ハリーはグビッと飲んだ。こんなにおいしい物は今まで飲んだことがない。体の芯から隅々まで暖まる心地だった。

急に冷たい風がハリーの髪を逆立てた。「三本の箒」のドアが開いていた。大ジョッキの縁から戸口に目をやったハリーはむせ込んだ。

マクゴナガル先生とフリットウィック先生が、舞い上がる雪に包まれてパブに入ってきたのだ。すぐ後ろにハグリッドが入ってきた。ハグリッドはライム色の山高帽に細じまのマントをまとったでっぷりした男と、話に夢中になっている。コーネリウス・ファッジ、魔法大臣だ。

とっさに、ロンとハーマイオニーが同時にハリーの頭のてっぺんに手を置いて、ハリーをぐいっとテーブルの下に押し込んだ。ハリーは椅子からすべり落ち、こぼれたバタービールをボタボタ垂らしながら机の下にうずくまった。空になった大ジョッキを手に、ハリーは先生方とファッジの足を見つめた。足はバーのほうに動き、立ち止まり、方向を変えてまっすぐハリーのほうへ歩いてきた。

どこか頭の上のほうで、ハーマイオニーがつぶやくのが聞こえた。

「モビリアーブス！　木よ動け！」

そばにあったクリスマスツリーが十センチぐらい浮き上がり、横にふわふわ漂って、ハリーたちのテーブルの真ん前にトンと軽い音を立てて着地し、三人を隠した。ツリーの下のほうのしげった枝の間から、ハリーはすぐそばのテーブルの四つの椅子の脚が後ろに引かれるのを見ていた。やがて先生方も大臣も椅子に座り、フーッというため息や、やれやれという声が聞こえてきた。

次にハリーが見たのは別の一組の足で、ピカピカのトルコ石色のハイヒールをはいていた。女性の声がした。

「ギリーウォーターのシングルです――」
「私です」マクゴナガル先生の声。
「ホット蜂蜜酒、四ジョッキ分――」
「ほい、ロスメルタ」ハグリッドだ。
「さくらんぼシロップソーダ、アイスクリームと唐かさ飾りつき――」
「ムムム！」フリットウィック先生が唇をとがらせて舌つづみを打った。
「それじゃ、大臣は紅い実のラム酒ですね？」
「ありがとうよ、ロスメルタのママさん」ファッジの声だ。
「君にまた会えてほんとにうれしいよ。君も一杯やってくれ……こっちに来て一緒に飲まないか？」
「まあ、大臣、光栄ですわ」
ピカピカのハイヒールが元気よく遠ざかり、また戻ってくるのが見えた。ハリーの心臓はのどのあたりでいやな感じに鼓動を打っていた。どうして気がつかなかったんだろう？　先生方にとっても今日は今学期最後の週末だったのに。先生方はどのくらいの時間ここでねばるつもりだろう？　今夜ホグワーツに戻るためには、このパブを抜け出してこっそりハニーデュークス店に戻る時間が必要だ……。ハリーの脇で、ハーマイオニーの脚が神経質にピクリとした。
「それで、大臣、どうしてこんな片田舎にお出ましになりましたの？」
マダム・ロスメルタの声だ。
誰か立ち聞きしていないかチェックしている様子で、ファッジの太った体が椅子の上でよじれるのが見えた。それからファッジは低い声で言った。
「ほかでもない、シリウス・ブラックの件でね。ハロウィーンの日に、学校で何が起こったかは、うすうす聞いているんだろうね？」
「うわさはたしかに耳にしてますわ」マダム・ロスメルタが認めた。
「ハグリッド、あなたはパブ中に触れ回ったのですか？」
マクゴナガル先生が腹立たしげに言った。
「大臣、ブラックがまだこのあたりにいるとお考えですの？」
マダム・ロスメルタがささやくように言った。
「まちがいない」ファッジがきっぱりと言った。
「吸魂鬼がわたしのパブの中を二度も探し回っていったことをご存じかしら？」
マダム・ロスメルタの声には少しとげとげしさがあった。

「お客様が怖がってみんな出ていってしまいましたわ……大臣、商売上がったりですのよ」
「ロスメルタのママさん、私だって君と同じで、連中が好きなわけじゃない」
ファッジもバツの悪そうな声を出した。
「用心に越したことはないんでね……残念だが仕方がない……。つい先ほど連中に会った。ダンブルドアに対して猛烈に怒っていてね――ダンブルドアが城の校内に連中を入れないんだ」
「そうすべきですわ」マクゴナガル先生がきっぱりと言った。
「あんな恐ろしいものに周りをうろうろされては、私たち教育ができませんでしょう？」
「まったくもってそのとおり！」
フリットウィック先生のキーキー声がした。背が小さいので足が下まで届かず、ぶらぶらしている。
「にもかかわらずだ」ファッジが言い返した。「連中よりもっとタチの悪いものから我々を護るために連中がここにいるんだ……知ってのとおり、ブラックの力をもってすれば……」
「でもねえ、わたしにはまだ信じられないですわ」
マダム・ロスメルタが考え深げに言った。
「どんな人が闇の側に荷担しようと、シリウス・ブラックだけはそうならないと、わたしは思ってました……あの人がまだホグワーツの学生だったときのことを覚えてますわ。もしあのころに誰かがブラックがこんなふうになるなんて言ってたら、わたしきっと、『あなた蜂蜜酒の飲み過ぎよ』って言ったと思いますわ」

「君は話の半分しか知らないんだよ、ロスメルタ」ファッジがぶっきらぼうに言った。

「ブラックの最悪の仕業はあまり知られていない」

「最悪の？」マダム・ロスメルタの声は好奇心ではじけそうだった。

「あんなにたくさんのかわいそうな人たちを殺した、それより悪いことだっておっしゃるんですか？」

「まさにそのとおり」ファッジが答えた。

「信じられませんわ。あれより悪いことって何でしょう？」

「ブラックのホグワーツ時代を覚えていると言いましたね、ロスメルタ」

マクゴナガル先生がつぶやくように言った。

「あの人の一番の親友が誰だったか、覚えていますか？」

「ええ、ええ」マダム・ロスメルタはちょっと笑った。

「いつでも一緒、影と形のようだったでしょ？　ここにはしょっちゅう来てましたわ――ああ、あの二人にはよく笑わされました。まるで漫才だったわ、シリウス・ブラックとジェームズ・ポッター！」

ハリーがポロリと落とした大ジョッキが、大きな音を立てた。ロンがハリーをけった。

「そのとおりです」マクゴナガル先生だ。

「ブラックとポッターはいたずらっ子たちの首謀者。もちろん、二人とも非常に賢い子でした――まったくずば抜けて賢かった――しかしあんなに手を焼かされた二人組はなかったですね――」

「そりゃ、わかんねえですぞ」ハグリッドがクックッと笑った。

「フレッドとジョージ・ウィーズリーにかかっちゃ、互角の勝負かもしれねえ」

「みんな、ブラックとポッターは兄弟じゃないかと思っただろうね！」フリットウィック先生のかん高い声だ。「一心同体！」

「まったくそうだった！」ファッジだ。

「ポッターはほかの誰よりブラックを信用した。卒業しても変わらなかった。ブラックはジェームズがリリーと結婚したとき、新郎の付き添い役を務めた。二人はブラックをハリーの名付け親にした。ハリーはもちろんまったく知らないがね。こんなことを知ったらハリーがどんなにつらい思いをするか」

「ブラックの正体が『例のあの人』の一味だったからですの？」
マダム・ロスメルタがささやいた。
「もっと悪いね……」ファッジは声を落とし、低く響く声で先を続けた。
「ポッター夫妻は、自分たちが『例のあの人』につけねらわれていると知っていた。ダンブルドアは『例のあの人』とたゆみなく戦っていたから、数多くの役に立つスパイを放っていた。そのスパイの一人から情報を聞き出し、ダンブルドアはジェームズとリリーにすぐに危機を知らせ、二人に身を隠すよう勧めた。だが、もちろん、『例のあの人』から身を隠すのは容易なことではない。ダンブルドアは『忠誠の術』が一番助かる可能性があると二人にそう言ったのだ」
「どんな術ですの？」
マダム・ロスメルタが息をつめ、夢中になって聞いた。
フリットウィック先生が咳払いし、「恐ろしく複雑な術ですよ」とかん高い声で言った。
「一人の生きた人の中に、秘密を魔法で封じ込める。選ばれた者は『秘密の守人』として情報を自分の中に隠す。かくして情報を見つけることは不可能となる――『秘密の守人』が暴露しないかぎりはね。『秘密の守人』が口を割らないかぎり、『例のあの人』がリリーとジェームズの隠れている村を何年探そうが、二人を見つけることはできない。たとえ二人の家の居間の窓に鼻先を押しつけるほど近づいても、見つけることはできない！」
「それじゃ、ブラックがポッター夫妻の『秘密の守人』に？」
マダム・ロスメルタがささやくように聞いた。
「当然です」マクゴナガル先生だ。
「ジェームズ・ポッターは、ブラックだったら二人の居場所を教えるぐらいなら死を選ぶだろう、それにブラックも身を隠すつもりだとダンブルドアにお伝えしたのです……。それでもダンブルドアはまだ心配していらっしゃった。自分がポッター夫妻の『秘密の守人』になろうと申し出られたことを覚えていますよ」
「ダンブルドアはブラックを疑っていらした？」マダム・ロスメルタが息をのんだ。
「ダンブルドアには、誰かポッター夫妻に近い者が、二人の動きを『例のあの人』に通報している、という確信がおありでした」
マクゴナガル先生が暗い声で言った。
「ダンブルドアはその少し前から、味方の誰かが裏切って『例のあの人』に相当の情報を流していると疑っていらっしゃいました」
「それでもジェームズ・ポッターはブラックを使うと主張したんですの？」

「そうだ」ファッジが重苦しい声で言った。
「そして、『忠誠の術』をかけてから一週間もたたないうちに――」
「ブラックが二人を裏切った？」マダム・ロスメルタがささやき声で聞いた。
「まさにそうだ。ブラックは二重スパイの役目につかれて、『例のあの人』への支持をおおっぴらに宣言しようとしていた。ポッター夫妻の死に合わせて宣言する計画だったらしい。ところが、知ってのとおり、『例のあの人』は幼いハリーのために凋落した。力も失せ、ひどく弱体化し、逃げ去った。残されたブラックにしてみれば、まったくいやな立場に立たされてしまったわけだ。自分が裏切り者だと旗幟鮮明にしたとたん、自分の旗頭が倒れてしまったんだ。逃げるほかなかった――」
「くそったれのあほんだらの裏切り者め！」
ハグリッドの罵声に、バーにいた人の半分がしんとなった。
「シーッ！」とマクゴナガル先生。
「俺はヤツに出会ったんだ」
ハグリッドは歯がみをした。
「ヤツに最後に出会ったのは俺にちげぇねえ。そのあとでヤツはあんなにみんなを殺した！

ジェームズとリリーが殺されっちまったとき、あの家からハリーを助け出したのは俺だ！　崩れた家からすぐにハリーを連れ出した。かわいそうなちっちゃなハリー。額におっきな傷を受けて、両親は死んじまって……そんで、シリウス・ブラックが現れた。いつもの空飛ぶオートバイに乗って。あそこに何の用で来たんだか、俺には思いもつかんかった。ヤツがリリーとジェームズの『秘密の守人』だとは知らんかった。『例のあの人』の襲撃の知らせを聞きつけて、何かできることはねえかとかけつけてきたんだと思った。ヤツめ、真っ青になって震えとったわ。そんで、俺がなんしたと思うか？　**俺は殺人者の裏切り者をなぐさめたんだ！**」

ハグリッドがほえた。

「ハグリッド！　お願いだから声を低くして！」マクゴナガル先生だ。

「ヤツがジェームズとリリーが死んで取り乱してたんではねえんだと、俺にわかるはずがあっか？　ヤツが気にしてたんは『例のあの人』だったんだ！　ほんでもってヤツが言うには『ハグリッド、ハリーを僕に渡してくれ。僕が名付け親だ。僕が育てる――』。ヘン！　俺にはダンブルドアからのお言いつけがあったわ。そんで、ブラックに言ってやった。『ダメだ。ダンブルドアがハリーはおばさんとおじさんのところに行くんだって言いなさった』。ブラックはごちゃごちゃ言うとったが、結局あきらめた。ハリーを届けるのに自分のオートバイを使えって、俺にそう言った。『僕にはもう必要がないだろう』。そう言ったな。

なんかおかしいって、そん時に気づくべきだった。ヤツはあのオートバイが気に入っとった。なんでそれを俺にくれる？　もう必要がないだろうって、なぜだ？　つまり、あれは目立ち過ぎるわけだ。ダンブルドアはヤツがポッターの『秘密の守人』だってことを知ってなさる。ブラックはあの晩のうちにトンズラしなきゃなんねえってわかってた。魔法省が追っかけてくるのも時間の問題だってヤツは知ってた。

もし、**俺がハリーをヤツに渡してたらどうなってた？**　えっ？　海のど真ん中あたりまで飛んだところで、ハリーをバイクから放り出したにちげぇねえ。無二の親友の息子をだ！　闇の陣営に与した魔法使いにとっちゃ、誰だろうが、何だろうが、もう関係ねえんだ……」

ハグリッドの話のあとは長い沈黙が続いた。それから、マダム・ロスメルタがやや満足げに言った。

「でも、逃げおおせなかったわね？　魔法省が次の日に追い詰めたわ！」

「ああ、魔法省だったらよかったのだが！」ファッジが口惜しげに言った。

「ヤツを見つけたのは我々ではなく、チビのピーター・ペティグリューだった――ポッター夫妻の友人の一人だが。悲しみで頭がおかしくなったのだろう。たぶんな。ブラックがポッターの

『秘密の守人』だと知っていたペティグリューは、自らブラックを追った」

「ペティグリュー……ホグワーツにいたころはいつも二人のあとにくっついていたあの太った小さな男の子かしら？」マダム・ロスメルタが聞いた。

「ブラックとポッターのことを英雄のように崇めていた子だった」マクゴナガル先生が言った。

「能力から言って、あの二人の仲間にはなりえなかった子です。私、あの子には時に厳しく当たりましたわ。私が今、どんなにそれを――どんなに悔いているか……」

マクゴナガル先生は急に鼻かぜを引いたような声になった。

「さあ、さあ、ミネルバ」ファッジがやさしく声をかけた。

「ペティグリューは英雄として死んだ。目撃者の証言では――もちろんこのマグルたちの記憶はあとで消しておいたがね――ペティグリューはブラックを追いつめた。泣きながら『リリーとジェームズが。シリウス！　よくもそんなことを！』と言っていたそうだ。それから杖を取り出そうとした。まあ、もちろん、ブラックのほうが速かった。ペティグリューはこっぱみじんに吹っ飛ばされてしまった……」

マクゴナガル先生はチンと鼻をかみ、かすれた声で言った。

「バカな子……間抜けな子……どうしようもなく決闘がへたな子でしたわ……魔法省に任せるべ

きでした……」

「俺なら、ああ、俺がペティグリューのチビより先にブラックと対決してたら、杖なんかもたもた出さねえぞ――ヤツを引っこ抜いて――バラバラに――八つ裂きに――」ハグリッドがほえた。

「ハグリッド、ばかを言うもんじゃない」ファッジが厳しく言った。

「魔法警察部隊から派遣される訓練された『特殊部隊』以外は、追い詰められたブラックに太刀打ちできる者はいなかったろう。私はその時、魔法惨事部の次官だったが、ブラックがあれだけの人間を殺したあとに現場に到着した第一陣の一人だった。私は、あの――あの光景が忘れられない。今でもときどき夢に見る。道の真ん中に深くえぐれたクレーター。その底のほうで下水管に亀裂が入っていた。死体が累々。マグルたちは悲鳴を上げていた。そして、ブラックがそこに仁王立ちになり笑っていた。その前にペティグリューの残がいが……血だらけのローブとわずかの……わずかの肉片が――」

ファッジの声が突然とぎれた。鼻をかむ音が五人分聞こえた。

「さて、そういうことなんだよ、ロスメルタ」ファッジがかすれた低い声で言った。

「ブラックは魔法警察部隊が二十人がかりで連行し、ペティグリューは勲一等マーリン勲章を授与された。哀れなお母上にとってはこれが少しはなぐさめになったことだろう。ブラックはそれ以来ずっとアズカバンに収監されていた」
マダム・ロスメルタは長いため息をついた。
「大臣、ブラックは正気を失っているというのはほんとうですの？」
「そう言いたいがね」ファッジは考えながらゆっくり話した。
「『ご主人様』が敗北したことで、たしかにしばらくはおかしくなっていたと思うね。ペティグリューやあれだけのマグルを殺したというのは、追い詰められて自暴自棄になった男の仕業だ――残忍で……何の意味もない。しかしだ、先日私がアズカバンの見回りにいったときにブラックに会ったんだが、何しろ、あそこの囚人は大方みんな暗い中に座り込んで、ブツブツひとり言を言っているし、正気じゃない……ところが、ブラックがあまりに正常なので私はショックを受けた。私に対してまったく筋の通った話し方をするんで、なんだか意表を突かれた気がした。ブラックは単に退屈しているだけなように見えたね――私に、新聞を読み終わったならくれないかと言った。しゃれてるじゃないか、クロスワードパズルがなつかしいからと言うんだよ。ああ、大いに驚きましたとも。吸魂鬼がほとんどブラックに影響を与えていないことにね――しかもブラックはあそこでもっとも厳しく監視されている囚人の一人だったのでね。そう、吸魂鬼が昼も夜もブラックの独房のすぐ外にいたんだ」

「だけど、何のために脱獄したとお考えですの？　まさか、大臣、ブラックは『例のあの人』とまた組むつもりでは？」

マダム・ロスメルタが聞いた。

「それが、ブラックの――アー――最終的なくわだてだと言えるだろう」

ファッジは言葉をにごした。

「しかし、我々は程なくブラックを逮捕するだろう。『例のあの人』が孤立無援なら、それはそれでよし……しかし彼のもっとも忠実な家来が戻ったとなると、どんなにあっという間に彼が復活するか、考えただけでも身の毛がよだつ……」

テーブルの上にガラスを置くカチャカチャという小さな音がした。誰かがグラスを置いたらしい。

「さあ、コーネリウス、校長と食事なさるおつもりなら、城に戻ったほうがよいでしょう」

マクゴナガル先生が言った。

一人、また一人と、ハリーの目の前の足が二本ずつ、足の持ち主を再び乗せて動きだした。マントの縁がはらりとハリーの視界に飛び込んできた。マダム・ロスメルタのピカピカのハイヒールはカウンターの裏側に消えた。「三本の箒」のドアが再び開き、また雪が舞い込み、先生方は立ち去った。
「ハリー？」
ロンとハーマイオニーの顔がテーブルの下に現れた。二人とも言葉もなくハリーをじっと見つめていた。

第11章 炎の雷（ファイアボルト）

どうやってハニーデュークス店の地下室までたどり着き、どうやってトンネルを抜け、また城へと戻ったのか、ハリーははっきり覚えていない。帰路はまったく時間がかからなかったような気がしたことだけは覚えている。頭の中で聞いたばかりの会話がガンガン鳴り響き、自分が何をしているのか、ほとんど意識がなかった。

どうして誰も何にも教えてくれなかったのだろう？　ダンブルドア、ハグリッド、ウィーズリー氏、コーネリウス・ファッジ……どうして誰も、ハリーの両親が無二の親友の裏切りで死んだという事実を話してくれなかったんだろう？

夕食の間中、ロンとハーマイオニーはハリーを気づかわしげに見守った。すぐそばにパーシーがいたので、とてももれ聞いた会話のことを話しだせなかったのだ。階段を上り、混み合った談話室に戻ると、フレッドとジョージが、学期末のお祭り気分で、半ダースものクソ爆弾を爆発させたところだった。ホグズミードに無事着いたかどうかと双子に質問されたくなかったので、ハリーはこっそり寝室に戻った。誰もいない寝室で、ハリーはまっすぐベッド脇の書類棚に向かった。教科書を脇によけると、探し物はすぐ見つかった――ハグリッドが二年前にくれた革表紙のアルバムだ。父親と母親の魔法写真がぎっしり貼ってある。ベッドに座り、周りのカーテンをぐるりと閉め、ページをめくりはじめた。探しているのは……。

両親の結婚の日の写真でハリーは手を止めた。父親がハリーに向かってニッコリ笑いかけながら手を振っている。ハリーに遺伝したくしゃくしゃな黒髪が、勝手な方向にピンピン飛び出している。母親もいた。父さんと腕を組み、幸せで輝いている。そして……。

この人にちがいない。花婿付き添い人……この人のことを一度も考えたことはなかった。同じ人間だと知らなかったら、この古い写真の人がブラックだとはとうてい思えなかっただろう。写真の顔はやせこけたろうのような顔ではなく、ハンサムで、あふれるような笑顔だった。この写真を撮ったときには、もうヴォルデモートの下で働いていたのだろうか？　隣にいる二人の死をくわだてていたのだろうか？　十二年間ものアズカバン虜囚が待ち受けていると、わかっていたのだろうか？　自らを見る影もない姿に変える十二年間を。

しかし、この人は吸魂鬼なんて平気なんだ。ハリーは快活に笑うハンサムな顔を見つめた。吸魂鬼がそばに来ても、この人は僕の母さんの悲鳴を聞かなくてすむんだ――。

ハリーはアルバムをピシャリと閉じ、手を伸ばしてそれを書類棚に戻し、ローブを脱ぎ、めがねをはずし、周りのカーテンで誰からも見えないことをたしかめて、ベッドにもぐり込んだ。

寝室のドアが開いた。

「ハリー？」遠慮がちに、ロンの声がした。

ハリーは寝たふりをしてじっと横たわっていた。ロンがまた出ていく気配がした。ハリーは目を大きく見開いたまま、寝返りを打ち、仰向けになった。

経験したことのないはげしい憎しみが、毒のようにハリーの体中を回っていった。まるであのアルバムの写真を誰かがハリーの目に貼りつけたかのように、ハリーには暗闇を透かして、ブラックの笑う姿が見えた。誰かが映画の一こまをハリーに見せてくれているかのように、シリウス・ブラックがピーター・ペティグリュー（なぜかネビル・ロングボトムの顔が重なった）を粉々にする場面を、ハリーは見た。低い、興奮したささやきが、（ブラックの声がどんな声なのかまったくわからなかったが）ハリーには聞こえた。

「やりました。ご主人様……ポッター夫妻が私を『秘密の守人』にしました……」

それに続いてもう一つの声が聞こえる。かん高い笑いだ。吸魂鬼が近づくたびにハリーの頭の中で聞こえるあの高笑いだ……。

「ハリー、君――君、ひどい顔だ」
ハリーは明け方まで眠れなかった。目が覚めたとき、寝室には誰もいなかった。服を着てらせん階段を下り、談話室まで来ると、そこもからっぽだった。ロンとハーマイオニーしかいない。ロンは腹をさすりながら「がまミント」を食べていたし、ハーマイオニーは三つもテーブルを占領して宿題を広げていた。
「みんなはどうしたの？」
「いなくなっちゃった！　今日が休暇一日目だよ。覚えてるかい？」
ロンはハリーをまじまじと見た。
「もう昼食の時間になるとこだよ。君を起こしにいこうと思ってたところだ」
ハリーは暖炉脇の椅子にドサッと座った。窓の外にはまだ雪が降っている。クルックシャンクスは暖炉の前にべったり寝そべって、まるでオレンジ色の大きなマットのようだった。
「ねえ、ほんとに顔色がよくないわ」
ハーマイオニーが心配そうに、ハリーの顔をまじまじとのぞき込んだ。
「大丈夫」ハリーが言った。

「ハリー、ねえ、聞いて」ハーマイオニーがロンと目配せしながら言った。
「きのう私たちが聞いてしまったことで、あなたはとっても大変な思いをしてるでしょう。でも、大切なのは、あなたが軽はずみをしちゃいけないってことよ」
「どんな？」
「たとえばブラックを追いかけるとか」ロンがはっきり言った。
ハリーが寝ている間に、二人がこのやり取りを練習したのだと、ハリーには察しがついた。ハリーは何も言わなかった。
「そんなことしないわよね。ね、ハリー？」ハーマイオニーが念を押した。
「だって、ブラックのために死ぬ価値なんて、ないぜ」ロンだ。
ハリーは二人を見た。この二人には全然わかっていないらしい。
「吸魂鬼が僕に近づくたびに、僕が何を見たり、何を聞いたりするか、知ってるかい？」
ロンもハーマイオニーも不安そうに首を横に振った。
「母さんが泣き叫んでヴォルデモートに命乞いをする声が聞こえるんだ。もし君たちが、自分の母親が殺される直前にあんなふうに叫ぶ声を聞いたなら、そんなに簡単に忘れられるものか。友達だと信じていた誰かに裏切られた、そいつがヴォルデモートを差し向けたと知ったら――」

「あなたにはどうにもできないことよ！」
ハーマイオニーが苦しそうに言った。
「吸魂鬼がブラックを捕まえるし、アズカバンに連れ戻すわ。そして――それが当然の報いよ！」
「ファッジが言ったこと聞いただろう。ブラックは普通の魔法使いとちがって、アズカバンでも平気だって。ほかの人には刑罰になっても、あいつには効かないんだ」
「じゃ、何が言いたいんだい？」ロンが緊張して聞いた。
「まさか――ブラックを殺したいとか、そんな？」
「ばかなこと言わないで」ハーマイオニーがあわてた。
「ハリーが誰かを殺したいなんて思うわけないじゃない。そうよね？　ハリー？」
ハリーはまた黙りこくった。自分でもどうしたいのかわからなかった。ただ、ブラックが野放しになっているというのに何もしないでいるのはとても耐えられない。それだけはわかった。
「マルフォイは知ってるんだ」出し抜けにハリーは言った。
「魔法薬学のクラスで僕に何て言ったか、覚えてるかい？『僕なら、自分で追いつめる……復讐するんだ』」

「僕たちの意見より、マルフォイの意見を聞こうってのかい？」ロンが怒った。
「いいかい……ブラックがペティグリューを片づけたとき、ペティグリューの母親の手に何が戻った？　パパに聞いたんだ――マーリン勲章、勲一等、それに箱に入った息子の指一本だ。それが残った体のかけらの中で一番大きいものだった。ブラックは狂ってる。ハリー、あいつは危険人物なんだ――」
「マルフォイの父親が話したにちがいない」ハリーはロンの言葉を無視した。「ヴォルデモートの腹心の一人だったから――」
「『例のあの人』って言えよ。頼むから」ロンが怒ったように口を挟んだ。
「――だからマルフォイ一家は、ブラックがヴォルデモートの手下だって当然知ってたんだ――」
「――そして、マルフォイは、君がペティグリューみたいに粉々になって吹っ飛ばされればいいって思ってるんだ！　しっかりしろよ。マルフォイは、ただ、クィディッチ試合で君と対決する前に、君がのこのこ殺されにいけばいいって思ってるんだ」
「ハリー、お願い」
ハーマイオニーの目は、今や涙で光っていた。
「お願いだから、冷静になって。ブラックのやったこと、とっても、とってもひどいことだわ。

でも、ね、自分を危険にさらさないで。ねぇ。それがブラックの思うつぼなのよ……あぁ、ハリー、あなたがブラックを探したりすれば、ブラックにとっては飛んで火に入る夏の虫よ。あなたのご両親だって、あなたが傷ついたりすることを望んでらっしゃらないわよ。そうでしょう？ご両親は、あなたがブラックを追跡することをけっしてお望みにはならなかったわ！」

「父さん、母さんが何を望んだかなんて、僕は一生知ることはないんだ。ブラックのせいで、僕は一度も父さんや母さんと話したことがないんだから」ハリーはぶっきらぼうに言った。

沈黙が流れた。クルックシャンクスがその間に悠々と伸びをし、爪を曲げ伸ばしした。ロンのポケットが小刻みに震えた。

「さあ」ロンがとにかく話題を変えようとあわてて切り出した。「休みだ！　もうすぐクリスマスだ！　それじゃ――それじゃハグリッドの小屋に行こうよ。もう何百年も会ってないよ！」

「だめ！」ハーマイオニーがすぐ言った。「ハリーは城を離れちゃいけないのよ、ロン――」

「よし、行こう」ハリーが身を起こした。「そしたら僕、聞くんだ。ハグリッドが僕の両親のことを全部話してくれたとき、どうしてブラックのことをだまっていたのかって！」

ブラックの話がまた持ち出されるとは、まったくロンの計算に入っていなかった。

「じゃなきゃ、チェスの試合をしてもいいな」ロンがあわてて言った。「それともゴブストーン・ゲームとか。パーシーが一式忘れていったんだ――」

「いや、ハグリッドのところへ行こう」ハリーは言い張った。

そこで三人とも寮の寝室からマントを取ってきて、肖像画の穴をくぐり（「立て、戦え、臆病犬どもめ！」）、がらんとした城を抜け、樫の木の正面扉を通って出発した。

キラキラ光るパウダースノーに浅い小道を掘りつけながら、三人はゆっくりと芝生を下った。靴下もマントのすそもぬれて凍りついた。禁じられた森の木々はうっすらと銀色に輝き、まるで森全体が魔法にかけられたようだったし、ハグリッドの小屋は粉砂糖のかかったケーキのようだった。

ロンがノックしたが、答えがない。

「出かけてるのかしら？」ハーマイオニーはマントをかぶって震えていた。

ロンがドアに耳をつけた。

「変な音がする。聞いて――ファングかなぁ？」

ハリーとハーマイオニーも耳をつけた。小屋の中から、波打つような低いうめき声が聞こえる。

「誰か呼んだほうがいいかな？」ロンが不安げに言った。

「ハグリッド！」ドアをドンドンたたきながら、ハリーが呼んだ。

「ハグリッド、中にいるの？」
重い足音がして、ドアがギーッときしみながら開いた。ハグリッドが真っ赤に泣きはらした目をして突っ立っていた。涙が滝のように、革のチョッキを伝って流れ落ちている。
「聞いたか！」
大声で叫ぶなり、ハグリッドはハリーの首に抱きついた。
ハグリッドは何しろ普通の人の二倍はある。これは笑い事ではなかった。ハリーはハグリッドの重みで危うく押しつぶされそうになるところを、ロンとハーマイオニーに救い出された。二人がハグリッドのわきの下を支えて持ち上げ、ハリーも手伝って、ハグリッドを小屋に入れた。ハグリッドはされるがままに椅子に運ばれ、テーブルに突っ伏し、身も世もなくしゃくり上げていた。顔は涙でてかてか、その涙がもじゃもじゃのあごひげを伝って滴り落ちていた。
「ハグリッド、何事なの？」ハーマイオニーがあぜんとして聞いた。
ハリーはテーブルに公式の手紙らしいものが広げてあるのに気づいた。
「ハグリッド、これは何？」
ハグリッドのすすり泣きが二倍になった。そして手紙をハリーのほうに押してよこした。ハリーはそれを取って読み上げた。

ハグリッド殿

ヒッポグリフが貴殿の授業で生徒を攻撃した件についての調査で、この残念な不祥事について、貴殿には何ら責任はないとするダンブルドア校長の保証を我々は受け入れることに決定いたしました。

「じゃ、オッケーだ。よかったじゃないか、ハグリッド！」

ロンがハグリッドの肩をたたいた。しかし、ハグリッドは泣き続け、でかい手を振って、ハリーに先を読むようにうながした。

しかしながら、我々は、当該ヒッポグリフに対し、懸念を表明せざるを得ません。我々はルシウス・マルフォイ氏の正式な訴えを受け入れることを決定しました。従いまして、この件は、「危険生物処理委員会」に付託されることになります。事情聴取は四月二十日に行われます。当日、ヒッポグリフを伴い、ロンドンの当委員会事務所まで出頭願います。それまでヒッポグリフは隔離し、つないでおかなければなりません。

敬具

手紙のあとに学校の理事の名前が連ねてあった。
「ウーン」ロンが言った。
「だけど、ハグリッド、バックビークは悪いヒッポグリフじゃないって、そう言ってたじゃないか。絶対、無罪放免――」
「おまえさんは『危険生物処理委員会』ちゅうとこの怪物どもを知らんのだ！」
ハグリッドはそでで目をぬぐいながら、のどを詰まらせた。
「連中はおもしれえ生きもんを目の敵にしてきた！」
突然、小屋の隅から物音がして、ハリー、ロン、ハーマイオニーがはじかれたように振り返った。ヒッポグリフのバックビークが隅のほうに寝そべって、何かをバリバリ食いちぎっている。その血が床一面ににじみだしていた。
「こいつを雪ん中につないで放っておけねえ」ハグリッドがのどを詰まらせた。
「たった一人で！　クリスマスだっちゅうのに！」
ハリー、ロン、ハーマイオニーは互いに顔を見合わせた。ハグリッドが「おもしろい生き物」と呼び、ほかの人が「恐ろしい怪物」と呼ぶものについて、三人はハグリッドと意見がぴったり合ったためしがない。しかし、バックビークが特に危害を加えるとは思えない。事実、いつものハグリッドの基準から見て、この動物はむしろかわいらしい。

「ハグリッド、しっかりした強い弁護を打ち出さないといけないわ」

ハーマイオニーは腰かけて、ハグリッドの小山のような腕に手を置いて言った。

「バックビークが安全だって、あなたがきっと証明できるわ」

「そんでも、同じこった」ハグリッドがすすり上げた。

「やつら、処理屋の悪魔め、連中はルシウス・マルフォイの手の内だ！　みんなやつを怖がっとる！　もし俺が裁判で負けたら、バックビークは――」

ハグリッドはのどをかき切るように、指をサッと動かした。それから一声大泣きし、前のめりになって両腕に顔をうずめた。

「ダンブルドアはどうなの、ハグリッド？」ハリーが聞いた。

「あの方は、俺のためにもう充分過ぎるほどやりなすった」ハグリッドはうめくように言った。

「手一杯でおいでなさる。吸魂鬼のやつらが城の中に入らんようにしとくとか、シリウス・ブラックがうろうろとか――」

ロンとハーマイオニーは、急いでハリーを見た。ブラックのことでほんとうのことを話してくれなかったと、ハリーがハグリッドを激しく責めはじめるだろうと思ったかのようだ。しかし、ハリーはそこまではできなかった。ハグリッドがこんなにみじめで、こんなに打ち震えているのを見てしまった今、できはしない。

「ねえ、ハグリッド」ハリーが声をかけた。

「あきらめちゃだめだ。ハーマイオニーの言うとおりだよ。ちゃんとした弁護が必要なだけだ。僕たちを証人に呼んでいいよ――」

「私、ヒッポグリフけしかけ事件について読んだことがあるわ」

ハーマイオニーが何か考えながら言った。

「たしか、ヒッポグリフは釈放されたっけ。探してあげる、ハグリッド。正確に何が起こったのか、調べるわ」

ハグリッドはますます声を張り上げてオンオン泣いた。ハリーとハーマイオニーは、どうにかしてよとロンのほうを見た。

「アー――お茶でも入れようか？」ロンが言った。

ハリーが目を丸くしてロンを見た。

「誰か気が動転してるとき、ママはいつもそうするんだ」

ロンは肩をすくめてつぶやいた。
助けてあげる、とそれから何度も約束してもらい、目の前にぽかぽかの紅茶のマグカップを出してもらって、やっとハグリッドは落ち着き、テーブルクロスぐらい大きいハンカチでブーッと鼻をかみ、それから口をきいた。
「おまえさんたちの言うとおりだ。ここで俺が、ぼろぼろになっちゃいられねえ。しゃんとせにゃ……」
ボアハウンド犬のファングがおずおずとテーブルの下から現れ、ハグリッドのひざに頭をのせた。
「このごろ俺はどうかしとった」
ハグリッドがファングの頭を片手でなで、もう一方で自分の顔をふきながら言った。
「バックビークが心配だし、だーれも俺の授業を好かんし――」
「みんな、とっても好きよ！」ハーマイオニーがすぐにうそを言った。
「ウン、すごい授業だよ！」ロンもテーブルの下で、うそを許す呪いの形に指を組んだ。
「アー――レタス食い虫は元気？」
「死んだ」ハグリッドが暗い表情をした。「レタスのやり過ぎだ」

「ああ、そんな！」そう言いながら、ロンの口元が笑っていた。
「それに、吸魂鬼のやつらだ。連中は俺をとことん落ち込ませる」
ハグリッドは急に身震いした。
「『三本の箒』に飲みにいくたんび、連中のそばを通らにゃなんねえ。アズカバンに戻されちまったような気分になる――」
ハグリッドはふとだまりこくって、ゴクリと紅茶を飲んだ。ハリー、ロン、ハーマイオニーは息をひそめてハグリッドを見つめた。三人とも、ハグリッドが、短い期間だが、アズカバンに入れられたあの時のことを話すのを聞いたことがなかった。やや間をおいて、ハーマイオニーが遠慮がちに聞いた。
「ハグリッド、恐ろしい所なの？」
「想像もつかんだろう」ハグリッドはひっそりと言った。
「あんなとこは行ったことがねえ。気が変になるかと思ったぞ。ひどい思い出ばっかしが思い浮かぶんだ……ホグワーツを退校になった日……親父が死んだ日……ノーバートが行っちまった日……」
ハグリッドの目に涙があふれた。ノーバートはハグリッドが賭けトランプで勝って手に入れた赤ちゃんドラゴンだ。

「しばらくすっと、自分が誰だか、もうわからねえ。そんで、生きててもしょうがねえって気になる。寝てるうちに死んでしまいてえって、俺はそう願ったもんだ……。釈放されたときゃ、もう一度生まれたような気分だった。いろんなことが一度にドォッと戻ってきてな。こんないい気分はねえぞ。そりゃあ、吸魂鬼のやつら、俺を釈放するのはしぶったもんだ」

「だけど、あなたは無実だったのよ！」ハーマイオニーが言った。

ハグリッドがフンと鼻を鳴らした。

「連中の知ったことか？　そんなこたぁ、どーでもええ。二、三百人もあそこにぶち込まれていりゃ、連中はそれでええ。そいつらにしゃぶりついて、幸福っちゅうもんを全部吸い出してさえいりゃ、誰が有罪で、誰が無罪かなんて、連中にはどっちでもええんだ」

ハグリッドはしばらく自分のマグカップを見つめたまま、だまっていた。それから、ぼそりと言った。

「バックビークをこのまんま逃がそうと思った……遠くに飛んでいけばええと思った……だけんど、どうやってヒッポグリフに言い聞かせりゃええ？　どっかに隠れていろって……。ほんで――法律を破るのが俺は怖い……」

三人を見たハグリッドの目から、また涙がぼろぼろ流れ、顔をぬらした。
「俺は二度とアズカバンに戻りたくねえ」

ハグリッドの小屋に行っても、ちっとも楽しくはなかったが、ロンとハーマイオニーが期待したような成果はあった。ハリーはけっしてブラックのことを忘れたわけではないが、「危険生物処理委員会」でハグリッドが勝つ手助けをしたいと思えば、復讐のことばかり考えているわけにはいかなかった。

翌日ハリーは、ロンやハーマイオニーと一緒に図書館に行った。がらんとした談話室にまた戻ってきたときには、バックビークの弁護に役立ちそうな本をどっさり抱えていた。威勢よく燃えさかる暖炉の前に三人で座り込み、動物による襲撃に関する有名な事件を記した、ほこりっぽい書物のページを一枚一枚めくった。ときどき、何か関係のありそうなものが見つかると言葉を交わした。

「これはどうかな……一七二二年の事件……あ、ヒッポグリフは有罪だった――ウエッ、それで連中がどうしたか、気持ち悪いよ――」

「これはいけるかもしれないわ。えーと――一二九六年、マンティコア、ほら、頭は人間、胴はライオン、尾はサソリのあれ、これが誰かを傷つけたけど、マンティコアは放免になった――あ――ダメ。なぜ放たれたかというと、みんな怖がってそばに寄れなかったんですって……」

そうこうする間に、城ではいつもの大がかりなクリスマスの飾りつけが進んでいた。それを楽しむはずの生徒はほとんど学校に残っていなかったが。柊や宿木を編み込んだ太いリボンが廊下にぐるりと張りめぐらされ、鎧という鎧の中からは神秘的な灯りがきらめき、大広間にはいつものように、金色に輝く星を飾った十二本のクリスマスツリーが立ち並んだ。おいしそうな匂いが廊下中にたちこめ、クリスマスイブにはそれが最高潮に達したので、あのスキャバーズでさえ、避難していたロンのポケットの中から鼻先を突き出して、ヒクヒクと期待を込めて匂いをかいだ。

クリスマスの朝、ハリーはロンに枕を投げつけられて目が覚めた。

「おい！　プレゼントがあるぞ！」

ハリーはめがねを探し、それをかけてから、薄明かりの中を目を凝らしてベッドの足元をのぞいた。小包が小さな山になっている。ロンはもう自分のプレゼントの包み紙を破っていた。

「またママからのセーターだ……また栗色だ……君にも来てるかな」

ハリーにも届いていた。ウィーズリーおばさんからハリーに、胸のところにグリフィンドールのライオンを編み込んだ真紅のセーターと、お手製のミンスパイが一ダース、小さいクリスマスケーキ、それにナッツ入り砂糖菓子が一箱届いていた。全部を脇に寄せると、その下に長くて薄い包みが置いてあった。

「それ、何だい？」

包みから取り出したばかりの栗色のソックスを手に持ったまま、ロンがのぞき込んだ。

「さあ……」

包みを破ったハリーは、息をのんだ。見事な箒が、キラキラ輝きながらハリーのベッドカバーの上に転がり出た。ロンはソックスをポロリと落とし、もっとよく見ようと、ベッドから飛び出してきた。

「ほんとかよ」ロンの声がかすれていた。

「炎の雷・ファイアボルト」だった。ハリーがダイアゴン横丁で毎日通いつめた、あの夢の箒と同じ物だ。取り上げると、箒の柄がさんぜんと輝いた。箒の振動を感じて手を離すと、箒はひとりでに空中に浮かび上がった。ハリーがまたがるのにぴったりの高さだ。ハリーの目が、柄の端に刻まれた金文字の登録番号から、完璧な流線形にすらりと伸びたシラカンバの小枝の尾まで、吸いつけられるように動いた。

「誰が送ってきたんだろう？」ロンが声をひそめた。
「カードが入っているかどうか見てよ」ハリーが言った。
ロンはファイアボルトの包み紙をバリバリと広げた。
「何もない。おっどろいた。いったい誰がこんな大金を君のために使ったんだろう？」
「そうだな」ハリーはぼうっとしていた。「賭けてもいいけど、ダーズリーじゃないよ」
「ダンブルドアじゃないかな」ロンはファイアボルトの周りをぐるぐる歩いて、その輝くばかりの箒を隅々まで眺めた。「名前を伏せて君に透明マントを送ってきたし……」
「だけど、あれは僕の父さんのだったし、ダンブルドアはただ僕に渡してくれただけだ。何百ガリオンもの金貨を、僕のために使ったりするはずがない。生徒にこんな高価な物をくれたりできないよ――」
「だから、自分からの贈り物だって言わないんじゃないか！　マルフォイみたいな下衆が、先生はひいきしてるなんて言うかもしれないだろ。おい、ハリー――」
ロンは歓声を上げて笑った。
「マルフォイのやつ！　君がこの箒に乗ったら、どんな顔するか！　きっとナメクジに塩だ！　国際試合級の箒なんだぜ。こいつは！」

「夢じゃないか」ハリーはファイアボルトをなでさすりながらつぶやいた。ロンは、マルフォイのことを考えて、ハリーのベッドで笑い転げていた。

「いったい誰なんだろう――？」

「わかった」

笑いを何とか抑えて、ロンが言った。

「たぶんこの人だな――ルーピン！」

「えっ？」今度はハリーが笑いはじめた。

「ルーピン？　まさか。そんなお金があるなら、ルーピンは新しいローブくらい買ってるよ」

「ウン、だけど、君を好いてる。それに、君のニンバス２０００が玉砕したとき、ルーピンはどっかに行ってていなかった。もしかしたら、そのことを聞きつけて、ダイアゴン横丁に行って、これを君のために買おうって決心したのかもしれない――」

「どっかに行ってたって、どういう意味？」ハリーが聞いた。

「ルーピンは僕があの試合に出てたとき、病気だったよ」

「うーん、でも医務室にはいなかった。僕、スネイプの処罰で、医務室でおまるを掃除してたんだ。覚えてるだろ？」

「ルーピンにこんな物を買うお金はないよ」ハリーはロンのほうを見て顔をしかめた。
「二人して、なに笑ってるの？」
ハーマイオニーが入ってきたところだった。ガウンを着て、クルックシャンクスを抱いている。クルックシャンクスは首に光るティンセルのリボンを結ばれて、ブスッとしていた。
「そいつをここに連れてくるなよ！」
ロンは急いでベッドの奥からスキャバーズを拾い上げ、パジャマのポケットにしまい込んだ。しかし、ハーマイオニーは聞いていなかった。クルックシャンクスを空いているシェーマスのベッドに落とし、口をあんぐり開けてファイアボルトを見つめた。
「まあ、ハリー！　いったい誰がこれを？」
「さっぱりわからない」ハリーが答えた。「カードも何にもついてないんだ」
驚いたことに、ハーマイオニーは興奮もせず、この出来事に興味をそそられた様子もない。それどころか顔を曇らせ、唇をかんだ。
「どうかしたのかい？」ロンが聞いた。
「わからないわ」ハーマイオニーは何かを考えていた。
「でも、なんかおかしくない？　つまり、この箒は相当いい箒なんでしょう？　ちがう？」

ロンが憤然としてため息をついた。
「ハーマイオニー、これは現存する箒の最高峰なんだぜ」
「なら、とっても高いはずよね……」
「たぶん、スリザリンの箒全部を束にしてもかなわないぐらい高い」ロンはうれしそうに言った。
「そうね……そんなに高価なものをハリーに送って、しかも自分が送ったってことを教えもしない人って、誰なの？」ハーマイオニーが言った。
「誰だっていいじゃないか」ロンはいらいらしていた。
「ねえ、ハリー、僕、試しに乗ってみてもいい？　どう？」
「まだよ。まだ絶対誰もその箒に乗っちゃいけないわ！」ハーマイオニーが金切り声を出した。
ハリーもロンもハーマイオニーを見た。
「この箒でハリーが何をすればいいって言うんだい――床でもはくかい？」ロンだ。
ところが、ハーマイオニーが答える前に、クルックシャンクスがシェーマスのベッドから飛び出し、ロンの懐を直撃した。
「**こいつを――ここ――から――連れ出せ！**」
ロンが大声を出した。クルックシャンクスの爪がロンのパジャマを引き裂き、スキャバーズはロンの肩を乗り越えて、必死の逃亡を図った。ロンはスキャバーズのしっぽをつかみ、同時にクルックシャンクスをけとばしたはずだったが、ねらいが狂ってハリーのベッドの端にあったトランクをけとばした。トランクはひっくり返り、ロンは痛さのあまり叫びながら、その場でピョンピョン跳び上がった。

クルックシャンクスの毛が急に逆立った。ヒュンヒュンという小さなかん高い音が部屋中に響いた。携帯かくれん防止器が、バーノンおじさんの古靴下から転がり出て、床の上でピカピカ光りながら回っていた。

「これを忘れてた！」ハリーはかがんでスニーコスコープを拾い上げた。「この靴下は絶対履きたくないものだからね……」

スニーコスコープはハリーの手の中で鋭い音を立てながらぐるぐる回り、クルックシャンクスがそれに向かって歯をむき出し、フーッ、フーッとうなった。

「ハーマイオニー、その猫、ここから連れ出せよ」

ロンはハリーのベッドの上でつま先をさすりながら、カンカンになって言った。黄色い目で意地悪くロンをにらんだままのクルックシャンクスを連れて、ハーマイオニーはつんけんしながら部屋を出ていった。

「そいつをだまらせられないか？」ロンが今度はハリーに向かって言った。

ハリーはスニーコスコープをまた古靴下の中に詰め、トランクに投げ入れた。聞こえるのは、ロンが痛みと怒りとでうめく声だけになった。スキャバーズはロンの手の中で丸くなって縮こまっていた。ロンのポケットから出てきたのをハリーが見たのは久しぶりだった。かつてはあんなに太っていたスキャバーズが、今ややせ衰えて、あちこち毛が抜け落ちているのを見て、ハリーは驚きもし、痛々しくも思った。

「あんまり元気そうじゃないね、どう？」ハリーが言った。

「ストレスだよ！　あのでっかい毛玉のバカが、こいつをほっといてくれれば大丈夫なんだ！」

ハリーは魔法動物ペットショップの魔女が、ネズミは三年しか生きないと言ったことを思い出していた。スキャバーズが今まで見せたことのない力を持っているなら別だが、そうでなければ、もう寿命が尽きようとしているのだと感じないわけにはいかなかった。ロンはスキャバーズが退屈な役立たずだとしょっちゅうこぼしていたが、もしスキャバーズが死んでしまったら、どんなに嘆くだろうとハリーは思った。

その日の朝のグリフィンドール談話室は、クリスマスの慈愛の心が地に満ちあふれ――というわけにはいかなかった。ハーマイオニーはクルックシャンクスを自分の寝室に閉じ込めはしたが、ロンがけとばそうとしたことに腹を立てていた。ロンのほうは、クルックシャンクスがまたもやスキャバーズを襲おうとしたことで湯気を立てて怒っていた。ハリーは二人が互いに口をきくようにしようと努力することもあきらめ、談話室に持ってきたファイアボルトをしげしげ眺めることに没頭した。これがまたなぜか、ハーマイオニーのしゃくにさわったらしい。何も言わなかったが、ハーマイオニーはまるで箒も自分の猫を批判したと言わんばかりに、不快そうにちらちら箒を見ていた。

昼食時、大広間に下りていくと、各寮のテーブルはまた壁に立てかけられ、広間の中央にテーブルが一つ、食器が十二人分用意されていた。ダンブルドア、マクゴナガル、スネイプ、スプラウト、フリットウィックの諸先生が並び、管理人のフィルチも、いつもの茶色の上着ではなく、古びたかび臭い燕尾服を着て座っている。生徒はほかに三人しかいない。緊張でガチガチの一年生が二人、ふてくされた顔のスリザリンの五年生が一人だ。

「メリークリスマス！」

ハリー、ロン、ハーマイオニーがテーブルに近づくと、ダンブルドア先生が挨拶した。

「これしかいないのだから、寮のテーブルを使うのはいかにも愚かに見えたのでのう……さあ、お座り！　お座り！」

ハリー、ロン、ハーマイオニーはテーブルの隅に並んで座った。

「クラッカーを！」

ダンブルドアがはしゃいで、大きな銀色のクラッカーのひもの端のほうをスネイプに差し出した。スネイプがしぶしぶ受け取って引っ張った。大砲のようなバーンという音がして、クラッカーははじけ、ハゲタカの剥製をてっぺんにのせた、大きな魔女の三角帽子が現れた。

ハリーはまね妖怪のことを思い出し、ロンに目配せして、二人でニヤリとした。スネイプは唇をギュッと結び、帽子をダンブルドアのほうに押しやった。ダンブルドアはすぐに自分の三角帽子を脱ぎ、それをかぶった。

「ドンドン食べましょうぞ！」

ダンブルドアはニッコリとみんなに笑いかけながらうながした。

ハリーがちょうどローストポテトを取り分けているとき、大広間の扉がまた開いた。トレローニー先生がまるで車輪がついているかのようにすうっと近づいてきた。お祝いの席にふさわしく、スパンコール飾りの緑のドレスを着ている。服のせいでますます、きらめく特大トンボに見えた。

「シビル、これはおめずらしい！」ダンブルドアが立ち上がった。

「校長先生、あたくし水晶玉を見ておりまして」

トレローニー先生がいつもの霧のかなたからのようなか細い声で答えた。
「あたくしも驚きましたわ。一人で昼食をとるという、いつものあたくしをすて、みなさまとご一緒する姿が見えましたの。運命があたくしをうながしているのを拒むことができまして？　あたくし、取り急ぎ塔を離れましたのでございますが、遅れまして、ごめんあそばせ……」
「それは、それは」ダンブルドアはいたずらっぽく目をキラキラさせた。「椅子をご用意いたさねばのう――」
ダンブルドアは杖を振り、空中に椅子を描き出した。椅子は数秒間くるくると回転してから、スネイプ先生とマクゴナガル先生の間にトンと落ちた。しかし、トレローニー先生は座ろうとしなかった。巨大な目玉でテーブルをずいっと見渡したとたん、小さくあっと悲鳴のような声をもらした。
「校長先生、あたくし、とても座れませんわ！　あたくしがテーブルに着けば、十三人になってしまいます！　こんな不吉な数はありませんわ！　お忘れになってはいけません。十三人が食事をともにするとき、最初に席を立つ者が最初に死ぬのですわ！」
「シビル、その危険を冒しましょう」マクゴナガル先生はいらいらしていた。
「かまわずお座りなさい。七面鳥が冷えきってしまいますよ」

トレローニー先生は迷った末、空いている席に腰かけた。目を硬く閉じ、口をキッと結んで、まるで今にもテーブルに雷が落ちるのを予想しているかのようだ。マクゴナガル先生は手近のスープ鍋にさじを突っ込んだ。

「シビル、臓物スープはいかが？」

トレローニー先生は返事をしなかった。目を開け、もう一度周りを見回して尋ねた。

「あら、ルーピン先生はどうなさいましたの？」

「気の毒に、先生はまたご病気での」

ダンブルドアはみんなに食事をするようながしながら言った。

「クリスマスにこんなことが起こるとは、まったく不幸なことじゃ」

「でも、シビル、あなたはとうにそれをご存じだったはずね？」

マクゴナガル先生は眉根をピクリと持ち上げて言った。

トレローニー先生は冷ややかにマクゴナガル先生を見た。

「もちろん、存じてましたわ、ミネルバ」トレローニー先生は落ち着いていた。

「でも、『すべてを悟れる者』であることを、ひけらかしたりはしないものですわ。あたくし、『内なる眼』を持っていないかのようにふるまうことがたびたびありますのよ。ほかの方たちを怖がらせてはなりませんもの」

「それですべてがよくわかりましたわ！」マクゴナガル先生はピリッと言った。

霧のかなたからだったトレローニー先生の声から、とたんに霧が薄れた。

「ミネルバ、どうしてもとおっしゃるなら、あたくしの見るところ、ルーピン先生はお気の毒に、もう長いことはありません。あの方自身も先が短いとお気づきのようです。あたくしが水晶玉で占って差し上げると申しましたら、まるで逃げるようになさいましたの――」

「そうでしょうとも」マクゴナガル先生はさりげなく辛辣だ。

「いや、まさか――」

ダンブルドアがほがらかに、しかしちょっと声を大きくした。それでマクゴナガル、トレローニー両先生の対話は終わりを告げた。

「――ルーピン先生はそんな危険な状態ではあるまい。セブルス、ルーピン先生にまた薬を作って差し上げたのじゃろう？」

「はい、校長」スネイプが答えた。

「けっこう。それなれば、ルーピン先生はすぐによくなって出ていらっしゃるじゃろう……。デレク、チポラータ・ソーセージを食べてみたかね？　おいしいよ」

一年坊主が、ダンブルドア校長に直接声をかけられて見る見る真っ赤になり、震える手でソーセージの大皿を取った。

トレローニー先生は、二時間後にクリスマス・ディナーが終わるまで、ほとんど普通にふるまった。ごちそうではちきれそうになり、クラッカーから出てきた帽子をかぶったまま、ハリーとロンがまず最初に立ち上がった。トレローニー先生が大きな悲鳴を上げた。

「あなたたち！　どちらが先に席を離れましたの？　どちらが？」

「わかんない」ロンが困ったようにハリーを見た。

「どちらでもたいして変わりはないでしょう」マクゴナガル先生が冷たく言った。

「扉の外に斧を持った極悪人が待ちかまえていて、玄関ホールに最初に足を踏み入れた者を殺すとでも言うなら別ですが」

これにはロンでさえ笑った。トレローニー先生はいたく侮辱されたという顔をした。

「君も来る？」ハリーがハーマイオニーに声をかけた。

「ううん」ハーマイオニーはつぶやくように言った。「私、マクゴナガル先生にちょっとお話があるの」

「もっとたくさん授業を取りたいとか何とかじゃないのか？」

玄関ホールへと歩きながら、ロンがあくびまじりに言った。ホールには凶悪な斧男の影すらなかった。

肖像画の穴にたどり着くと、カドガン卿が数人の僧侶や、ホグワーツの歴代の校長の何人かと、愛馬の太った仔馬を交えてクリスマスパーティに興じているところだった。カドガン卿は鎧仮面の眼のところを上に押し上げ、蜂蜜酒の入っただるま瓶を掲げて二人のために乾杯した。

「メリー――ヒック――クリスマス。合言葉は？」

「スカービー・カー。下賤な犬め」ロンが言った。

「貴殿も同じだ！」カドガン卿がわめいた。絵がパッと前に倒れ、二人を中に入れた。

ハリーはまっすぐに寝室に行き、ファイアボルトと、ハーマイオニーが誕生日にくれた『箒磨きセット』を持って談話室に下りてきた。どこか手入れするところはないかと探したが、曲がった小枝がないので切りそろえる必要もなく、柄はすでにピカピカで磨く意味がない。ロンと一緒に、ハリーはただそこに座り込み、あらゆる角度から箒に見とれていた。すると肖像画の穴が開いて、ハーマイオニーが入ってきた。マクゴナガル先生と一緒だった。

マクゴナガル先生はグリフィンドールの寮監だったが、ハリーが談話室で先生の姿を見たのはたった一度、あれはとても深刻な知らせを発表したときだった。ハリーもロンもファイアボルトをつかんだまま先生を見つめた。ハーマイオニーは二人をさけるように歩いていき、座り込み、手近な本を拾い上げてその陰に顔を隠した。

「これが、そうなのですね？」

マクゴナガル先生はファイアボルトを見つめ、暖炉のほうに近づきながら、鋭く目を光らせた。

「ミス・グレンジャーが、たった今、知らせてくれました。ポッター、あなたに箒が送られてきたそうですね」

ハリーとロンは振り返ってハーマイオニーを見た。額の部分だけが本の上からのぞいていたが、見る見る赤くなり、本は逆さまだった。

「ちょっと、よろしいですか？」

マクゴナガル先生はそう言いながら、答えも待たずにファイアボルトを二人の手から取り上げた。先生は箒の柄から尾の先まで、ていねいに調べた。

「ふーむ。それで、ポッター、何のメモもついていなかったのですね？　カードは？　何か伝言とか、そういうものは？」

「いいえ」ハリーはポカンとしていた。

「そうですか……」マクゴナガル先生は言葉を切った。

「さて、ポッター、これを預からせてもらいますよ」
「な――何ですって？」ハリーはあわてて立ち上がった。「どうして？」
「呪いがかけられているかどうか調べる必要があります。もちろん、私は詳しくありませんが、マダム・フーチやフリットウィック先生がこれを分解して――」
「分解？」ロンは、オウム返しに聞いた。マクゴナガル先生は正気じゃないと言わんばかりだ。
「数週間もかからないでしょう。何の呪いもかけられていないと判明すれば返します」
マクゴナガル先生が言った。
「この箒はどこも変じゃありません！」ハリーの声がかすかに震えていた。
「先生、ほんとうです――」
「ポッター、それはわかりませんよ」マクゴナガル先生は親切心からそう言った。
「飛んでみないとわからないでしょう。とにかく、この箒が変に細工されていないということがはっきりするまでは、これで飛ぶことなど論外です。今後の成り行きについてはちゃんと知らせます」
マクゴナガル先生はくるりときびすを返し、ファイアボルトを持って肖像画の穴から出ていった。肖像画がそのあとバタンと閉まった。

ハリーは「高級仕上げ磨き粉」の缶を両手にしっかりつかんだまま、先生のあとを見送って突っ立っていた。

ロンはハーマイオニーに食ってかかった。

「いったい何の恨みで、マクゴナガルに言いつけたんだ？」

ハーマイオニーは本を脇に投げ捨て、まだ顔を赤らめたままだったが、立ち上がり、ロンに向かって敢然と言った。

「私に考えがあったからよ――マクゴナガル先生も私と同じご意見だった――その箒はたぶんシリウス・ブラックからハリーに送られたものだわ！」

つづく

J.K. ローリング 作

不朽の人気を誇る「ハリー・ポッター」シリーズの著者。1990年、旅の途中の遅延した列車の中で「ハリー・ポッター」のアイデアを思いつくと、全7冊のシリーズを構想して執筆を開始。1997 年に第1巻『ハリー・ポッターと賢者の石』が出版、その後、完結までにはさらに10年を費やし、2007年に第7巻となる『ハリー・ポッターと死の秘宝』が出版された。シリーズは現在85の言語に翻訳され、発行部数は6億部を突破、オーディオブックの累計再生時間は10億時間以上、制作された8本の映画も大ヒットとなった。また、シリーズに付随して、チャリティのための短編『クィディッチ今昔』と『幻の動物とその生息地』(ともに慈善団体〈コミック・リリーフ〉と〈ルーモス〉を支援)、『吟遊詩人ビードルの物語』(〈ルーモス〉を支援)も執筆。『幻の動物とその生息地』は魔法動物学者ニュート・スキャマンダーを主人公とした映画「ファンタスティック・ビースト」シリーズが生まれるきっかけとなった。大人になったハリーの物語は舞台劇『ハリー・ポッターと呪いの子』へと続き、ジョン・ティファニー、ジャック・ソーンとともに執筆した脚本も、書籍化された。その他の児童書に『イッカボッグ』(2020年)『クリスマス・ピッグ』(2021年)があるほか、ロバート・ガルブレイスのペンネームで発表し、ベストセラーとなった大人向け犯罪小説「コーモラン・ストライク」シリーズも含め、その執筆活動に対し多くの賞や勲章を授与されている。J.K. ローリングは、慈善信託〈ボラント〉を通じて多くの人道的活動を支援するほか、性的暴行を受けた女性の支援センター〈ベイラズ・プレイス〉、子供向け慈善団体〈ルーモス〉の創設者でもある。

J.K. ローリングに関するさらに詳しい情報はjkrowlingstories.comで。

松岡佑子 訳

翻訳家。国際基督教大学卒、モントレー国際大学院大学国際政治学修士。日本ペンクラブ館員。スイス在住。訳書に「ハリー・ポター」シリーズ全7巻のほか、「少年冒険家トム」シリーズ、映画オリジナル脚本版「ファンタスティック・ビースト」シリーズ、『ブーツをはいたキティのはなし』、『とても良い人生のために』『イッカボッグ』『クリスマス・ピッグ』（以上静山社）がある。

静山社ペガサス文庫

ハリー・ポッター 5

ハリー・ポッターとアズカバンの囚人〈新装版〉3-1

2024年7月9日　第 1 刷発行

作者　J.K.ローリング
訳者　松岡佑子
発行者　松岡佑子
発行所　株式会社静山社
〒102-0073 東京都千代田区九段北1-15-15
電話・営業 03-5210-7221
https://www.sayzansha.com
装画　ダン・シュレシンジャー
装丁　城所 潤（ジュン・キドコロ・デザイン）
印刷・製本　中央精版印刷株式会社

本書の無断複写複製は著作権法により例外を除き禁じられています。
また、私的使用以外のいかなる電子的複写複製も認められておりません。
落丁・乱丁の場合はお取り替えいたします。

© Yuko Matsuoka 2024 ISBN 978-4-86389-864-6　Printed in Japan
Published by Say-zan-sha Publications Ltd.

「静山社ペガサス文庫」創刊のことば

小さくてもきらりと光る、星のような物語を届けたい――一九七九年の創業以来、静山社が抱き続けてきた願いをこめて、少年少女のための文庫「静山社ペガサス文庫」を創刊します。

読書は、みなさんの心に眠っている想像の羽を広げ、未知の世界へいざないます。読書体験をとおしてつちかわれた想像力は、楽しいとき、苦しいとき、悲しいとき、どんなときにも、みなさんに勇気を与えてくれるでしょう。

ギリシャ神話に登場する天馬・ペガサスのように、大きなつばさとたくましい足、しなやかな心で、みなさんが物語の世界を、自由にかけまわってくださることを願っています。

二〇一四年

静山社